國家圖書館出版品預行編目資料

在綠茵與鳥鳴之間／鄭寶娟著.－－初版一刷.－－
臺北市；三民，民90
面；　公分.－－(三民叢刊；221)

ISBN 957-14-3473-6　(平裝)

855　　　　90006193

網路書店位址　http://www.sanmin.com.tw

著作人　鄭寶娟
發行人　劉振強
著作財產權人　三民書局股份有限公司
臺北市復興北路三八六號
發行所　三民書局股份有限公司
地址／臺北市復興北路三八六號
電話／二五〇〇六六〇〇
郵撥／〇〇〇九九九八——五號
印刷所　三民書局股份有限公司
門市部　復北店／臺北市復興北路三八六號
重南店／臺北市重慶南路一段六十一號
初版一刷　中華民國九十年五月
編　號　S 85566
基本定價　參元捌角
行政院新聞局登記證局版臺業字第〇二〇〇號

ISBN　957-14-3473-6　(平裝)

三民叢刊 212

在綠茵與鳥鳴之間

鄭寶娟 著

三民書局印行

在綠茵與鳥鳴之間

目次

輯一

輯三

輯一

在綠茵與鳥鳴之間

幾千個十字架隱匿在天涯海角一處澳大利松所掩蔭的冷僻所在，在綠茵與鳥鳴之間，這是對死亡最有力的直筆陳述，同時還寓有象徵，象徵原罪、贖罪與淨罪的痛苦，這種發自心靈深處的情感無形無象，只能藉這個宗教象徵物來描述與概括。無限的不可思議不可言說的上帝，並不理睬人間的征戰與討伐，但是當人在仇恨的殺戮中倒下死去之後，便又被祂納入懷裡。

諾曼第

我一位諾曼第朋友告訴我，他們諾曼第人是法國人當中最懶的一撮，「人們成天忙著的，不過是看牧草抽長」。他這不是在自謙，而是在誇耀，因為他們的土地肥沃，雨量充沛，海洋調節的氣候夏涼冬暖，牧草地一年四季嬌綠嫩青，只消把牛呀馬呀羊呀放到上頭去吃草，便算大功告成，真是一個非常好活人的地方。

而且還美，很美。這塊位於法國西北方濱臨英吉利海峽的土地，開車跑上一兩百公里，往往還看不到一管工廠的煙囪，不管轉上哪兒，總是從腳下綠到天邊，節奏輕緩的丘陵地，遍生各種果樹，開起花來一發不可收拾，姹紫嫣紅紛紛消融在陽光下牧草坡的嫩綠中，滲透人帶著海潮味的薰風裡。牧草地下臨一片水波不興的平湖或一泓河灣，波光裡可以看到色調溫柔的石砌農莊或小旅舍的倒影，寂靜中突然傳來幾聲鷗鳥的啼聲，為這片充滿人間味的風景增添幾分明亮的野趣。

外地人來這兒看海。雄奇的白堊崖岸筆直立起，分割了海洋與陸地，在與不列塔尼交界的海岸線上，還可以看到世界上最壯觀的奔潮之一，潮高十五、六公尺，只見一線洶湧起伏的銀白浪頭自海面奔騰而來，怒濤打在山腳的石礁上，激起的浪花間隱約可見虹影。屹立在怒濤危崖上的是高聳的燈塔和石砌的教堂，它們四平八穩站在岩石上，諦聽一切生物都跟著悸動震顫的海的永恆脈搏。

喜愛文學藝術的人，來這裡也比去別處更有斬獲，因為諾曼第人富而好文，綿羊與乳牛在山坡吃草的時候，他們便琴棋書畫去了。是印象派的發源地，馬奈(Claude Monet)在這兒畫出了那幅使這個畫派得名的海景之作，還畫牧草地、哥德式的教堂與鄉親的臉孔。也是自然主義師徒福樓拜與莫泊桑的家鄉，波法利夫人在這裡紅杏出牆，于勒叔叔從這裡出發去新大陸淘金。還有奧爾良女郎，聖女貞德在這裡為國捐軀，被當成巫女燒死後，包括蕭伯納在內的無數文藝人，便一再把這個地方送上世界文學地圖。

留人的還有美食。法國有句名諺：「次等的材料做不出一等好菜」，解釋了何以諾曼第成了全法國四大美食區之冠——這兒出產全歐最優質的乳品與肉品，再加上英吉利海峽豐富的魚產，諾曼第廚子便可大展身手了，他們的看家本領是以上等乳酪和奶油入燴。

但是把這塊寶地送入國際舞臺，送入歷史教科書的，卻是一場代號叫做「霸王行動」(Overlord)的戰役。

登陸

沙灘離岸那麼遠，由高空俯攝下來，橫綽著步槍彎腰前進的士兵顯得特別伶仃渺小。他們頭上有飛機嗚嗚地飛著，機關槍的尖聲呼嘯和迫擊砲滯重沉悶的吼聲，天羅地網般把他們罩在裡面。他們沒命地往前奔跑，刺刀在曉霧中偶爾銀光一閃。而沙灘那麼寬闊平坦，了無遮掩，他們一個又一個身體往後一挫，就倒了下去。突然轟的一聲，一篷裹著沙泥的火燄往天空竄，一大撮人被彈飛起來，炸成碎片再掉落沙灘。後面的人仍然蜂擁著往前跑。

在崗城(Caen)和平紀念館看登陸一役的紀錄影片，見到盟軍士兵才一腳踏上陸地，便成片成片被埋伏的德軍掃倒在沙灘上，急得拳頭都捏出了汗，納罕盟軍當時為何選在諾曼第登陸？那麼平坦開闊的沙灘，躲都沒處躲，暴露的士兵豈不徒然成了敵軍的活靶？

查閱了相關書籍，才知道這樣的地形對登陸作戰反而有利，所以盟軍才捨去了法國北部海灘狹窄，岸上岩壁陡峭的加萊海岸。果然一九四四年六月六日登陸一役，一舉突破了德軍沿海的防線，開闢了歐洲第二戰場，是二戰歐洲反法西斯鬥爭一個重要轉折。那一役的死傷人數遠比預期的低。

那一役盟軍折損了十二萬兩千兵員，德軍陣亡人數是十一萬四千，在美麗的諾曼第留下了一連串軍事墓園，每年吸引百萬人來這裡徘徊默想。

十字架

濱海小鎮St. Laurent-sur-mer的美軍墓園，收葬了來自美國四十九州的九千多個陣亡軍人，除開三百多位身分不明的死者，和一小撮以大衛星為碑的猶太教徒外，其餘的死者每人一個拉丁十字形的白色大理石墓碑，上刻軍號、姓名、軍團名稱、籍貫和陣亡日期等三行字。這些半人高的十字碑排列整齊，森然有序，彷彿是列陣等待檢閱的士兵。墓園與海只有一牆之隔，那裡就是他們登陸的Omaha beach，另外三面是法國最動人的鄉野，大塊牧草地上面和背後都是一片純淨的天。

墓園劃成十個墓區，步道兩旁各五個。我試著先橫後縱計算出兩個數字來，再相乘求出一個墓區十字架的總數，可是數著數著就亂了，重新來過，又亂了。走在十字架的行列間，我細讀刻在上面的小字，勞利・狄格曼，西佛吉尼亞州人，死於一九四四年八月十五日。勒斐斯特・古德曼，北卡羅來納州人，死於一九四四年九月十三日。詹姆斯・格尼，賓夕法尼亞州人，死於一九四四年七月十一日。守墓人告訴我，被解除第三軍團司令之職後，因車禍死於曼海姆附近的四星上將巴頓，墓碑上也就三行必不可少的字，並無歌功頌德的碑文，但是二戰戰史早已為他寫下洋洋灑灑的墓誌銘了，不像眼前的湯姆約翰羅伯特們，三行近乎「無字碑」的碑文，就壓縮了他們的一生。

幾千個十字架隱匿在天涯海角一處澳大利松所掩蔭的冷僻所在，在綠茵與鳥鳴之間，這是對死亡最有力的直筆陳述，同時還寓有象徵，象徵原罪、贖罪與淨罪的痛苦，這種發自心靈深處的情感無形無象，只能藉這個宗教象徵物來描述與概括。無限的不可思議不可言說的上帝，並不理睬人間的征戰與討伐，但是當人在仇恨的殺戮中倒下死去之後，便又被祂納入懷裡。

這十字架森林，是甜蜜的生與寂靜的死重複的詠歎，具有一種高妙的音樂感，大理石的疊嶂暗寓著時間流逝的不可挽回，既美又哀傷，彷彿交響樂的主題，深深切入訪者的感覺之中，揭示了生命「零雨其濛」的本相。它寓動於靜，在平行線條律動裡，構圖不斷起變化，意象跟著演進，成排望去，是單線旋律的織錦，近觀遠眺來回巡視，則化為多聲的和聲複調。齊奏的結果是放大了聲量，快板、進行曲，節奏急促而有力。

這震耳欲聾的死亡啊。

綠茵

美軍墓園的綠茵場上，有幾個半大不小的孩子在上頭的十字架間追逐嬉鬧，守墓人遠遠看見了，漲紅著臉快步走去斥喝他們。噓，要尊重死者，要維持他們永眠之地的安寧，你們不可以在他們的胸廓與眉棱上奔跑。

孩子們沒有錯，他們腳下那片開闊的綠茵草地，多像一張豪華地氈啊，看著就是要讓人在上頭奔跑、翻滾、跳躍的，他們記得的大部分歡樂時光，不管是捉迷藏踢皮球，遠足郊遊，還是上公園，參加園遊會，都是在這麼一塊翠盈盈的豪華地氈上發生的，踩在上面，他們自然管不住自己的手腳了。

把所有性靈的或體能的活動，擺在一塊綠茵草坪上進行，是歐洲美好傳統的一部分，它源於人類對綠色原野一種生物性的迷戀與嚮往，中世紀的貴族、騎士及僧侶、教士這兩種俗世與精神的統治階級，就有崇拜綠茵草坪的風尚，到了義大利文藝復興運動期間，已確定了它的文化意義，當時高層社會的休閒與藝文活動，幾乎都以綠茵草坪為襯底背景，使得這種風氣很快傳遍全歐洲。

我坐在綠茵一角，看日光和陰影在上頭的變幻，感覺著風這無窮動的流體正自由穿梭，陽光所到之處都被塗上一層炫霜，這樣的美景不是大自然所賜予的，它是人類高等精神文明的體現，那是人在安撫自己，許諾自己。

我走訪過的所有軍事墓園，都有一塊這樣遼闊的草坪，上頭上綴著綠樹紅花，有些也見閃動著波光的池水，配上諾曼第的萬里雲天，氣氛開闊恬靜深邃，遠非一般公園所能比擬，最適合在上頭游步或臥思。

但是且慢，請尊重死者，請把寧靜還給他們，不可踩踏他們的胸廓與眉棱。

石頭

在離美軍墓園幾公里外，那個叫La Cambe的小村莊的德軍墓園裡，用來打造十字架的卻是黑色岩石，這種石材帶著冷硬、剛毅、凝重的審美韻味，構築者似乎想用冰冷的石頭來壓抑龐大的死亡給人心帶來的躁動，這裡收葬了兩萬一千多個陣亡軍人，是諾曼第規模最大的一所軍事墓園。

高高立在墓園中央那座頭頂十字架兩端的雙人雕像，用的也是黑色岩石，它造型簡潔得近乎抽象。它腳下是一片一望無際的草坪，上面平鑲著一列列十字形深赭紅色的墓石。不知名的鳥兒在樹的濃蔭裡啁啾作聲，一聲聲聽得那麼真確分明，偶爾的間歇，分外叫人覺得這兒的遠離塵囂。

時過正午，頂上陽光煒煒，樹蔭下卻有極薄的霧氣籠罩，使草與樹都帶著一種絲綢般的光澤。這幅澒洞深沉的巨障，攝下了海天無際空間中的明暗推移，叫人有置身於幽深莫測的茫茫巨浸之中的感覺。後來在訪客留言簿上看到有人評點道：「這裡有一種攝人的聖潔之美。」覺得真是說到自己的心眼上去了。

圍牆、拱門、徑道、雕像、十字架與墓石，無不是堅硬厚重的石頭，共同構成一件龐然的雕刻作品，以雲蒸霞蔚的天空為襯布，以綠茵草地當底座，要叫那些在風華未茂時即遭摧殘的生命「壽諸貞珉」。我走訪過的其他墓園也都大量使用石材，但總沒有眼前這座色調這麼深沉，這些黑色的與深赭紅色的石頭，彷彿要把對戰爭殉難者的追思與審痛意識濃縮在它自身裡面，發為更深沉的浩歎。

雖說「任何靜止的東西都逃不脫時間的利齒」，歐洲人卻一向相信石頭體現的永恆，所以儘管有戰爭的破壞，每個時代都留下了一些足以標誌自身的巨型建築，羅馬的萬神祠、廢墟、中世紀的大教堂，文藝復興時代的宮殿與巴洛克建築等等，這些古代建築至今仍然存在，有些甚至還在使用，巴黎聖母院建於十三世紀，當時連印刷術都還沒有哩，而如今早已以電子郵件互通聲息的人們仍然在裡頭做彌撒，雨果稱頌那座石砌的古老教堂為「一首氣勢恢宏的石頭交響樂」，再過一千年，大概也仍然名實相副罷。

石頭像歷史一樣古老，歷史像石頭一樣無言，可是標誌我們這個時代的，難道會是諾曼第這一座又一座碑銘磊磊的軍事墓園嗎？

他們

在Ranville的英軍墓園碰上一群穿著藍色西裝，打斜紋領帶的英國紳士，攀談之下知道他們是登陸一役中，英軍打前鋒的Suffolk軍團的老兵，他們的協會每兩年回諾曼第一次，到英軍墓園來祭悼陣亡的戰友。他們其中一位告訴我，我們腳下就躺著三個半世紀前與他併肩作戰的夥伴。

和平宴安的家居生活使這群七十幾歲的老人看起來比實際年齡年輕，也還保留著戎行中人的堅毅氣質。我陪著他們在園中游步，細讀墓碑上死者的姓氏與墓誌，不由苦澀地想，碑銘作為一種符號，其所指乃是不朽，可是這不朽的虛妄性，也許只有這些一再重訪墓園的倖存者才能體會罷。倖存者經歷生死劫難從戰場回去，在廢墟上重建家園，一定會像伏爾泰筆下的Candide（憨第德）那樣得出個結論：「還是得好好耕作自己的土地。」他們一定會活得比任何人都踏實都入味。可是那些躺在綠茵下的死者，如今只剩下一方碑銘，連曾經做為一個人的個性都被抹去，只強調他們做為一種目的的實踐者的共性與象徵性。周圍的海與森林都有自身的生命，而且隨著歲月不斷生長，只有他們在砲彈聲中永遠倒下，化為塵泥。

我曾經看過他們，甚至記住了其中幾張臉孔。在和平紀念館的紀錄影片裡，我看到他們抽煙，玩紙牌，相互嬉鬧，看到他們擦拭槍械，列隊前進，登上飛機與戰艦，也看見他們高舉著槍涉水前進，無畏地以胸膛迎向砲彈，然後在沙泥與火燄的噴泉中倒在沙灘或丘陵地上，永眠在他們來不及寓目的風景裡。

誠然和歷史與宇宙相比，個人的生命渺小得近乎零，但是浪漫詩人雪萊卻不肯苟同，他說：「與人生相比，帝國興衰，王朝更迭何足掛齒？與人生相比，日月星辰的運轉與歸宿又算什麼？」康德也說，人本身就是目的，是大自然的目的，而不是工具，尤其不是任何統治者的工具。

可是詩人與哲人的聲音總是不被聽見，德國和平紀念館展覽廳牆上，醒目地打出一行數字，從二戰結束至今，全世界又有兩千萬人死於戰禍。站在那個巨大的數目字下面，我想到或許因為我們畢竟無法真正領受他人之死，所以人為的死亡才會如此無窮盡罷，於是就想起了詩人里爾克的幾句詩：

此刻誰在世界上某處死
無端端在世界上某處死
在望著我

諾曼第

諾曼第與巴黎相距只有一小時半的車程，有錢的巴黎人都來這裡買度假別墅，太陽一露臉，便跑到沙灘上去趴著曬屁股，把這裡的房地產價格炒得節節上揚，直追大巴黎地區。大西洋沿岸一帶賭場、豪華夜總會與遊艇俱樂部林立，其中又以Deauville一地最為豪奢，從而有「巴黎二十一區」之稱。

從奧恩河到瑟堡之間長達五十英里的海岸，盟軍登陸的Utah、Omaha、Gold、Juno、Sword

五個沙灘，長長的夏季裡，飽暖富足的人們帶著他們的孩子與狗來做日光浴、放風箏、慢跑、騎馬、玩滑翔翼，這花柳繁華，溫柔富貴的日子後面，完全看不出曾經發生戰爭，曾經有成千上萬的戰士在這裡殉難的跡象，更看不出海岸沿線的城市曾被砲彈打得千瘡百孔，戰後居民經歷過一個又一個嚴寒的冬天，見了外地人問的第一句話是「你們那裡有鞋子嗎？」

但是戰爭及它帶來的死亡，肯定是對人的一種侵害與剝奪，不容忽視、篡改或麻木不仁地加以遺忘，所以遊客到諾曼第來，可以買到一種引導人們巡訪戰爭遺址的特殊地圖，上面詳細標示當時德軍的碉堡，戰後建立的各種紀念碑與紀念館，還有包括美軍兩座、德軍六座、英軍十七座、加拿大軍兩座、波蘭軍一座，共二十八座軍事墓園的詳細位置，讓有心人在墓石磊磊，十字架森森的死亡之域中，自覺地去體驗他人之死，因為對神的謙卑，必須以對自身的失望或絕望，但又仍然渴望自由與和平為契機。

在審痛中悟道，這正是軍事墓園存在的目的。

——原載於《中國時報》「人間」副刊
——《華航》雜誌轉載
——收入《魔鬼・上帝・印第安》一書

走訪一座不知名的小城

靠著對上帝與貝多芬的愛，齊佩爾每天夜裡躲在廁所裡寫出來的樂曲，讓集中營裡的難友忘卻失去自由與時時遭受死亡威脅的痛苦，讓他們擺脫了自以為是納粹鐵蹄下的人間渣滓的自卑感，重新找到尊嚴與生命的意義。

後座的唯平突然叫了一聲，讓大何把車子停在路邊，興奮地指著手上的旅遊手冊宣布他的大發現，原來他剛剛無意中讀到了希特勒的故鄉，那座有著七百五十年歷史的古老小城布羅瑙(Braunau)，就在我們回程的路線上，離腳下的土地也不過二十幾公里路，問我們要不要拐進去探一眼。

我們剛剛離開波光粼粼的月亮湖，沿著鄉間公路朝邊界前進，準備離開奧地利，返回德國境內，維也納這時已被我們拋在身後三百公里外了。車窗外群山連綿，不是大起大落的險峰絕壁，而是波浪一樣起伏的丘陵地，帶著典型歐陸老生帶土地那種溫柔的單調。是個響晴的仲春近午時刻，藍天白雲之下的湖水是那麼藍，遠處山林和近處牧草地的深綠與淺綠間顯現出微妙的層次感，碎石牆面木結構的鄉村老屋色調和諧自然得不像人造的，還有遍地可見的野薔薇、罌粟、迷迭香及別的叫不出名字的花草，在藍綠的主調之間，加進了些警醒美麗的裝飾音，置身這幅闊境樂景中，讓人有誤入世外桃源之感，歐洲人世世代代在尋找的那段失去的地平線，莫非就在這裡？

而且越近布羅瑙景色越是迷人，這時大何就說了：「我們中國人那句老話，什麼窮山惡水出刁民，對希特勒顯然不靈驗，瞧他老家這一派山明水秀！」後座另一個旅伴榮梅接口說道：「不要忘了他本人從事的還是一個最風雅的職業，希特勒原來是個畫家！」

從鄉村公路拐進小鎮後，市區街道狹窄彎曲，石砌的屋子沿街而建，窗臺上放著一盆盆盛放的球莖花與海棠，人們站在窗子後面，帶著戒備之色，看著一車子東方臉孔的陌生人駕著喧囂的車子，輾過他們的鄉里，劃破當地經年累月的沉寂。我們在市區兜了幾圈，尋找路標或任何指示文字，都一無所獲，最後只得停下車子，輪番用英語與法語詢問路人，才找到希特勒的故居。

站在薩爾茲堡十五號前面，我們一行四個都有片刻的恍惚，希特勒那個混世魔王怎能有如此一個庸常的出身背景呢？那是一棟牆面剝落，裸露出來的磚石微生苔色的老舊建築，此外，它與歐陸鄉間慣見的老宅並無兩樣。那位熱心引路的中年婦人用蹩腳的法語跟我們解釋，希特勒出生的這棟房子已被市政府徵用，底層權充幼稚園，樓上則是市政府分支的辦公室。臨街的正門已被封死，進進出出都得經由後門。於是我們又繞了個小圈，找到後門，只見門前豎了一塊極為尋常的石碑，石碑上不見希特勒的字號，卻刻了兩行字，我們之中無人能加以解讀，我只得一字不漏照抄下來，準備隨時就教於高明，果然半小時之後，就在隔壁一號的咖啡館找到一個博學又健談的銀髮老先生，用很嚴謹的法語為我們把那句話翻譯出來：「**千百萬個犧牲者提醒世人，為了和平、自由與民主，絕不容法西斯重演。**」

一百一十年前，希特勒就誕生在眼前這一棟碌碌無奇的屋子裡，沒有任何跡象顯示出那個啼聲微弱，身量不足的嬰兒，會長成一個差點以戰禍把人類文明推向毀滅的大災星。後來咖啡館的閒聊中，銀髮長者告訴我們，希特勒的父親是當地海關一個小文員，他母親是他父親的第三任妻子，希特勒在四歲時，離開那棟位於市中心的房子，被送到鄉下去與老奶奶同住，後來又舉家遷到對岸德國境內去，但很快又搬回布羅瑙，可以說希特勒的童年就是在這個依傍在茵水河畔，緊貼著阿爾卑斯山山腳下的人間畫境中度過的。

石碑上不刻希特勒的姓名與生卒年月，可見他的家鄉父老有意抹去他這個頂著全世界各種語文中最刻毒罵名的人曾存於此地的記憶。據說那塊用來打造碑銘的岩石是專程從達豪集中營運來的，如果我沒記錯的話，達豪集中營就是關押出生在維也納的猶太作曲家齊佩爾的地方，他利用一個可容二、三十人的廢棄廁所，從尋找會做樂器的匠人與會演奏各門樂器的樂手，到作曲給一支擁有十四名成員的管弦樂團每周定期演出，前後只用了不到三個月時間。難友們把納粹黨報上的白邊裁下來黏貼成大幅稿紙，供他作曲時用，為了爭取潛心創作的時間與空間，作曲家主動承攬了打掃廁所的工作。上帝不理睬也不可能解決國家與民族間的征戰和討伐，但上帝確實可以解決個人價值歸屬的問題，拯救人的並不是上帝，而是人以心造的幻影激發起隱藏心靈深處的生之信念，上帝與人類的鴻溝，彼岸與此岸間的阻隔，從而填平。

靠著對上帝與貝多芬的愛，齊佩爾每天夜裡躲在廁所裡寫出來的樂曲，讓集中營裡的難友忘卻失去自由與時時遭受死亡威脅的痛苦，讓他們擺脫了自以為是納粹鐵蹄下的人間渣滓的自卑感，重新找到尊嚴與生命的意義。一九一四年在薩拉熱窩被刺死亡的奧地利大公費迪南的兩個兒子，當時也是達豪的囚犯，是齊佩爾的音樂重新激出了他們的熱淚與生之嚮往的，他們曾多次執著齊佩爾的手，表示欠他一份再造之恩。現在那塊也許曾被齊佩爾的目光與雙手撫觸過的碑石，靜靜立在希特勒故居的後門，來訪者每一回駐足與目光的挖掘都使它發出半世紀前哨的遺響。齊佩爾再一次聯合了上帝與貝多芬，打倒了窮凶極惡的希特勒。

但是在希特勒以一個維也納街頭的流浪畫家投身德國軍旅，從下士軍階幹起，一路屢建奇功，勢如破竹地闖人素來講究門第、等級儼然，由容克貴族、財閥與將領們共同組成的德國最高統治集團，並一步步包攬了一個獨裁者所需要的全部權力時，他家鄉的父老也曾深深以他那個在強鄰境內發跡的本邦浪子為豪，當他決定把奧地利併入德國時，反對的聲音也非常微弱，及至德國軍隊進駐奧國，可以說是在萬人空巷的凱旋聲中直指維也納的。半個多世紀來，奧國朝野不斷為曾淪為納粹的幫凶而做徒勞的辯解，但是只要看看納粹進軍奧京的紀錄片，看看手持納粹卐字旗的維也納人那種喜迎王師、舉國若狂的場面，種種白清的說辭就全變得蒼白無力了。

維也納人很快就發現，希特勒為祖國帶來的不是繁華與富足，借用齊佩爾的話說，「當阿**道夫・希特勒的德國士兵進入維也納後，這個歐洲文化的中心一夜之間便淪為德人治下的無名小城，維也納式的教養與風雅全成了納粹鐵蹄下的塵泥。**」奧國作家褚威格在他的回憶錄《昔日的世界》中，也表達了同樣的憾恨，他在追懷昔日維也納那段花柳繁華，優裕從容的日子時，也控訴了強權在於扼殺天真、毒化意識方面造成的無形但巨大的災禍，像齊佩爾與褚威格這種精神上的孤膽英雄，也只能眼睜睜看著暴政的爪牙使生命的蓓蕾在萌芽期即遭摧殘了。

為什麼希特勒要屠殺猶太人呢？在回程的路上，一向博學好問的唯平於是就從希特勒信仰的幼稚淺薄的達爾文主義說起。希特勒相信人類的生存空間是有限的，因而爭取生存空間的鬥爭將是永恆的，其結果必然是戰爭、兼併與征服。他把種族分成不同優劣等次，其中亞利安人最高貴，迄今的文明都是他們創造的，所以統治世界的使命自然落在他們頭上。既然人類歷史就是種族競爭史，戰爭於是成了常態，和平不過是戰爭的間歇，他要在有生之年實現稱霸歐洲的目的，人生的短暫使得發動戰爭變得刻不容緩，於是一九三八年他統治了東歐，一九四〇年他把版圖擴大到俄國以西的歐洲大陸。德國人一向排斥猶太人，因為德國的經濟命脈大部分掌握在境內猶太人手中，醫生、律師等高收入的自由業者百分之八十都是猶太人，這使得一向自尊自大的德意志民族有故鄉變他鄉，民族命運掌握在異族手裡的危機感，希特勒掌權之後，想進一步獲得基層的支持，便利用了民間這股反猶的風潮，做為自己的政治籌碼，一步步把它推向極端。

讀褚威格的《昔日的世界》，才知道腥風血雨，令人不寒而慄的「生存空間」的政治口號，並不是希特勒的創見，卻是大學者豪斯霍費爾的理論，希特勒斷章取義，硬把它剪裁成暴政與強權的哲學外衣，說是最高貴的亞利安人當仁不讓的使命，德國境內的猶太人便順理成章，成了第一批上了祭臺的替罪羊。

希特勒的時代已過了半個多世紀，歐洲的反猶情緒始終沒有真正平息，各地的排猶主義者持續地散播各種威脅性的言論與事故，經常可以看到畫在公共場所牆上的代表猶太民族的黃色大衛星濺上象徵鮮血的紅色油漆，讓人擔心這種種心理暴行隨時可能演成武力暴行。

這當兒卻傳來震驚全球的印尼黑五月反華暴動，極端的民族主義者把華裔當成「吸血鬼」與「掠奪者」，搧動起廣大貧民的反華情緒，以掩蓋造成人民貧困的根本原因，並轉移大眾對現實不滿的目標。透過外電報導，全世界都看到了印尼人如何重演一九三八年十一月德國法西斯發動的史稱「帝國水晶之夜」的種族屠殺暴行。以百分之四人口掌握全國百分之七十的經濟命脈的華裔，終於成了飽受經濟衰退之苦的印尼土著居民的替罪羊，遭受了納粹時代猶太人的同樣命運。人類的方寸之間，總有一塊沃土，隨時準備好讓種族仇恨的種子在其間抽芽茁長。

歐洲人為了讓世人不忘納粹發動種族討伐與征戰的罪行，經常組織各國青年到沉睡在鐵絲網中的集中營去挖掘屍骨。就在我們走訪希特勒的故居時，正有一群來自歐洲六個國家的年輕人，著手從德國下薩克森州與圖林根交界處的一個集中營，挖出一副副種族屠殺下犧牲者的屍體，把他們重新安葬在象徵基督大愛的十字架下面，透過親手撫觸無辜受難者的遺骸，有自覺地進入歷史罪惡經驗的最深處，在審痛中悟道。

這件事真正足以動人的，是一種歐洲人獨有的宗教情感與原罪意識，因為處生存之境的人與萬萬生靈同類，奉行的是生存競爭的定則，如此才有生命的進化，而信仰之境卻為人類所獨有，因著它才維繫住了種族之間的和平與安寧，使得在生存競爭中的不同民族，可以在一個大慈大悲的神祇的照拂下共存共榮。

——原載於《中國時報》「人間」副刊

——德國《僑報》轉載

安妮之家

安妮一家的藏身處跟「奧斯維茨」集中營一樣，已成為近代文明失敗的公開例證，是從人性罪惡深淵發出的一個苦澀的詞，也是把人類歷史上那樁最大的暴行打進公共意識的最有力陳說。

在安妮父母臥房的牆上，我看到發黃晦暗的壁紙上用筆劃了兩排橫桿，每道橫桿旁都記著日期與月份，不由得會心一笑——在我與我先生的臥房牆上，也有這麼兩排一階階往上竄升的橫桿，那是我們兩個兒子的身高紀錄，每隔一段時間，我們會把他們召到臥房來，讓他們輪流在頭上頂著一本書當水平儀，做爸爸的會用鉛筆沿著書脊飛快劃出一條線，準確地記錄了孩子當下的身高，發現他們又長高了些，我們便喜形於色，要是不呢，我們便微微有些負疚感，生怕沒讓他們吃足睡夠。看來安妮的父母也跟我們一樣，在孩子的成長中經驗著一種朦朧的幸福與希望。

安妮長得可真快，從一九四二年七月到一九四四年七月底，在躲避納粹警察搜捕的短短兩年時間裡，一共長了十三公分，在當時的日記裡她這麼寫道：「整個冬天媽媽和瑪歌都在織毛衣，因為我和瑪歌都長高了不少，從家裡帶出來的衣服全變小了，上衣穿在身上總要露出肚臍眼。」前一年那個夏天，法蘭克一家倉皇出逃，一人帶了一個簡單的行李，在飄潑大雨中走了幾公里路到我們正參觀著的這個藏身之處，把一生積累的財富及溫暖的家庭生活回憶，一股腦兒拋到身後，在路上，做父親的才跟兩個女兒解釋了整個藏匿計劃，他們將要躲到法蘭克先生辦公室樓上的公寓裡，與原來住那兒的人混居在一起，直到劫難過去。當時安妮十三歲。

在歐洲這塊多種文化浸潤過的土地上旅行，發現處處是古蹟，沒有古蹟，也有藝術創作者或功在邦國者的故居可以參觀，有的名氣大，有的名氣小，看多了「故居」，新鮮感一過，已覺得那些簡單的陳設侷促、造作、離題，雖然以人為主題卻往往落下「此中無人」之感，慢慢的就很少受誘動了。可不是嚒，一個偉大的心靈，除了他的心智活動特別穎脫不群外，世俗生活的層面也就是個尋常人罷，想必他的居所也與尋常人的居所大同小異，再說，當一條澎湃洶湧的河流滔滔而去之後，那留下來的乾涸的河床，無論如何也覓不回原來的流勢與動能了。

但是安妮之家卻非看不可。

整個西方不斷透過哲學、文學、神學及各種文藝創作形式，沉痛地反思納粹暴行的罪惡與不幸，可是歐洲各地的新納粹分子卻一日日活躍與壯大，身為居住在歐洲的外邦人，不僅是活在種族主義殉難者的問題之中，自身也成為新一波種族主義潛在的受害者。我永遠忘不了我們一位老鄰居說過的話，在談到猶太人的問題時，他夷然地下了個結論：「這個民族太強了，除了殺死他們，別無辦法。」幾年過去了，我始終沒有從這個驚嚇恢復過來，滅絕一個種族的理由可以那麼簡單，也可能只是那麼簡單，我們的老鄰居想法竟跟希特勒一模一樣，歐洲人為了「爭取生存空間」，非得把猶太人趕盡殺絕不可！這當兒，安妮一家的藏身處跟「奧斯維茨」集中營一樣，已成為近代文明失敗的公開例證，是從人性罪惡深淵發出的一個苦澀的詞，也是把人類歷史上那樁最大的暴行打進公共意識的最有力陳說。

我們是從市中心的水壩廣場一路走過來的，正好趕上一次有解說員帶領的參觀時段。在這之前，我們已遊過了運河與花市，參觀了建築在一萬三千六百一十九根木樁上的荷蘭皇宮與塔索夫人蠟像館。水壩廣場上蹣跚肥胖的鴿子隨地游步，有時甚至大膽地飛撲到人身上來覓食，只要在原地站上三分鐘，就會被這些咕嚕咕嚕叫著的小飛禽團團圍住。遊阿姆斯特丹的所有參觀路線，差不多都以這個廣場為起點與終站，廣場中央的二戰陣亡將士紀念碑周圍便擠滿了來自世界各地的觀光客。廣場的東南角已成了飆舞者的專屬天地，搖滾樂播得震天價響，許多不同膚色的年輕人正在那兒縱情起舞。

這麼一個阿姆斯特丹是輕快無憂的，所以浪漫的法國人想找一個更無禁忌的天地放肆去時，便會想到這個歐洲最自由的城市，這兒有行走在運河上的咖啡館與酒館，有合法買賣的輕毒品，還有紅燈區裡的櫥窗女郎，在享世的氣息中帶著濃濃的頹廢色彩。從廣場往城市外圈走時，迎面而來的總是一條條狹窄的街道和與街道平行的運河，一式的河道上一式的小橋，伴著古舊逼仄的石街，灰撲撲的老磚房，讓人越走心情就越沉重。

阿姆斯特丹有四條運河環繞市中心，市內河渠縱橫交錯，形成一座真正的「水城」，河道把市中心割成許多小塊，安妮之家就在「普林」(Prinsengracht)運河區內，是一座推窗臨水，開門見河的尋常四層樓建築，這種又窄又高的磚砌樓房已成了這個城市的特有景觀。據說以前市政府是以樓房門面的寬窄而非居住面積來收稅的，因此市民們蓋房子時，都盡量把門面縮窄，卻大大加長縱深和高度，這樣的房子都有著又窄又陡的樓梯，搬家時大件傢俱難以通過樓梯移進樓上房間，只得從窗子用吊鉤吊上去。

「安妮之家」與有名的西教堂(Westertoren)僅隔一個街區，安妮經常凝神傾聽教堂傳來的鐘聲，感覺神與她一家人同在。法蘭克一家可能一直以為神與他們同在，他們生活在無道理之中，更得靠信仰的力量才能撐持下去。在那段愁慘的藏匿期裡，兩個女孩子依然兢兢業業地自修學校功課，以便哪天復課時程度不致於落在其他同學之後，她們還透過函授方式學會速記，安妮的一部分日記便是以速記方式寫成的。安妮這個書痴更是大量閱讀窩藏他們的好心人幫她從圖書館借回來的各類書籍。法蘭克先生還教兩個女兒及躲在他們樓上的朋友馮・貝勒夫婦的兒子彼得英文，就在這兩家人被德國秘密警察逮捕那個早晨，法蘭克先生還在輔導彼得英文課哩。

現在我們到了安妮的房間。傢具全撤走了，倒是安妮當年貼在牆上的明星照片還在。解說員提到，在出逃之前，法蘭克先生便預先把安妮收集的海報及明星照片送到藏匿處，以便安妮住進來後，可以裝綴光禿禿的牆面，讓老舊的房間多些生機。安妮跟所有她那個年齡的女孩子一樣，腦中充滿著不著邊際的幻想與虛榮心，她崇拜明星，夢想著哪一天要去叩好萊塢的大門，在日記本裡她貼上一張自己的照片，得意地下了這樣的註腳：「要我能一直維持這個狀態，好萊塢就會為我打開大門。」我們也可以從她的日記看到她的另一面，這個小女孩子無城府但有定見，叛逆性也強，她輕易能看穿大人們的虛偽、怯懦與委瑣，不斷在日記裡用犀利又嚴苛的字眼毫不留情地批評他們。明星夢之外，她也憧憬作家的創作生涯，她的勤寫日記，正是出自這股內在的驅力。

解說員告訴我們，眼前這個小房間原先屬於安妮與瑪歌，擺了兩張小床後，就再沒有多少空間了，在法蘭克家的老朋友普菲弗先生到來後，瑪歌便搬去與父母同住，把床位讓出來給普菲弗先生。比起其他藏匿者，法蘭克一家住得算是比較體面的，當時很多猶太人躲在無門無窗的天花板夾層裡，經年像老鼠一樣地生活著，還有很多猶太小孩被寄養在鄉間的農家裡，從而免去一死，可是劫後卻再也見不到他們的父母了。對此安妮自覺是幸運的，在一九四三年五月份的日記中，她這麼寫道：「我實在無可抱怨的了，跟其他被送往集中營的猶太人比起來，我們在這兒簡直有如住在天堂。」

從二樓安妮的房間看不到運河，倒是看得到後院那棵百年老栗樹，由一次大戰前拍攝的一張照片來比對眼下的實景，發現近一個世紀過去了，人間已經過幾度腥風血雨的洗染，可是整個街區的景觀幾乎沒有改變，老栗樹周圍的磚頭房子依然紋風不動地立在原處，教堂、街道、運河也依然，就連每隔半個小時響一次的鐘聲，聽起來也像是這個街區固有的聲音，像是生命之初之中之終的聲音，它在春日溫暖的陽光裡彌漫，飄搖溶解進西歐深邃浩大的蒼穹，單單活在這樣亮麗的雲天下，就給安妮無盡的生之歡愉，對此在日記裡她曾有幾番動情的描述。

但是安妮最喜愛逗留的一個角落，是囤積著大夥食物的頂樓儲藏室，從那兒的老虎窗可以看到西教堂，況且那個漂亮文雅的十六歲男孩彼得就住在裡面。十四歲半的安妮戀愛了，彼得回答了她的愛。即使在最愁慘絕望的日子裡，愛情仍然很可謀得一醉的，在愛情面前，首先死亡就喪失了它駭人的力量。兩個青少年經常連著幾個小時偎在一起，透過木格子窗靜觀美麗的雲天，盼望重獲自由的日子到來。

我們上了頂樓。這個小單間和其他房間一樣，也已徒留四壁。老虎窗開著，可以一眼瞥見那座新文藝復興與歌德混合風格的西教堂的方形四層鐘塔及塔尖，安妮在面對以一碧如洗的長空為背景的教堂鐘樓時，曾這麼寫道：「我想一切都會變好的，暴力終究會過去，和平終究會到來。」不知怎麼，眼前的景象突然使我想起電影《逃出蘇比波》裡一個令人震懾的畫面，美麗的田野上矗立著集中營焚屍爐的煙囪，陽光絢麗，空氣澄清透明，天地一片靜好……後來重讀「安妮日記」，發現上述那段文字寫於一九四四年七月十五日，六天後她一家人便被秘密警察逮捕了。

從頂樓下來，解說員領我們到一樓辦公室通往二樓藏匿處那道入口，指著立在一旁那個已布滿蟲眼的三層原木大書櫃解釋道，書櫃是為了遮蔽二樓入口的暗門，才從別處搬來的。法蘭克一家躲避在這裡那段時間，大樓幾度遭竊，居民把警察引上門來調查時，全家人就得機警地躲進小閣樓去，所幸警察從未發現書櫃背後那道暗門。局勢一日日緊張，搜捕猶太人的行動越來越頻繁，也越來越徹底，很多荷蘭人因為窩藏猶太人而被關押到集中營去，納粹的巡邏車日夜在大街小巷監查居民的一舉一動，廣播大聲催促那些躲藏著的猶太人出來自首，同時鼓勵知情者去告發他們。安妮活在預知的恐怖之中，這種恐怖既無法用理性來排除，也無法為之找到哲學的安慰。

窩藏安妮一家的四個好心人，原來是法蘭克先生公司的雇員，雙方在僱傭關係外，也建立了深厚的私人情誼，這是生死交關時，法蘭克先生敢將一家人的生命交到他們手上的原因。納粹權威當局曾斷言，猶太人這種劣種民族是不會有朋友的，一旦搜捕開始了，便再也找不到庇護，很容易將他們一網打盡。這個斷言錯了，在納粹占領時期，荷蘭住著十四萬猶太人，搜捕開始後，估計有兩萬五千人躲藏起來，其中大約有九千人被逮捕，送進死亡集中營，有一萬六千人存活下來，這些倖存者都是靠荷蘭朋友冒著生命危險挺身相護才躲過一劫，納粹法西斯在這點是失算了。

終於說到了安妮一家被逮捕一節。

法蘭克先生在小閣樓輔導彼得英文，那是個美麗的夏日早晨，跟其他日子沒有什麼兩樣。可這時闖進了五個陌生人，其中一個穿著德國警察的制服，另外四個穿便服。窩藏和被窩藏的人都在，高高舉著雙手，制服的與便衣的警察手鎗上了鏜，撞開了那口遮住秘密通道的大書櫃，爬上二樓、三樓、四樓、小閣樓，把呆在上面的彼得與法蘭克先生押下樓來。錢和珠寶藏在哪裡？一個荷蘭納粹以充滿脅迫性的口吻問，隨手拿起一個盤子摔碎在地板上。我們跟著解說員又上了二樓法蘭克夫婦的房間，荷蘭納粹們在這個房間搜出了他們所要的東西。這些法西斯的鷹犬不相信眼前這一大群猶太人竟順利地在這棟鬧市裡的普通民房躲了兩年時間，更不相信他們的荷蘭同胞願意拎著自己的腦袋挺身相護。

我們當中有人開始掉眼淚，並且抑制不住地抽泣起來，其他的人也跟著一個個哭了，有趣的是，我們這支臨時湊在一起的參觀隊伍，至少來自四、五個國家。我早聽說參觀安妮之家很少人能忍得住眼淚的，我想呆在那一群淚人兒當中，我也會跟他們哭成一團的，便輕輕移步到房間另一頭去，去看留在牆上的安妮與瑪歌的身高紀錄。這下我弄懂了我感動的原因了，法蘭克一家在生死交關的非常時節，並沒有自怨自艾，狼犺度日，卻還孜孜矻矻日求寸進，要對生命有多麼堅貞的信仰，才能辦到這點呢？

我們的解說員走向我，她的眼眶也是紅紅的，這是一個與我年紀差不多的荷蘭婦女，據說她那份解說的工作是義務性質的。荷蘭納粹不相信法蘭克一家當真在這棟房子裡躲了兩年，她又走前兩步，指著牆上兩個女孩的身高紀錄說，法蘭克先生便讓他們看這個，在這裡，從他們一家抵達那天開始紀錄起，年月日都清清楚楚記載在這裡。

眼淚劃過我的臉頰，我一再深深吸氣，以抑制大聲哭喊的衝動，「奧斯維茨之後詩已不復存在」，這是德國哲學家阿多爾諾(T. W. Adorno)的警世恆言，可是法國哲學家沙特說得更徹底，上帝最終死在奧斯維茨集中營！在那個叫做Karl Silberbauer的荷蘭納粹看了彼得手上的英文課本，看了法蘭克家兩個女兒的身高紀錄之後，仍然把這些可敬的尋常人押解往死亡集中營時，上帝就徹底死了僵了，這是卡在我喉嚨一直沒能吐出來的話。

從奧斯維茨集中營倖存下來的，只有法蘭克先生一人而已。瑪歌與安妮在集中營被剃光頭髮，最終因為染上傳染病，死於一九四五年三月，幾個星期以後，英軍解放了這處集中營。

走出安妮之家時，已近黃昏時刻，我往西教堂的方向走，看見教堂尖頂的影子已伸向街心，這時候鐘聲又響了起來，便尋著鐘聲往前走。這鐘聲如此地響，轟轟然灌入大氣裡，一波波往外迴蕩，可現在聽在我耳中，它已不再是神無所不在的一種宣告，相反的，倒像是在掩飾神的缺席哩。

滑鐵盧古戰場斷想

他們對拿破崙這個歐洲歷史上的千古一帝，始終抱持著一種「星落秋風五丈原」的感情基調，我想這也是世人一種普遍的感情傾向。拿破崙「慘遭滑鐵盧」的地方，於他於法國人理當是一塊傷心地，可在這裡卻出現了歷史的悖論，勝者並未成王敗者也未淪落為寇。

歷史上的風雲際會全部煙消雲散了，戰爭已成了遙遠的夢影，我們腳下的土地，只不過是西歐極普通的麥田、玉蜀黍田而已。上午十點多鐘，滿眼陽光的鋒芒與金屬般的亮澤，沿石階走向平地而起的銅獅山丘的戰爭遺址，一行人都冒汗了，氣喘微微地上了丘頂，倚著欄杆小憩一下，頓時汗收乏散，神回氣轉。

這是離比利時首都布魯塞爾十三公里遠的一個小村莊，但是十九世紀規模最大死傷最慘重的那次戰役，近兩個世紀來把它的名字鍛打成舉世皆知錚錚有聲的歷史名詞，自此「滑鐵盧」不再只是比國境內一個藉藉無名的小村落，它與拿破崙、威靈頓、布呂歇爾這些曾叱咤風雲的梟雄豪傑名字聯結在一起，成了決定歐洲近代命運的滑鐵盧戰役的同義字。因為拿破崙在此吃敗仗，滑鐵盧一字竟由專有名詞變成普通名詞，變成動詞，而有了英雄敗走麥城的迥然不同的意義。

我們此行的導遊是維多，一位中學的歷史教員，這嚮導工作完全是義務性質的，據說是他寫了公文，要求把滑鐵盧一地列入市民參觀「歐洲首都」布魯塞爾的行程中的。對這段歷史我毫無家國榮辱之感，但到了這個史跡地之後，立即領悟出維多在這件事上頭的用心。想起現代基督教神學有一派主張，認為該強調人類曾經歷過的所有劫難，並且得把這些劫難打進公共意識，絕不認可所謂社會進步就能抹滅各種戰爭劫難為人類帶來的不幸與傷亡，戰爭與死亡肯定是對人的一種侵害，不應將它篡改、縮小或美化，也不能為它附加某種意義，在這個觀點下，歷史永遠是負疚的，有罪的，人應該反覆加以追憶與反省。

然而同行的法國人大概都抱著朝拜英雄的心情而來的罷，他們對拿破崙這個歐洲歷史上的千古一帝，始終抱持著一種「星落秋風五丈原」的感情基調，我想這也是世人一種普遍的感情傾向。拿破崙「慘遭滑鐵盧」的地方，於他於法國人理當是一塊傷心地，可在這裡卻出現了歷史的悖論，勝者並未成王敗者也未淪落為寇，此地雖然建有以勝軍首領威靈頓為名的博物館，但歷史的塵埃落定後，人工築起的山丘與熔當年法軍大炮鑄就的銅獅，都不再能鎮住拿破崙的聲名，來自世界各地的觀光客蝟集在陳列著法軍鷹徽與刻意縮小尺寸的拿破崙雕像前面，戀戀難去，勝軍之將威靈頓反而成了陪襯。如果就影響力與推動歷史前進的貢獻而論，這個局面，反映的還是歷史的公正哩。

站在丘頂，只覺腳下這塊地十分仄窄，不由懷疑它怎能容得下敵對兩軍共二十幾萬兵馬在此拼殺，後來看了導遊手冊才知道，我們身處的這個能俯視整個滑鐵盧戰場的制高點，乃是荷蘭政府於一八二〇年修築的人工山丘，為的是在高出地面四十五公尺的丘頂豎起那頭象徵奧朗熱納梭地區的雄獅，正是在這個地點，統帥比利時與荷蘭軍隊的荷蘭親王在戰鬥中負了傷。聳立丘頂的雄獅雙眼緊盯法國，寓意牠保護國家，時刻提防法國侵略者的炮火，當時比利時還是荷蘭王國領土的一部分，荷蘭視法國軍隊為入侵者。從雄獅山丘環顧四周曠野，週圍幾公里內的星散農莊，就是一八一五年六月中旬拿破崙大軍與反法聯軍鏖戰的場所，尤其是Hougoumont、La Haie、Sainte、La Papelotte、La Belle-alliance等幾個農莊，戰鬥特別激烈。

進入丘頂的圓形建築裡面，可以看到滑鐵盧戰役的總覽圖，和由畫家L・杜穆林繪製的週長一百一十公尺的油畫巨構，畫作下面還有一個電子模型顯示這場惡仗的進程。透過館中導遊一場多媒體講座精簡扼要的敘述，我們重溫了那次把滑鐵盧載入史冊的知名戰役。

一八一五年三月，拿破崙從被流放的厄爾巴島出逃，潛返法國巴黎，號令舊部逐走路易十八。當時正為歐洲已恢復君權固有秩序而彈冠相慶的各國朝廷聞之膽寒，為阻止拿破崙再度稱霸，英國、荷蘭、普魯士等國立即組成聯軍，英軍由威靈頓，普魯士軍由布呂歇爾統領，在六月間直揮法境。媾和不成後，拿破崙立即重組法軍，御駕親征，誓言要一舉潰敵，重振法蘭西帝國聲威。他擬了大膽的作戰計畫，企圖以急行奇軍出其不意將聯軍分而殲之。六月十六日，雙方在滑鐵盧一帶首度交火，一場流血拼殺後很快橫屍遍野，普軍之帥布呂歇爾因坐騎中彈而負傷墮地，拿破崙命手下大將格魯希帶兵追擊潰逃的普軍，保留主力以迎戰英荷聯軍，可是一場瓢潑大雨阻礙了法軍對普軍的乘勝追擊。十七日，法軍與英荷聯軍在風雨中展開惡戰，雙方死傷慘重，法軍仍占上風。如果拿破崙預期中的三萬援軍按時抵達，這一役肯定成了威靈頓的「麥城」，可是卻碰上了個優柔寡斷的格魯希，沒有接到拿破崙手諭，便一直在歧路上按兵不動，而普軍則擺脫了追兵，從右側掩殺過來。十八日，陷入重圍中的拿破崙派出精銳部隊迎戰英軍，以巨大的火網重創對方，自己亦損失慘重。入夜時分，英荷聯軍與普軍實現會師，寡不敵眾的法軍開始潰退，金戈鐵馬文治武功的拿破崙史詩時代終於一去不返。

我曾在英國小說家司各特的《拿破崙傳》、法國小說家斯湯達爾的《巴馬修道院》，和奧國小說家褚威格的《歷史特寫》文集〈滑鐵盧的一分鐘〉中，讀到對這一役深刻而生動的描寫，這些作家評說起這一役，無不慨歎偶然之莫測，機運之無常，即便嚴肅的史家如房龍，也不免要問，如果當時拿破崙的援軍即時趕到，如果「慘遭滑鐵盧」的不是拿破崙而是威靈頓，歐洲歷史的脈絡將會往哪個方向延伸？絕路英雄拿破崙的命運是歷史的必然還是歷史的偶然？一些看似必然的歷史事件，難道不是由不同的偶然因素促成的嗎？褚威格在〈滑鐵盧的一分鐘〉中，就認為決定滑鐵盧一役勝敗關鍵的，是銜命追擊潰散普軍的法軍大將格魯希——當時法軍進攻，英軍退守高地，交戰雙方都已疲憊不堪，誰先得到增援，誰就是勝利者，威靈頓等待布呂歇爾，拿破崙盼望著格魯希，結果布呂歇爾擺脫了格魯希的追擊，格魯希卻泥於軍規，在沒得拿破崙的手諭之前，硬是在野地按兵不動，不敢折回頭去馳援法軍，這個毫無主見的庸才用一分鐘時間所作的決定，竟全面性地改變了整部歐洲歷史！人類歷史的進程充滿了這麼多的偶然，在偶然的左右下，不知有多少英雄豪傑易水悲歌，又不知有多少豎子一夕之間造就了豐功偉業。

銅獅山丘腳下已形成一個由博物館與旅店組成的聚落，其中有個蠟像館，栩栩如生地重現了滑鐵盧戰役中，圍繞著拿破崙及其對手威靈頓與布呂歇爾的歷史場景。隨後我們也參觀了石子農莊(La Ferme De Caillou)的拿破崙博物館，拿破崙在這個農莊裡度過他稱霸歐洲生涯中的最後一夜，我們看到他當時睡過的床，和幾幅軍事地圖、勳章、短劍、一個喪葬面具，不同戰役的紀念品等貼身物件。當晚我們便落腳在附近一個小客棧，晚餐餐桌上大夥多喝了兩杯紅酒，便在維多的引領之下去烏古蒙農莊(Ferme d'Hougoumont)附近憑弔那個古戰場遺址——當年英軍與法軍為了爭奪這個制高點而展開近距離廝殺，光農莊周圍就躺了近萬具屍體。我們在月光下的平野裡游步，感覺自己就漫步在闇長的時間迴廊裡，一邊是壕溝與仗陣的遺址，一邊是遠處歷史俯瞰下的蜉蝣人生。

我彷彿看到北方的暴雨下個不停，列隊行進的士兵步履艱難地在黑暗中前進，每個人的靴底都帶著兩磅泥。沒有河渠，沒有大樹，沒有屋舍，沒有任何蔽身之處，連麥稈與牧草垛都是水淋淋的，無法躺下來舒展四肢，只得讓十個或十二個士兵互相背靠背地坐在地上，直著身子在滂沱大雨中打個盹。他們在出發之前已預約了死亡，他們永遠聽不到凱旋而歸時的歡呼，未能接受少女的鮮花，但在那一刻，他們並不知道即將迎接他們的會是什麼命運，所以天亮時，當騎著白馬的拿破崙沿著前線檢閱軍紀時，在呼嘯寒風中，旗手們仍然高高舉起戰旗，騎兵們英勇地揮舞軍刀，步兵們則用刺刀挑起自己的熊皮軍帽，向統帥致敬，七萬個士兵一起從肺腑深處喊出「皇帝萬歲」，那是拿破崙征戰二十年中，一次最壯觀最熱烈的閱兵式。

為什麼這些優秀的高盧人子弟，會一心一意效忠拿破崙這位從沒學過正確拼寫法文，說起法語一直帶著濃重義大利口音的外國人呢？他們並未得到任何報償，也不期望報償，卻願意為他赴湯蹈火，被他帶到遠離家鄉的千里之外，向著俄國、英國、西班牙、義大利或奧國的炮火挺進，在死亡的邊緣掙扎時仍然對他高呼萬歲？為了回答這個問題，維多很有一番躊躇，末了還是引述了房龍的說法做為解釋——拿破崙是個最偉大的演員，而整個歐洲就是他的舞臺，不論是在埃及的沙漠，在義大利平原，或是在俄國冰封的雪地上，他都臨危不懼，安然自若，而且能適時適地用言辭來激起士兵的勇氣，讓他們相信他們即將去成就一樁史無前例的英雄事業。野心是他終生的內驅力，加上他的自我信念，要使拿破崙成為僅次於上帝的世上最重要名字的絕對意志，把這個矮個子的科西嘉人帶到前所未見的權力的峰頂，他挑起的戰爭、獲得的勝利、進軍的行程、征服的土地、殺戮的人數、進行的改革，比在他之前歷史上的任何人，包括亞歷山大與成吉思汗在內都多，真是歐洲歷史上的千古一帝。

隔了一天半的時間，拿破崙對山頂四次火力強大的進攻都被擊退下來，炮火的硝煙像屏幕似地切斷遠處的視線，他發現東北方一股黑魆魆的人馬迎面奔來，難道是格魯希大膽違抗命令，奇蹟般地趕來會師了？可是並不！那是布呂歇爾的殘部趕來援助困守山丘上的威靈頓大軍，四面八方傳來咚咚咚的戰鼓聲震耳欲聾，整個平原都在顫抖。這個消息飛快在法軍中傳開，大軍箍桶似的嚴密防線開始鬆散開來，這時威靈頓騎馬走到山崗前沿打起預示勝利的手勢，原先已筋疲力竭的英軍一下子躍身而起，向著潰退的敵人衝過去，普軍騎兵也揮起軍刀從側面掩向倉惶逃竄的法軍，一路猛擊猛打，輕易便擄獲了拿破崙的御用馬車和全軍的財物糧餉。拿破崙在夜幕的掩護下逃出戰陣，在半夜時分才躲入一家低矮的鄉村客棧裡，這時他已不再是個皇帝了，怯懦的格魯希一分鐘的遲疑，就毀了他這個最具膽識最富遠見的人物用了二十年時間建立起來的全部英雄業績。

歷史在眼前這片農地奔騰而去，波瀾壯闊，所有的勛功偉業都隨風而逝，眼前富庶平寧的田園風光，早已洗去了有關戰爭的全部記憶，曾發生過的慘烈的流血與死亡並未驚擾它，大自然任你來隨你去，一切都天經地義，它無一遺漏地包容了一切，當然包括微不足道的人類與他們微不足道的命運，只有史書記載的悲壯戰況與驚人的死傷數字，在澆灌著紙上的亂世風雲。我沒來由地想到小說家Paul West寫過的一句話，「血的氣息如塵土」，是的，再多再熱再紅的血灑向了土地，不需經過太久的時間，也就被塵土吸收消化殆盡了，滑鐵盧一役跟所有的歷史事件一樣，不也就是一幕驚心動魄卻漫無目的的戲劇嗎？

滑鐵盧做為一個「敗走麥城」的轉意字，意象仍然鮮活，做為戰爭事件本身，卻已成了遙遠的歷史陳跡。隔日我們的旅遊巴士一路暢行無阻地開往歐洲首都布魯塞爾歐共體宏偉的辦公大樓，聆聽著迴響在這塊大陸上的統一整合的腳步聲時，我充分體會到維多安排那趟憑弔古戰場之旅的深層意義。在歷史上飽經戰火蹂躪的歐洲大陸，畢竟比其他地區更早走向成熟之路，昔日幾度拼殺得你死我活的德法兩大民族，已成為和平統一歐洲的中堅成員，用經濟共同體、歐洲聯盟、申根協定、馬斯特里赫條約，將多民族多語種的歐洲國家帶上互利共生的坦途，成就了拿破崙無法用劍達成的事業。

——原載於《幼獅文藝》月刊

櫥窗女郎

可能全世界的「紅燈區」都刻意保留那種髒亂頹敗的景象，因為太潔淨的氛圍會扼殺殘存在人身上的獸性，讓那類等而下之的心思碰上障礙，放不開。

我們一夥人在專門陳列「櫥窗女郎」的阿姆斯特丹紅燈區轉了一圈以後，馬上搞清楚了哪條街專賣金髮碧眼尤物，哪條街集中展售南中國海來的東方佳麗，哪條街又以黑美人為招徠。旅遊指南寫道，這是以紅色霓虹為標記的合法娼家，領有執照的妓女必須定期接受婦科醫生檢查，與街上流娼不同的是，她們不必頂風冒雨上街兜攬生意，只需把自己剝個半光陳列在臨街的櫥窗待價而沽。窗臺上裝有霓虹燈管，製造出一種迷離恍惚的夢幻效果，也為她們畫著濃粧的臉增添幾分春色。

那個不到一坪大的櫥窗大概是整個紅燈區最講究的一個，可以稱做阿姆斯特丹文藝復興式，許多細節都刻意模仿路易十六時代的風格，牆壁與天花板飾有金箔，桌腳椅腳綴上漩渦花紋，有一面牆壁的壁紙是整幅的複製畫，畫著追逐裸體少女的牧羊神。核桃木的沙發床繃著酒紅色的天鵝絨，上面斜躺著一個穿湖綠色三點式內衣的艷麗金髮女郎，她正百無聊賴地舉著一雙剛上了指甲油的手等它們自然風乾。我在她櫥窗前遠遠一個暗角站了許久，心想如此的美女，應該生下來就有傲骨與身價的，何以淪落到這個人肉市場來呢？

拐角那個櫥窗裡的棕髮女郎正在打毛衣，工作得專心肅穆，長睫毛襯著蒼白的臉色，偶爾會伸手抿抿鬢角的亂髮。她把她那一小方空間布置成一處理想家園，需要的東西全伸手可得，彷彿已在那兒安身立命了。

我特別忘不了那個還帶著幾分學生氣質的亞洲少女，她不像其他女郎那樣著三點式內衣，別出心裁地穿了一襲純白色的連身紗裙，披著一頭緞般的長髮，似笑非笑地望著櫥窗外的世界。我順著她的眼光打量走入她世界來的男人，除了一部分為獵奇而來，僅止於Window shopping的觀光客外，其他那些一臉目搖心蕩，不能自已的男人，都是些靈魂渺小，形象猥瑣者流。正當我挪步要走，卻見一個形容獰惡的黑胖大漢推開她的門走進去，隔著玻璃窗兩個正在討價還價的人看著眉眼綽約，讓我從自己的思索中驚醒過來——這個面貌清秀的女孩只不過是個妓女罷了。

供應櫥窗女郎的妓院傍河而建，樓道與樓道之間以彎彎曲曲的小橋互通，設計者的原意大概是方便遊客河上駐足靜觀，倒映河心的樓影果然如一幅幅幾何抽象畫，不提裡頭日夜進行的人肉交易，還真有「小橋流水人家」的風致哩。然而這地方是不耐細看的，細看之下會發現它藏污納垢，尤其橋墩子和通向老建築地下室的樓梯臺階，往往落滿鴿糞，堆滿空瓶空罐及塑膠袋，簡直成了一個個垃圾坑，入眼一幅傖俗破敗的景象。

這才想起，我走訪過的幾個大都市的紅燈區都是一副髒兮兮亂烘烘的景象。東京的街道真可謂一塵不染了，可是一到新宿(Shinjuku)的「歌舞町一番街」，只見馬路兩旁扔滿城市居民的廢棄物，從絲襪、安全帽、冰箱到床墊應有盡有，人行道上也丟滿果皮紙屑，與大和民族愛潔淨的脾性非常不合拍。巴黎蒙馬特聖心教堂下「紅磨坊」夜總會所在地的色情專業街，也是破敗老舊，毫不見「花都」的富麗與輝煌。還有臺北的華西街與廣州街，也只能以城市之瘤來形容了。

我因而懷疑，可能全世界的「紅燈區」都刻意保留那種髒亂頹敗的景象，因為太潔淨的氛圍會扼殺殘存在人身上的獸性，讓那類等而下之的心思碰上障礙，放不開。介紹阿姆斯特丹紅燈區時，旅遊指南這麼寫道：Not exactly respectable but that's his main attraction——不那麼可敬卻正是它的魅力所在。信哉斯言。

「櫥窗女郎」專業街之髒之敗壞，還因為這兒是荷蘭癮君子蝟集的地方。由橋的木扶手上總是倚立著三兩成群的人，我以為他們也是觀光客，經同行的法國朋友點撥，才知道那是吸毒者與毒販子在進行交易，他們傳接力棒似的，兩人橋上一接頭，三兩分鐘也就銀貨兩訖了。

早聽說荷蘭是毒品消費者的樂園，輕毒品可以合法買賣，政府甚至免費定量供應給成癮者，以切斷毒品的供需網絡。可是吸毒這件事畢竟見不得人，癮君子自慚形穢，什麼地方也不敢去，就只能躲到紅燈區來與皮條客和妓女為伍，橋上買到毒品，隨便找個陰暗的角落一蹲，脫下外套，撩起袖子，把針管哆哆嗦嗦扎入皮下血管裡，便歪躺下來等候那種風吹楊柳飄飄欲仙的滋味了。

細看之下，發現吸毒者果然大異於常人，臉皮像曬焦烘乾的牛皮紙，襯得眉稜高聳，眼窩深陷，下頦前伸，面相多少退化成原始人種了。也就是這些隨處可見的癮君子，為紅燈區增添了一股魑魅魍魎的世紀末景象，讓它髒到骨子裡去。

可是旅遊指南指稱的，阿姆斯特丹紅燈區是The Vice Sink of Europe，說的卻是「櫥窗女郎」之存在的社會悲劇。「櫥窗女郎」是女色商品化這個概念走到極端的一個例子，把性像飯菜或藥丸那樣賣給有那方面需要的人，講究交易的公道與透明度，成立一條專業街，讓顧客可以貨比三家，不至於空手而返，而且家家都把「貨品」剝去包裝公開陳列到玻璃櫥窗裡，讓意者細細品味，正確估計眼前商品的價值。

問題是，「性」是一個女人身上最私己最珍貴的東西，我們實在不能假設它不再具有自身以外的意義，假設它可以從倫理道德中解放出來。雖說大部分時間我們人的理性與道德感都處於休眠狀態，但面對如此「物化」人性的場面，仍然覺得驚心動魄，情難以堪。

這個悲劇也是「櫥窗女郎」自身的，因為性是愛情專有的語言與儀式，性的大部分形式都與愛情同構，她們出售性，同時也就出賣了愛情，而愛情是理想的一種，甚至是所有美好理想的動因，哪天她們發現了愛情，想走向愛情，將會發現自己已失去了表達的能力與工具，要賺多少錢才能彌補她們這種心靈上根本的丟失呢？她們不是具有邪惡力量的「粉骷髏」，只是一群受命運撥弄，在淫媒的操縱與剝削之下，在性病的威脅與摧殘之中，喪失了希望與對美好事物的感受能力，喪失了人生餘情的社會邊緣人罷了。

——原載於《自由時報》副刊

跟著「基督山伯爵」的足跡

伊夫堡是法國南方最受遊客青睞的名勝古蹟，它是歷史的見證，苦難的象徵，更重要的是，它是一則不朽的華麗傳奇的棲身地。

從法國馬賽港到地中海那個無人白色石頭島的渡輪上，我們邂逅了一對俄羅斯夫婦，在交換了一個友善的微笑之後，他們便來搭訕了，生硬的英語一字一句說道：「你們也是要去看關過法利亞神父和愛德蒙鄧蒂斯的那個監獄？」我只覺得他們提的那兩個名字熟悉得像童年的兩個友伴，腦中只一尋索，答案便來了。啊，他們說的是大仲馬那部情節曲折動人的長篇小說中的那兩個英雄，而我們眼下正要前去的，就是鄧蒂斯被人誣陷後，服無期徒刑的馬賽港伊夫堡(Chateau d'If)。

小學三年級時，從已上高中的哥哥書架上找到兩大冊全譯本的《基督山恩仇記》，才看了一頁，一顆心便卜突卜突跳得不停，一秒鐘也丟不下那本書。我還記得為了全神貫注讀那個華麗的冒險故事，我甚至躲入家中那口大衣櫃裡，趴在兩床帶著霉味的棉被上，就著衣櫃門縫透進去的一線天光逐行往下讀；夜晚被趕上床後，只要父母臥房的燈光一熄，便找出預先埋在棉被下的手電筒和小說，繼續「掌」燈夜讀，睏得厲害時，還往兩邊太陽穴猛抹綠油精刺激精神，真是怎個「癡」字了得。

鄧蒂斯在伊夫堡死牢中巧遇奇人法利亞神父，隨後裝成死屍被獄卒從懸崖扔進大海，是整部小說最精采的部分，可以說是高潮。死裡逃生後，去神秘的基督山尋寶，逐漸變成普羅米修斯似的超人，隱身於天方夜譚般的幻境，卻不忘有恩報恩、有仇報仇，都是收尾之筆。地中海在夏日陽光的照射下，閃著耀眼的銀光，滿耳是風獵獵地鼓帆，船嘩嘩地破水。我望著波光粼粼的海面上，那個迎面而來的白色小島，想像著也許鄧蒂斯就在我們腳下的黑水中用預藏的小刀，割破把他縫在裡頭的麻布袋，水遁而去，去成就那則屬於基督山伯爵的傳奇。

我們倒是去過「基督山古堡」。

在巴黎附近一個叫瑪里勒魯瓦的小鎮上，因為創作鄧蒂斯的傳奇一生而名利雙收的大仲馬，植下了夢根，在《基督山恩仇記》出版三年後，便延請了一位有名的建築師，在一個可以俯眺賽納河的山崗下大動土木工程，完全按照他小說中描寫的場景，造出一座基督山古堡，並以基督山堡主自居。在那群巴黎的狂蜂浪蝶和來自四方的幫閒闕客之間，卜晝卜夜地征逐酒色，然後在宴與宴之間的短暫空檔，把自己關入那泓人工湖旁的樓閣裡，埋首創作，繼續他的文學營生。

瑪里勒魯瓦鎮「基督山街」的基督山堡主的采邑，如今花園已經荒蕪，文藝復興式的兩層殿宇，門窗深鎖，諱莫如深。一樓展覽廳的一扇扇窗戶，鑲著荷馬、索福克斯、莎士比亞、哥德、拜倫、雨果等人的側面頭像，個個是大仲馬所景仰的世界級大文豪。據說，當年有人詰問堡主自己為何不在那群文豪之列，大仲馬夷然答道：「**我就在裡頭哩！**」

事實上，大仲馬本身就是一則長著兩隻腳的傳奇，把他在書頁中壓扁了，也就是個小說人物。他是那麼一個心理學家楊格所謂的充滿動物性精神的人，對美食與女色有著驚人的胃納，對人對事一直維持著強烈的情感與深邃的直覺，也有著猛獸的力道。據說可以把五隻手指一起插入五支獵槍的槍膛裡，然後輕輕鬆鬆地倒舉起來。還當眾表演過騎快馬入拱門，臨過拱門前一瞬，突然雙腿緊夾馬腹，連人帶馬臨空一躍，雙手攀住拱門，人馬一起虛懸半空！最愛吹噓自己養了五百個私生子，宣稱只要把自己的私生子召集在一起，隨時可以編成一支精銳部隊，發動革命。還是一個極端自負的人，訪客一到基督山古堡，抬頭便可看到他的雕像冠於樓門之頂，下書「**吾愛愛吾者**」那句仲馬氏座右銘。

從一樓展覽廳上樓，便是大仲馬的寢室。這是一間伊斯蘭臥房，三面牆掛滿阿拉伯壁氈和浮雕，靈感得自西班牙名城格拉納達的阿朗布拉罕宮，極盡奢華之能事。旅遊指南上頭記載，當年大仲馬到北非浪遊，在突尼斯君主的御花園巧遇兩位王室室內裝潢師，邀他們到巴黎來為他設計這間充滿天方夜譚般奇幻之美的臥房。到了本世紀七十年代，摩洛哥國王哈桑二世在參觀過基督山古堡後，又出資將那間伊斯蘭臥房修葺一新。

基督山古堡在一八四八年七月二十五日落成，當日大仲馬大擺宴席招待賀客，請帖就發了六百張，但是赴宴者遠遠超出這個數字。一些與主人素不相識的冗人閒客也聞風而至，混居在熟客之中，跟在大仲馬身後幫閒貼食，有如遮天蔽日的蝗蝻，恣意揮霍他暴得的財富。從此堡中三日一小宴，五日一大宴，一群群寄生蟲與狂蕩婦若鶩趨至，在堡中登堂入室，存心喝空他的酒窖，吃光他的存糧。輕佻佚蕩的大仲馬，都往往在酒酣耳熱之際，文興大發，一個人偷偷溜到湖心樓閣裡閉門寫作，有時一日之間竟能撰上萬字。

湖心樓閣是一座仿哥德式建築，大仲馬稱之為「伊夫堡」，也就是文章一開頭提到的那個馬賽海島水牢。大仲馬的書房就在樓閣的底層。在兩層樓中間的石梯上，他讓人在每塊砌石上鐫刻自己一部作品的標題，向世人炫耀他輝煌的文學業績。

那是個典型的為錢而寫的作家，一個為繆司女神寵壞了的文匠。相傳他為了配合創作時的情緒，印製了幾種顏色不同的稿紙，藍色稿紙寫傳奇，黃色稿紙寫遊歷與冒險，粉紅色稿紙寫情史。賺稿費與版稅似乎就是他最大的創作驅力，當時巴黎的編輯們給酬的方式是按行數計算，他便在某部遊俠小說中，為男主角找到一個說話只用單字的貼身僕從，只要男主角一出現他便跟著出現，進行兩人間沒完沒了又言簡意賅的對話。直到編輯們覺得太不上算了，改以按實際字數核發稿酬，沒兩天功夫，那專講單字的僕從便在主人與人械鬥時中流彈身亡，有看連載的讀者寫信去跟作者抗議，大仲馬的答覆直截了當：「此人已無利用價值。」

書房樓上就是他收盡芳艷，金屋藏嬌的愛巢，這在當時便已是個公開的秘密。這個有四分之一黑人血統的登徒先生，一生由妾而偷，情婦在百名以上，也才會有他宣稱的「擁有五百個私生子」的成績。他還與他的兒子小仲馬同嫖那個當時在巴黎艷幟高懸以廣招徠的「茶花女」，竟致父子失和，讓小仲馬把父親當成「混蛋」，幾度「頓生謀殺念頭」！

然而僅僅五年時間，那群幫閒的寄生蟲便將大仲馬的財富蝕蛀一空。一八五二年，大仲馬債臺高築，被迫出售基督山古堡，南渡義大利西西里島去了。真是好一場夢裡富貴榮華，夢醒失寵受辱的蝴蝶夢！

那對後來與我們結伴共遊伊夫堡的俄羅斯夫婦，聽我提及巴黎近郊那個「基督山古堡」，決定撥出兩天時間，北上一遊。還真是一對道地的「基督山」迷哩。在從馬賽舊港坐渡輪到伊夫堡之前，他們已尋訪了馬賽城裡的「基督山街」與「愛德蒙鄧蒂斯街」，並拍照存念了。

伊夫島大約三公頃，全島白石嶙峋，沒有草沒有花也沒有樹，一道石頭牆沿著島嶼彎曲伸展，把小島箍得密不透氣。城堡建於小島一側，看起來厚實笨拙，連同三個粗糙的碉堡，構成了小島的核心。這島建於十六世紀法西海戰正酣時，三座刻有法朗索瓦一世百合花王室徽記的火炮，**「發射的炮火密如細網，連飛鳥也逃不過。」**

伊夫堡雖然固若金湯，但也有失守的時候，佛羅倫薩軍隊於一五九六年在裡應外合下，攻陷要塞。亨利四世為了將它贖回，幾乎傾國庫之所有；為了媾和，還和佛羅倫薩的一個公主瑪莉結婚，這個瑪莉，後來就成了法國歷史上有名的攝政王太后。

伊夫堡堡外巉岩壁立，碧海無垠，堡內大門重鎖，把守嚴密，就算插翅也難飛，所以在建成之初，主其事者就發現那是一座天然的監獄。一六三九年，法西海戰平息，伊夫堡改成國家監獄，昔日驍勇的戰士便淪為凶暴的獄卒，專門用來對付被流放到島上的重刑犯或異議分子。

我們在導遊的帶領下，一一參觀了囚室。

下到囚室，必須通過一道又窄又陡又黑的石梯。牢房門頂上，還刻有曾經關押過的歷任囚犯姓名。囚室向海的那面牆留有一方小洞透光與透氣，窗外還箍著鐵條，絕無越獄的可能。

從窗洞往外望，大海碧波萬頃，自由的風拂遍每 個浪頭，海鷗在飛翔與歌唱，對於被切斷與外界所有連繫的囚犯而言，那一線天光意義非凡，它使他們沒有完全喪失生之歡愉的領受，維持著最後一點活下去的信念。

我把眼睛湊近窗洞望向大海，只見怒濤打在壁腳的石礁上，彷彿看到鄧蒂斯身繫這座屹立於怒海危崖的高聳地獄，像一隻落入陷阱裡的困獸，分分秒秒籌謀著如何重奔自由。可是堡史有載，一旦進入這個「地獄之門」，就沒有人能活著離開，而不管死於疫病或處斬，屍體一律從城堡那個高高的洞口扔向大海，在岩石上擊得粉碎。

鄧蒂斯與法利亞神父的牢房在哪裡？他們挖的秘密通道在哪裡？鄧蒂斯被扔入大海的那處山崖又在哪裡？到了這個傳奇故事的發生地之後，同行的遊客便跟導遊提出一個又一個的問題。

鄧蒂斯是個完全虛構的人物，倒是法利亞神父確有其人，他是大仲馬滯留馬賽時邂逅的一個葡萄牙神父，知識淵博，眼界開闊，深具淑世與濟世的精神，曾經投身法國大革命，後來在他巴黎的寓所壽終正寢。關於這個人，大仲馬曾經在給朋友的信中這樣評論道：「因為**認識了這樣一個人，我才知道，人的身上也可以有神的屬性。**」

大仲馬確實不止一次考察過伊夫堡的地理形勢，他曾說過，他從不寫他從沒去過的地方，為了寫克麗絲汀，他到過楓丹白露，為了寫亨利三世，他去過布盧瓦，為了寫三個火槍手，他到過布洛涅與貝頓，為了寫基督山伯爵，他到過泰羅尼亞和伊夫堡。由於小說背景的真實性，使千千萬萬的讀者誤以為小說的主人翁確有其人，並且興起探訪這個地中海裡的白石小島的念頭，那對俄羅斯夫婦就是那些讀者中的兩位。

伊夫堡裡倒有一間「法利亞囚室」，一間「鄧蒂斯囚室」，據說是某個癡迷於大仲馬那部小說的遊客，根據書中相關位置的描述而核算出來的。還有一間「鐵面人囚室」，幽囚的當然是路易十四時代的那個「鐵面人」囉——這又是個華麗的附會。

伊夫堡是法國南方最受遊客青睞的名勝古蹟，它是歷史的見證，苦難的象徵，更重要的是，它是一則不朽的華麗傳奇的棲身地。

——原載於《中央日報》副刊

夢巴黎

晚秋的風，掃落了栗樹的葉子，把它掃向街心，掃過我的裙角，我學巴黎人那樣，豎起風衣的領子，帶著一種深思的表情，一面跨步一面細細讀著這個充滿俊男美女的城市。

我又一次回到巴黎，心境卻是初臨者才會有的興奮與忘我。這是個屬於狂蜂浪蝶和酒肉之徒的城市，也是個屬於哲人與藝術家的城市。不眠的夜和沉睡如墓園般的早晨，都曾迴盪著我的跫音。我在路邊咖啡座喝薄荷酒，並品嘗著只有一個異邦人才會有的深切的寂寞，我想在巴黎人人都是寂寞的，也許我該學莎岡，用Tristesse這個字眼，因為它是巴黎的基調，人們喝一口酒、點一根煙、對陌生人投以一瞥，然後繼續踽踽獨行於砌著噴泉圖案的石板路上。

在巴黎，人人都是異邦人，因為這個城市從不予人「家」的感覺，它太華豔、太遼闊、太多變，也太冷漠。甚至連當它是個度假的處所也不對，人們希望在假期中尋回舊日的自己，但是巴黎使人迷失，使人沉重。它是一場每日循環一次的聲色的大追逐，光影的大廝殺。是一座背景繁複的時裝展示臺。一個充滿鮮花、噴泉與俊男美女的大市集。它是一首詩、一齣不落幕的戲劇、一個永不醒來的長夢。在這麼個地方，沒有人能以它為家。

巴黎人喜歡講一個笑話，講的時候臉上帶著一種驕矜的神氣：「在巴黎，何處你能找到一張帶笑的臉龐？答案是十分鐘快照的暗室裡。」是的，微笑的臉絕對不是巴黎的面相。在這兒，享世的氣息比世界上任何一個城市都濃郁，然而人們到了這兒之後，卻自然地學會不以笑容遂譯使他興奮戰慄的種種情欲與色相的迷醉。

在巴黎，人們也變得寡言。在地鐵、電車或巴士上面，陌生人交換深深的注視，然後欠身彼此依傍著入座。這是個用眼睛表達一切的城市，像一支抽掉聲部，只留下影部的帶著懷舊色調的新潮影片，而任何撞入眼簾的畫面，加以定格之後，都可以成為一幅劇照。推嬰兒車到公園曬太陽的年輕婦人、牽耳朵上別著緞帶蝴蝶結的小狗上街的老婦、留長髮戴耳環的中年男子，和抱著大購物袋一前一後走在曲巷中的白頭夫妻，他們身上都上演著一齣小小的戲劇。

小客棧裡僅及容身的老式電梯，直如一口獸籠，它一層樓一層樓地攀升，籠中人與籠外人不經意地四目交投，那麼近的兩個世界，卻毫無交會點，因為彼此的心都是靜的。更夜的時候，隨著燈滅，巨大的黑暗傾瀉到客舍中，抹掉老式家具閃著光的稜角，和圖案模糊的壁紙。這時影部褪去，聲部復活，風拍打在油漆剝落的木窗上，從銹損的門鉸鏈下穿透進來，滿室鑽動。或者有新到者拖著笨重的行李，腳步沉重地在過道上尋找房號，把條木拼成的地板踩得吱吱作響。或者有人在隔壁房間歎氣，或壓著聲音講話或乾笑甚或翻弄書頁，而隨著睡意的降臨，所有的聲音也逐漸淡去，只剩下樓下餐室裡那座老鐘「恰、恰、恰」的聲響。

但是有一大部分的巴黎仍然沒有人睡，香檳一打一打地開，有著寬大臉孔的黑人歌手在泛黃的琴鍵上面敲出一首又一首的靈魂曲。步履顛躓的男男女女，從一個酒吧流浪到另一個酒吧，「再來一杯威士忌。」有人對酒保說。街頭幽暗空曠，空氣沁涼，相擁而行的情侶，輕微的跫音在拉下窗簾的建築物間迴響，他們幾步便跨向黎明。

黎明的巴黎是座死城，尤其是在大寒天。最後一批夜歸人行走街頭，從四面八方向他壓來的全然的沉寂，會引出一種錯覺，以為自己正立於時辰的終點，彷彿星辰永不會消逝，太陽永不再上升，一切都啞然無聲，文風不動，萬般風情全化為死亡般的靜寂。

唯一還活動著的生命，是那些與黎明同一色調的鴿子，牠們偶爾在低空拍擊翅膀，掠過一排猶兀自亮著的路燈，載在翅翼上的，是永無休止的暗夜的影子。隨後鴿子停落地面，一隻隻蹣跚肥胖，垂頭專注地在石板路隙縫中尋覓吃食，在吞嚥之間，發出一長串咕嚕咕嚕的滿足歎息。牠們才是巴黎永恆的居民，能終生在這座美麗如鏡，冷硬如石的城市中安身立命。

幾百年來，巴黎人自認他們的城市是「世界性都會中的都會」，是全世界的首善之區，甚至連外省的法國人到巴黎，都有鄉下人進城的驚豔。外國人大概也有同感，連一向自大的美國人也流傳著這麼一句話，「好的美國人死了上巴黎。」可不是嚒，不論是在臺北、香港，在北京或上海的小巷弄堂，在東京銀座，在泰國曼谷，在阿爾及利亞腹地的沙漠，在南美密林深處的巴拉卡，都會看到打著「夢巴黎」、「浪漫巴黎」、「花都」、「香榭里榭」等招牌的大小酒館、旅店、咖啡屋、色情沙龍，因為巴黎的一切都太誘人，全世界的商家都想借假想的巴黎的酒香與脂粉香招徠生意。早在一八四八年，恩格斯就在〈從巴黎到伯爾尼〉一文中讚歎道：「只有法國這樣的國家才能造出巴黎。」

巴黎人認為紐約太喧嘩太骯髒，認為倫敦太守舊太老暮，認為柏林太有紀律太嚴謹整飭，認為東京太商業化太功利，至於里約熱內盧、卡薩布蘭加、火奴魯魯、布魯塞爾，甚或雅典，都只是等閒角色，誰去關心它?但是巴黎不同，巴黎人認為它是全世界的脈搏，它四時有不謝之花，八節有長青之樹，還有容納著從古典主義、巴洛克到抽象派、野獸派、超現實主義藝術品的大小博物館，有高聳入雲的艾菲爾鐵塔，肅穆壯觀的巴黎聖母院、氣派非凡的凡爾賽宮殿群、氣魄宏偉的凱旋門，和令人瞪目結舌的前衛建築龐畢度文化中心，總之，巴黎包容了世界所有該有的東西，所有不該有的東西，所有別的地方不會有而她獨有的東西，所以人們便為它按上一個又一個名字，企圖去解說、界定這個謎般的城市，「浪漫之都」、「花之都」、「光之都」、「時裝之都」、「會議之都」，還有還有，「資本主義現代文明的窗口」、「資產階級腐朽生活的縮影」等等。雖然時勢所趨，做為「世界性都會中的都會」，巴黎已有些過氣，但是巴黎人不承認這個事實，他們執意風雅與時髦下去，在露天咖啡座裡暢談海涅、屠格涅夫、詹姆斯、海明威那些偉大的文學心靈如何躑躅於巴黎的曲巷中，尋找創作的靈感。即使在今日，巴黎仍然是全世界知識分子最熱中滯留的城市。東歐的藝術家和南美的作家，總是帶著朝聖的心情，來到這座充滿噴泉與雕像的藝術之都，像很多很多年以前，青壯的馬奎斯一樣，希望不期然會在街頭，遇到另一位海明威銜著雪茄煙從對街走過來。

要探究奢華與享世的各種面相，巴黎仍然是不二的選擇，這兒蝟集著來自全世界各地的豪門巨室、廢君、流亡政客、過氣伶人和他們的妻妾。「美心」的糕點準時出爐，用水晶托盤彩虹玻璃紙紮好，專人送往各個豪華公寓；汪都廣場的「麗池」飯店，有鮮花與燈火為飾，家具是仿照凡爾賽宮和楓丹白露的款式，如果客人出得起錢，也可以在舞池裡倒滿香檳，在世界級聲樂家的吟唱中，乘坐玻璃畫舫，浮於酒池之中；「紅磨坊」的長腿歌舞女郎年年更新，雜耍藝人的演出水準，保證世界一流，一季的道具布景和治裝費，都在八位數以上，開的香檳酒酒瓶，如果橫躺成一排，半年就可以把法國攔腰圍起。

全世界的美食佳餚也雲集於此，成千上萬家菜館日夜敞開大門，除了供應正宗法國美食，也供應保加利亞白乳酪、土耳其香甜糕、匈牙利托卡依葡萄燒酒、黎巴嫩粕酒、摩洛哥古斯古斯飯、阿拉伯烤板栗和北京人親手調製的烤鴨。用過晚餐後，可以到轉角的小咖啡館喝杯黑咖啡，或是去星際廣場旁的「巴澤勒」酒吧玩擲骰子，去「新晨」或「比博克俱樂部」聽爵士樂，假如喜歡刺激，那麼「母老虎莉莉」包管值回票價，玫瑰色的燈光，挑逗性的音樂、著黑色皮短裙的侍女，差不多一絲不掛的舞孃……。總之，巴黎非但可以抒情、感懷、詠歎，也可以揮霍、浪度、發洩、享受、墮落，而且姿態千奇百怪。

然而這個城市對窮人並不勢利，四個法郎買一個牛角麵包，也可以活半天。月租一千法郎的鴿子樓裡，住滿了成千上萬未成名的藝術家。巴黎人面對那些兩手插在風衣口袋裡，有如遊魂一樣的無名人氏，總是帶著幾分好奇與期待，也許他們裡頭就有一個喬治歐威爾或馬蒂斯。

任何類型的藝術或半藝術，在巴黎都能變換出一點錢來救急或濟窮。打開提琴盒子，就地拉幾曲，總有人賞幾個銅板到琴盒裡；買把剪刀和幾疊色紙，為路人剪個唯妙唯肖的側面影，也能換幾頓溫飽。窮在巴黎，可能比在任何一座城市，來得不可恥與不可怕，巴黎人的不功利不務實，正是使這座城市如許迷人的主要原因之一。喬治歐威爾說過：「**如果無法擺脫貧窮，我寧可在巴黎做個窮人，因為那是一個不會給窮人烙印的地方。**」

體貼的旅遊指南，也許會提醒外地人，有關巴黎人頑固的紳士氣派。是的，巴黎人的確太愛擺門面，露天咖啡座在大太陽下仍然擺著插著玫瑰的水晶花瓶；有些餐館的侍者，還穿著襟上插朵鮮花的燕尾服；開演前在戲院裡兜售各色零食的女服務生，腳踩九公分高的細高跟鞋搭配絲質套裝。旅遊指南也許還會警告觀光客，避免穿牛仔褲、T恤和運動衫進入這座耽美的城市，免得牴觸巴黎人的審美趣味。

重回巴黎，我比初臨時更加為它迷惑。晚秋的風，掃落了栗樹的葉子，把它掃向街心，掃過我的裙角，我學巴黎人那樣，豎起風衣的領子，帶著一種深思的表情，一面跨步一面細細讀著這個充滿俊男美女的城市，然後走向一個酒吧，為自己買一杯，透過酒杯，繼續汲取這座美麗城市變幻莫測的面相。

啊！巴黎，我夢想中的城市，在這兒叩門的，是你那滿懷渴慕之情的螟蛉子。

——原載於《聯合報》副刊

在諾曼第

霧像輕紗一樣，浮在杜克河彎彎曲曲的水面，乳牛靜靜躺在牧草地上，不遠處有一群米白的綿羊在游步，這景象寧貼動人，《聖經》福音書裡說的那些家常事，播種啊收穫啊羊群啊鴿子啊，就全在我們的視線和腳程之內。

杜克河

我們再一次走到杜克河河邊。

霧像輕紗一樣，浮在杜克河彎彎曲曲的水面，乳牛靜靜躺在牧草地上，不遠處有一群米白的綿羊在游步，這景象寧貼動人，《聖經》福音書裡說的那些家常事，播種啊收穫啊羊群啊鴿子啊，就全在我們的視線和腳程之內。

因為住到了諾曼第，所以刻意把自然主義師徒福樓拜與莫泊桑兩人寫的以諾曼第為背景的小說都重讀了一遍，發現我們住的地方正是福樓拜《一顆簡單的心》小說人物歐班太太和她那忠心耿耿的女僕全福活動的天地。我始終沒搞清楚歐班太太家宅所在地主教橋，及她女兒在翁福勒市寄讀的「于徐林修道院」在什麼地方，但卻找到了美麗的杜克河，沿著河岸一遍遍地走，看見風吹皺了水面，水底長著的草在清澈的水流中款擺，就要想起全福聽到她那個當水手的外甥死訊那一天，到河邊洗衣服，看到河底的水草時，覺得**「如同死人的頭髮在河水裡漂浮」**，有幾回看到河岸鋪著幾階條石臺階，會想像那是全福洗衣服的地方，彷彿還看得到她放在河岸的棒槌、搓板與水桶哩。

杜克河真是一條美極了的小河，平和清澈蜿蜒曲折，到處是弧度優美的河灣，它的背景是一片綠盈盈的牧草地，即使在最蕭索的冬日，也仍然生機盎然。河岸的農莊白牆紅瓦，木結構的屋身與大傾斜度的屋頂，都是諾曼第式建築所特有。農莊不遠處的河灣上，總可以發現牧人利用地勢和土質來培植牧草的所謂草灘，這些草灘使杜克河又更彎了，水流也更慢更靜，像在睡覺一樣。

沿著杜克河走呀走呀，就會走到屬於我們這個村莊的各各他。各各他是個外來字，原意是主耶穌流寶血的地方，所以也叫髑髏地，法國的大小村莊都借用這個宗教事件，在高地上豎立一個有耶穌殉難像的十字架，這各各他有點近似臺灣人的土地廟，通常都在村莊的入口處。我盯著十字架上的耶穌像好久好久，用的是全福的眼光，全福在教堂聽教士講道，聽到耶穌蒙難時便哭了。全福眼中的耶穌疼小孩，給眾人吃、治好瞎子，而且心性謙和，願意降生在窮人之間一個牲口棚的糞堆上，「為什麼他們還要把他釘在十字架上呢？」

很快地我便領悟了我正注視著的耶穌受難像，全福也曾注視過，或者該說，福樓拜也曾注視過，在小說裡，這個各各他就在出主教橋往翁福勒去的村莊外一個十字路口。我這才明白了福樓拜這個十九世紀初的小說家，是如何在下筆之前為他故事的背景作細密的實地勘察，如何忠實於最狹義的寫實原則。

全福也確實有她的人物原型，她是福樓拜住在托爾維爾一個遠房親戚的養女，有一年福樓拜應邀到這個既看得到塞納河也望得見大西洋的美麗小城作客，邂逅了他永生難忘的戀人愛麗莎・福柯，便一再到這一帶徘徊。《一顆簡單的心》中，歐班太太與全福一行人被牛追逐的契佛斯牧場附近，正好有一塊福樓拜母親的放租地。

福樓拜自己的家不在杜克河河畔，而是在諾曼第省會魯昂城郊的塞納河河畔，在那兒，入夜後船夫們都故意把船攏向福樓拜家的後院，聽他在書房中大聲朗誦他小說的手稿，據說福樓拜的小說，用聽的還比用讀的美妙哩。

莒哈絲在托爾維爾

杜克河河畔的托爾維爾，還住著莒哈絲。

在阿蘭・德爾貢德雷於一九九一年出版的《莒哈絲傳》裡的這位女作家酗酒、貪婪、守財如命、擁護殖民主義，她每天光紅酒就要喝掉五升，其他酒類如威士忌、苦艾酒、蘋果燒酒還不包括在內，酗酒使她肝昏迷、腦栓塞、神經癱瘓、精神失常，多次把她送到鬼門關口。一九九六年三月她過世之前，一直都住在托爾維爾一棟可以遠眺勒阿弗港的公寓裡。在她過世兩年後的一個夏季黃昏，我在她家巷底一個酒吧跟掌櫃的談起了這麼一位當代傳奇作家，掌櫃的從櫃臺後面走出來，把我往門口拉，指指巷底說，第八家，就在這條巷子第八家，就是莒哈絲生前住的那棟「黑岩公寓」。

我往巷子裡走，一顆心顫顫的。那是一九八四年的事了，莒哈絲用第一人稱寫出了那本自傳體小說《情人》，作家宣稱那是第一次她不寫虛構的故事，宣稱就在創作這部小說時，終於找著了所謂的「流動文體」的創作技巧，那種無情地粉碎所有的敘述結構，拒絕一切來自外部的概念化的理解，不加掩飾地表現「**感覺到的東西即生活本身**」的一種小說技巧，充滿著瑣碎的朦朧回憶，人稱的自由轉換，情節的跳躍和浮光掠影式的氣氛，使你既在現在，也在過去與未來。我站在「黑岩公寓」面前，想像著她如何把塞納河換算成湄公河。這是面海的那一邊，莒哈絲不敢面海寫作——風景太美了，人無法把自己鎖進自己的記憶深處的，所以她隱遁到海邊寫作，但動筆之前總是先把窗子關起來。

那時她已經六十五歲了，日以繼夜的喝酒，經常抱著酒瓶子上床，獨自住在托爾維爾的房子裡，困在孤獨與死亡之間，這時她給顏安德雷亞捎了一封信，「**繼續活下去多麼艱難**——」，她是在求救。他給她打了一通電話，問她可不可以到托爾維爾去看她，她說好，於是他便去了，那一腳跨入她的門檻便再也回不了頭。這個哲學系的大學生是她的忠實讀者，在叩開她的大門之前曾連著五年給她寫過數也數不清的信，他的到來為她把死亡逼退一步，也推翻了原先她宣告的無法再與任何男人共同生活的斷言。

她發現可以跟他共同生活，她是個天生的掠奪者，他卻是個不具抗爭性格的人，也沒有什麼非到手不可的目標得傾時間與心力去追求，差不多整個人都空在那兒，碰上什麼就算什麼。兩人整天關起房門抽煙喝酒，只有上超級市場採買時才出門，她的靈感來時就寫作，他敲打字機機械化地錄下她口述的每一個字，她則抱著酒瓶子一邊喝酒一邊訴說。在酒精的烘焙之下，她已昇騰於所有的技巧、規則、修辭演練與智力擺弄之上，光對自己說，對全知全能的神說，對生命與死亡說，短的句子，海潮般的節奏，晴日落白雨似的文體，使得《情人》

一出版立即轟動法國，幾年時間內便賣出了兩百萬冊，還贏得法國文壇最高獎譽龔固爾文學獎，在四十三個國家有譯本，並拍成一部叫好又叫座的電影。

就在眼前這棟可以眺望勒阿弗港的尋常公寓裡，在酒瓶子之間，女作家回到了湄公河河畔，那河是她的愛，她的激情與欲望之源，她被認為最成功的兩部小說《太平洋之壩》與《情人》，都是以湄公河為背景的。**「我再說一次，那年我十五歲半，在湄公河的一條渡船上」**，船上停著一輛黑色豪華轎車，下來一個一身白色西裝的年輕中國男人。他請她貪婪的永不滿足的家人出去吃大餐，幫她母親還清債務，她則夜夜跟他在藍色房間幽會，**「市聲透過木頭百葉窗，我們完全暴露在市區的噪音裡。來，無邊無際，簇擁、散去、再回來。我叫他再做再做，他做了，他再在血的黏稠滑膩中做了，而這叫人真想死過去。」**

在塞納河畔，在大西洋濱的托爾維爾，女作家與她的小情人年紀相差足足四十一歲，她問他你是誰，你為什麼呆在這兒，你要是想著我的錢那大可不必，我一個子兒也不會給你。她不再是湄公河畔那個美麗的法國少女，她一張臉皺紋縱橫，像揉了又揉再攤平的牛皮紙似的，差不多可以成為「老醜」的範本，而且在他面前不梳不洗，甚至糞溺不避。關於這一部分，是在我們搬離諾曼第後，我才在顏安德雷亞的證言式小說《這個愛》裡讀到的。我也想起來了，「黑岩公寓」巷子的另一端有一家小雜貨舖，顏安德雷亞第一次到托爾維爾去找莒哈絲時，她正在寫小說，她讓他隨便到附近轉一圈再回來，他回來時，她仍有靈感，又把他攆走。直到當天深夜她才延他入門，入門前卻又差他「上街角那家雜貨店去帶幾瓶紅酒回來」。

勒阿弗港的「日出」

莒哈絲教會顏安德雷亞開車。總是在入夜之後，兩人才肯離開房子那個大繭，躲進車子那個小繭裡。顏，走，咱上勒阿弗港去看燈火與星星。顏，你看，這兒的光多美，跟夢一樣。兩人在「黑岩公寓」酒後的喧鬧，兩人身分與年齡的懸殊，使得鄰居與街坊對他們怒目相向。多少次莒哈絲突然受不了自己在屋子裡養了個孫字輩的小白臉這個事實，會一聲不吭地把顏的東西統統塞入他帶來的那口大皮箱裡，然後一股腦兒往窗外扔，把顏掃地出門！有時顏也表演出走，上哪家下等旅館住上三天三夜，在裡面拼命灌黃湯，終於不得不打電話回去給莒哈絲，讓她來替他清掉旅館費，把他領回去。於是一切又從頭開始，喝酒抽煙吵架作愛寫作，晝伏夜出。顏，咱上勒阿弗港看燈火與星星。顏，你見過比這更美的光嗎？

我猜想他們從沒見過勒阿弗港的日出。莒哈絲死後，顏禁錮了自己幾個月時間，只吃送上門的比薩餅、阿拉伯古斯古斯飯與廣東炒飯，再就是喝酒，喝醉了睡，睡醒了再喝。這段時間他幾乎足不出戶，當他母親接到電話跑來看他時，他臉上是一匹三個月長的鬍子，身上多出二十公斤肉，整個人發出一股嗆鼻的異臭。他媽媽帶他回鄉下去住，他才重新學會走路，重新學會在下午三點以前醒來，重新發現日出之美——他面對勒阿弗港而居的十六年時間所不曾發現的日出之美。

談勒阿弗港的日出之美，是因為印象派大師莫內在這裡畫了一幅寫生，畫出了他對日出的印象和感受，把它題為「日出—印象」，這幅作品在參加巴黎的沙龍展廳時落選了，莫內便夥同其他落選的畫家在沙龍展廳對門舉行了一個轟動一時的「落選展」，被保守的記者譏為「印象主義者的集團」，畫家們覺得這個新鮮的名詞也不壞，欣然接受了它，自此誕生了印象畫派。

在繪畫藝術裡印象派始終是我的最愛，住到諾曼第這個印象派之鄉後，除了看遍收藏此派畫作的畫家故居及大小美術館，也踏遍畫家們取景的地點。綴著陽紅色罌粟花的牧草坡，嵐霧尚未退淨的小海港，粉牆紅瓦的海邊小築，旭日噴薄而出時天與海都被塗上一層炫霜的海濱，還有街頭樂隊、賽馬場、鄉村舞會、輕舟競渡、人蹤處處的海灘，和掛滿旗幟與鮮花的街道，都會使我聯想到一幅幅色調明快，筆法活潑輕盈，因色彩的分解而造成動感的印象派畫作。或許馬蒂斯可以憑空創立出野獸派，畢卡索也可以關在畫室裡催生立體派，但是莫內還得被他的老師歐仁・布丹領著走遍勒阿弗港附近的海濱與鄉野，去臨摹那些被田野包圍在嵐氣中浮動的聚落，和氣象萬千的海面與天空，「日出—印象」才能匯聚天地間的靈氣，一鳴驚人罷。

大作家左拉是對的，在他看來繪畫就只能是感覺而不是思想，應該迴避所有敏感又複雜的社會內容，不必具有文學的訴情性，或成為哲學思辯的圖解，畫家應該致力的是怎樣發揮色彩的特性，去捕捉光影的微妙變化，不必拘泥於古典主義學派程式化的藝術表現形式，因此專注於光學與色彩學原理，把「繪畫性」表現得淋漓盡致的印象派一開始就獲得他的支持。

現代派畫家對大自然要不是視而不見，便是粗暴地加以剖析與分解，直至把它弄得面目全非甚至不見蹤影。抽象表現主義抹去了自然也抹去了人所有的思想與感覺，超現實主義則棄感知與意識而就夢境與下意識，畫出比噩夢更荒誕卻又比現實更纖毫畢現的世界，而表現主義則抓住感情的極端而不理會它的常值，這些所謂的現代畫派以哈哈鏡或顯微鏡下的景象為造化，以精神病患的感受為心源，面對這類作品我只感到痛苦與迷失。我一再回龐畢度文化中心去接受「現代」的洗禮，然而不得不承認對於美對於真，我只願意進化到印象派這個階段就煞住了。

永遠的諾曼第

天終於放晴了，暖和得叫人發懶，我們走在春光之中，原野繽紛的色彩，使我們還處於沉睡與清醒之間的眼睛有些生疼。我們還沒敢脫去外套，可路上竟看到穿短褲與平底涼鞋的人，人們從冬眠狀態甦醒過來，走出各自的屋子，走啊走啊，找處輭草淺陰，身體攤成十字架狀，就在陽光下把自己釘上去。

我們走在春光之中，路潮濕而柔輭，在陽光下伸展著往前往前，通向生活，通向世界，田野溫柔不設防地躺著，各色花草都仰頭望著天空，樹木沐浴在春風裡，散溢著勃勃生機，金黃色的汁液正在陰暗的樹心裡被陽光蒸煮著，一逕往樹梢昇騰，昇騰到繁複的綠色葉脈裡。想起大地昨天還是一番蕭瑟的景況，雨索索地落個不停，燕子在雨絲中穿來穿去，雨中走著，寒意澀澀地貼著皮膚，皮膚便起了雞栗，可清晨醒來推窗一望，只見一輪旭日正冉冉上升，把天地萬物都鍍上一層金光，大人小孩在灌入窗子裡的帶著草腥味的氣流中都很興奮，當下便決定早餐過後出門遠足。但是到哪裡去呢？

歐班太太與全福帶著保爾和維爾吉妮乘船越過杜克河，去尋找貝殼，潮退的時候，沙灘會留下一些海膽、石決明與水母。近午時嵐霧還沒退淨，使得遠山的輪廓也只是一抹青灰的淡影，白濛濛的天心不見一片雲，河岸旁樹的枝椏中間長著一簇簇槲寄生，鐘的鏗鏘，牛的哞鳴，草坡的芬芳，無不美得令人心醉。我們正走著福樓拜的路。

也許我們正走著的這一條路，也是莫泊桑筆下那個叫馬理尼央的長老曾走過的。馬理尼央教長在教區小徑上擺開大步散步時，腦中總要問，「上帝為什麼造了這東西？」他固執地尋找答案，替上帝設身處地地想，結果總能找到叫他自己滿意的答案。眼前的一切，總是在一種絕對而完美的邏輯下被創造出來的，「因為」與「所以」才會如此和諧地相應和著。曙光是為了叫人快樂地起床而造的，白晝是為了禾苗的成熟，雨是為了禾苗的滋潤，黃昏是為了瞌睡的準備，黑夜是為上床安眠而造的。這位神在地上的代理人從來沒有懷疑過大自然原是沒有目的的，沒有懷疑過一切有生命的東西都得屈服在環境強硬的威力之下。

我們走著全福的路，走著馬理尼央教長的路，在諾曼第。可是大自然真的是沒有目的的嗎？

——原載於《臺灣新生報》副刊
——美國《世界日報》副刊轉載

陽光島嶼

是的，富於繁殖力的好生養的熱帶島嶼，如此袖珍又如此富有的土地，單單一棵椰子樹就可以滿足人生存下去食衣住行的全面需要，甚至可以創造出一整個文明。人因海島的富裕而清廉，得以借此養育自己倔強不阿的性格和一顆健康清白的心。

西班牙人岡札雷熱愛陽光與海洋，尤其鍾情那些位於南北回歸線內蕉風椰影的美麗海島，認為生活在上頭，端靠一雙手便足以糊口，此外便無所依恃，人因海島的富裕而清廉，得以借此養育自己倔強不阿的性格和一顆健康清白的心。他曾用幾年時間駕著船在不同的海域尋尋覓覓，終於決定落腳在非洲東南海岸一個碧綠玲瓏燦亮的陽光島嶼，把那兒當成自己天長地久的家園。

我們是在那個叫諾茲—貝(Nosy-Bē)的小島上遇見這位紅塵俗世的逃遁者的，他黝黑矮壯，有著足球運動員般的身材，看著挺合適拓荒。我們說他看起來很年輕，他笑著說再過幾個月他便要過六十歲生日了，核計著自己能勞動的時間大約還有二十年，溫柔恬淡的諾茲—貝島，正好用來度過他這與世無爭的餘生哩。

諾茲—貝島在馬達加斯加北方，我們在馬達加斯加玩了一週後，每人每天加一百法郎，就可以把假期往後延，但是在這個價錢下就只能住通舖吃大鍋飯，而且沒有導遊帶頭開路，既當保姆又充通譯。這反倒好，食宿有了著落，行動卻不受拘束，決定留下來的四個人都有解脫之感。放單飛的第一天我們便搭渡輪來到諾茲—貝島。

岡札雷的臨時之家搭建在島的南端，那兒有一眼泉水，泉水附近形成一個小小的聚落，都是些椰葉編頂，淩空架高的單間小木屋。我們在一群土著當中突然看到一張歐洲人的臉孔，覺得無比親切，便用法語跟他打招呼，他回答我們他不是法國人，他是西班牙人，這一點我們從他的口音已猜出來了。喧鬧聲中引出一個滿頭灰髮的白種婦人，是岡札雷的妻子安，她才是法國人，入耳的鄉音讓她放下家務奔出屋子來一探究竟。

岡札雷那時正在與鄰人分出海網回來的魚，那些剛離水不久的魚兒在網目中還張著腮喘息，不到一個小時後，我們便坐在岡札雷家前院的那棵椰子樹下吃抹上蒜末與鹽巴的烤魚了。

岡札雷三四天才出海一次，捕魚供自己吃，吃不完的就學當地人那樣，用煙薰或用椰子油加以油漬儲存。煙薰的方法很原始，岡札雷太太引我們到屋後去看她薰一種叫Barracuda的魚，一條魚掏去內臟之後，攔腰切成兩段，用兩片椰子葉的長梗夾住，插在一個正燜燒著椰子葉的土坑周圍即成。在後院我們看到幾隻閒步的鵝，還看到一口椿米用的石臼，同行的法國人不知道這東西做何用途，待我這個臺灣人加以解釋後，竟詫笑出聲，大概無法理解岡札雷夫婦為何千辛萬苦跑到非洲南端來過這種十九世紀的生活罷。

看來岡札雷們當真已在這個地圖上找不到的無名小島安身立命了。現在我們又坐回椰子樹下，在南緯二十度內熱帶海域的薰風中恬然欲睡，感覺眼前這一切就像一個夢，一個文明人才會作的回歸原始的夢。是在羅馬，在梵蒂岡圖書館裡保存著的那張哥倫布的航海地圖給引發出來的奇想。哥倫布用過的那張地圖粗糙簡陋，而且顯然有不少錯誤，因為那時候人類的地理知識還停留在「地球是一張扁平的烙餅皮」的水平，可哥倫布卻用這張地圖發現了美洲。哥倫布裝備簡陋、船隻漏水，對世界一知半解，卻義無反顧揚帆遠去，他岡札雷，一個生活在二十世紀末的機械工程師，還怕些什麼呢？

我們聊得正興頭時，岡札雷那個也染上漫遊癖的兒子塞茲不知打從何處折回家門，也在椰樹的疏陰下加入我們的龍門陣。這個大男孩正在馬德里上大學，念的是建築，趁暑假空檔飛來與他的父母一起過半原始的生活。話題回到每個歐洲人夢中都有一座遙遠的神秘的富裕的島，塞茲告訴我們，讓中世紀歐洲人大舉南下的就是一座島，一座傳說中的島。是這樣的，十三世紀威尼斯商人波羅兄弟，為了買賣，曾經越過蒙古大沙漠，輾轉到了中國皇帝可汗的朝廷，可能也到了當時的日本，兄弟之一的兒子馬可寫了一本父執們歷時二十多年的東方冒險故事，有關「吉潘古」神秘海島上輝煌的金塔的描述，叫歐洲人著了迷，「吉潘古」是「日本」義大利語的發音，扶桑島竟是歐洲人夢想中的第一個黃金國！由於嚮往著這個傳說中的黃金之島，歐洲人竟發現了美洲，發現了太平洋，發現了整個西半球整個東半球，一句話，一個島帶出了一個星球。

不管從哪裡出發，往哪裡走，海上探險家們最先到達的總是一個島，或者說，一群島中的某個島，那出現在茫茫藍色巨浸中的一抹半弧簡直如同夢境的入口——岡札雷一旁為他兒子的話下註腳，遙遠的神秘的富裕的島，整整一個十四世紀再加一個十五世紀，歐洲的航海家們只想著一件事，就是如何找出那條通往中國，通往「吉潘古」的最安全最便捷的航道。十五世紀初，葡萄牙王子亨利和他的船隊發現了非洲西岸的加那利群島，隨後又發現馬德拉群島、亞速爾群島、佛得角群島，到了十五世紀末，哥倫布四度遠航，分別發現了法羅群島，和今天的巴哈馬群島、古巴和海地等島，帶回幾袋金屑子，一些呱呱學舌的漂亮鸚鵡和蠢頭蠢腦的貘，還有玉米、椰子、煙草等等物產，那些天堂般的美麗的島群，在歐洲人腦中，眉目就更清晰了。

所有的探險家都是牛皮大王，據說哥倫布也不例外，而且他還有妄想症，固執地相信自己願意相信的事，在伊莎貝拉女王面前，他只提那些流淌著一條含金的河流的島，絕口不說可怕的沼澤氣候和土著的毒箭，不說在令人窒息虛脫的赤道灼熱中穿越低洼地時，被沼澤泥潭圍困，被蔓延的瘧疾追趕的可怖情節。這使得相信遙遠的黃金島的人越來越多，原先到海上去的大部分是參加了探險隊即可免去刑責的罪犯，後來連那些最具野心與謀略的人也都興沖沖出發了，連高過百分之九十的死亡率也阻嚇不了他們。海上探險熱潮就這樣延燒下去，到了十六世紀初，葡萄牙人麥哲倫率領了一支由五艘西班牙小船組成的船隊，出發作環球之旅，先發現了菲律賓群島，在島上被土著殺死，他的部下逃回最後兩艘船上，繼續航行，終於發現了印尼的摩鹿加群島，也就是歐洲人朝思暮想的香料群島。這趟環繞地球的航行，發現了水天一色的太平洋，建立了歐洲人正確的地理觀念——我們所寄身的這個世界，原來是個球體，而不是一張平鋪開來的烙餅皮。

塞茲不相信當時的人冒百分之九十以上的死亡率到海上去冒險，就只為了黃金，我也不相信。一定還有別的什麼東西吸引著他們，讓那些被君權與天主教扼住咽喉，在繁瑣的禮儀，嚴酷的法律，精深的知識中成長的歐洲人子弟，嚮往天涯海角某個人類仍然做為自然之子生存著的小天地罷，當哥倫布或瓦斯科・達・伽馬或麥哲倫揚帆駛離葡萄牙淒涼的石頭海岸，一浬浬向充滿陽光的熱帶海域前進的時候，那種正航向未知命運所引發的全部詩意，那種即將闖入異緯的異溫的異言的國度所帶來的心靈震顫，一定比一條含金的河流或一座藏著白銀礦脈的山更激動他們。

事情後來的發展果然大大超出金沙之河與銀礦之山的範圍，那些白種的文明之子在黑皮的熱帶島嶼上殖民也殖夢，自此依賴著物產豐饒的廣闊屬地的輸血，源源不絕的貴重金屬、工業原料、糧食、石油與黑奴，不斷推動著舊大陸的工商業，造就了至今不衰的幾世紀昌榮盛世。

除了廣殖人口與財貨外，大大小小的島嶼，也成了白種文明之子當中自然科學研究者的知識庫，成了作家與藝術創作者的綺想之地。達爾文與華萊士推擬進化論的根據地都是大洋中孤立的島群，達爾文選擇的是加拉巴哥群島，華萊士則遠走亞洲南端的香料群島，因為要研究環境變遷，物種演化，必須在一個與外界隔絕的天地中進行，海洋所封閉的島嶼，通常都被遠處而來的那些具有優質基因與冒險精神的生物所占據，在經過千百代的演化之後，基因突變，以順應島上安全的生態系，物種逐漸變得很獨特，絢麗的天堂鳥，出奇巨大的蟒蛇，不會飛的甲蟲，還有跗猴、犀鳥、變色龍、枯葉蝶等各種奇妙的動物，向他們揭露了一個如此不同又如此多采多姿的新世界。

藝術家們也得到遠方的初樸的島嶼汲取創作靈感，高更去了大溪地，畢卡索則轉向黑色非洲及它的島群，讓自己的目光與心靈被不染文明雜色的自然之美給點燃給激活。文學家們又更難抗拒島的誘惑了，從遊記、歷險故事到後來的海洋文學，都處處島影，連褚威格、魏德門(Jerome Weidman)、海明威這類純文藝創作者，也忍不住要挪移一座又一座島到紙上充做人性試驗所。

歐洲來的文明之子對他們發現的島嶼無不物盡其用，做全方位經營，當真難以活人，不值得開發的，也還可以廢物利用，拿來充當水中大牢，流放異議人士或罪犯，地中海裡的伊夫島傳說關了基督山伯爵與鐵面人，拿破崙被流放到南大西洋裡的聖赫勒拿島，而整整有一個洲的分量的澳大利亞則是英國還在日不落時代的超級監獄！如果沒有這些陽光島嶼可供開拓、發現、歷險、逃遁，身處溫帶與寒帶的大陸人一定會苦悶得發狂。

是的，富於繁殖力的好生養的熱帶島嶼，如此袖珍又如此富有的土地，單單一棵椰子樹就可以滿足人生存下去食衣住行的全面需要，甚至可以創造出一整個文明，岡札雷拍拍我們身畔這棵椰子樹的樹幹，語帶愛憐地說。他那寡言的妻子安便接著跟我們解釋，椰子果汁能喝，椰子果肉能吃，能充當餅干蛋糕冰淇淋的作料；椰樹樹皮的纖維能織成布也能織成蓆與氈，甚至編成捕魚網與捕魚簍；椰子油可以製造蠟燭與肥皂；椰樹葉子編成的屋頂風雨不透，椰子果殼還能充當各種容器，來打水來盛飯來祝酒，收集夠多的話，用網子兜在一起，可以浮起一片木板成為最原始的船；還有還有，傾斜的椰樹樹幹可以用來練平衡做體操，也可以爬到上面眺望遠方守候希望。注意過沒有？岡札雷提醒我們，歐洲人有關漂流荒島的漫畫裡，茫茫巨浸中禿禿鳥蛋大的孤島上，那個早已鬍茬深重長髮披肩的前文明人，永遠貼靠一棵椰子樹坐著，等待前方海面上出現第一片帆影——總是這樣的情節，也只能是這樣的情節，孤島上如果只長一棵樹，那非得是椰子樹不可，否則那倒霉的傢伙就活不了命。

這番解說也回答了我們有關岡札雷一家為何獨獨鍾情熱帶島嶼那個問題。椰子樹混身是寶，它是熱帶島嶼的符徵，有椰子樹的地方，海水溫暖，日照充足，物產豐饒，戶外活動的時間長，稍稍學些野外求生技能，也就溫飽無虞了。自然啦，所有的島嶼都美，因為所有的島嶼都遠離塵囂，遠離工廠的煙囪、高速公路網絡和摩天樓群，所以所有的島嶼都綠都美，但是熱帶島嶼又更好一些，它們更慷慨更溫柔。瞧瞧你們身處的這個島，這個小小的，平寧祥和，美麗富庶，的島。

瞧瞧這個小小的平寧祥和美麗富庶的島。

我順著岡札雷的眼光凝視眼前這個碧綠玲瓏的島，突然看到原先沒看到的許許多多的細節，看到一種迥然不同的生存形態，完全不同於文明人三八二十四的制式人生——天晴時人們就下地耕種，出海捕魚，就建造或修補屋子、船隻與各類工具，忙完營生後，就享受清閒，三三兩兩坐在椰樹下假寐或看海，孩子們任意奔跑在沒有起始沒有終止的沙灘上，或潛入海底看水中五彩斑斕的生物世界。在這個被海水封閉的小天地裡，沒有人情世故你爭我奪，沒有心理學經濟學政治學，沒有新舊觀念的衝突，意識形態的對抗，和用字遣詞的胡說八道，有的只是人類與各種生物為生存繁衍所做的掙扎努力與動人機智，讓人對生命的艱辛與莊嚴肅然起敬。

在島上，法國人稱做Case的高架單間小木屋門戶雖設而常開，人對世界對其他人無猜無防，屋子只是供人入夜後睡覺用的，牆只為了擋風遮雨，大部分的活動，包括煮飯吃飯，都在戶外進行，不像我們這些文明人隨時隨地困在牆裡，沒有多少事放心到光天化日之下去做，就算走在日頭下，牆也還在心裡，圍起舒適、財貨、隱私、慾望、在化解的同時構築著恐懼，對自身以外全世界的恐懼。

我們在諾茲—貝島只呆了兩天，可我卻自此把它留在心上，常想著岡札雷們如何把自己從出生成長的土地連根拔起，自由地穿行在陌生的海島古怪的風景線上，感受著異緯的土地與人民，讓風的流動，雲的變妝，日影的位移和自然的大神秘大叵測都成為生命存在的背景。

為什麼我這個地域性的動物，老想著岡札雷和他的島呢？

——原載於《中國時報》「人間」副刊

臺北・臺北

我這個祖母綠的海島，孤懸於太平洋西陲，不管在哪個版本的世界地圖上，都屬於天遠地偏的零餘角色，但是拜發達的國際商貿交流往返，竟漸漸成為喧囂熱鬧的國際大舞臺的一個活躍分子，不斷雲集商賈、吞納資財，它的首善之區臺北必跟著高樓群起、霓虹徹夜，成了新世界裡一個百毒不侵的生長點。

我的臺北之旅，是交疊的透明片，一半是回憶一半是獵奇，每每轉上兩個街角就得停下來跟人問路，而且老是有人要提醒我，「現在的臺北跟妳從前在的那個臺北大大不同了」，這才發現我已不屬於臺北，不屬於這座缺少美學依據，卻飽含人生景深的城市。

若說地球上千千萬萬座城市中，有一座是屬於我的，那應該是臺北，我在那裡上了大學，跟著投入就業市場，度過生命中最為意氣風發的十年時間，曾經是這個城市的一員，在這兒

Work hard, play hard，跟上臺北人的每一波時尚風潮，知道那裡有好吃的那裡有好玩的；熟悉大小名人的來頭、他們的緋聞與裙帶關係；幾乎每一路公車線上都住著親戚或朋友，電話連絡簿上永遠維持著百位數的號碼。然後我到了巴黎，轉眼間已在那兒住上與臺北等長的時間，可也僅僅在地理上是個巴黎人而已，在那裡始終有此身如寄之感，我想不論再住巴黎多久，這種感覺也不會淡退，因為我無法站在蒙馬特高地回憶往昔，也不可能面對香榭里榭大道展望未來。

前年與大前年的夏天，我都回過臺北，留下來最強烈的印象是，在那兒是沒有什麼東西你買不到的，以致於在巴黎精挑細選給親友捎回去的禮物，難得點燃受者的目光。臺北人待在自己的地頭就見得到全世界的市面，我身上穿的班尼頓休閒服，被他們用夷然的口氣評為「小名牌」，他們真正看得起的是阿曼尼或川久保玲，也願意用一整個月的薪水買一套這樣的「大名牌」。

時髦男女對名牌的追逐可說如痴如狂，可這也不妨礙他們去地攤上挑便宜貨，這種兩極化的消費在他們看來一點也不矛盾，就像他們可以去五星飯店的鋼琴酒吧喝上一杯，帶著三分醺醉下樓來時，又馬上坐到街角小攤販的硬板凳上吃一碗三十塊錢的四神湯一樣，這是一個漫無章法，百無禁忌的城市，也因此才永遠如此生機勃勃，如此「俗又有力」。

這是一座快樂的庶民樂園，夜幕甫落，它瞬間變妝，喧譁又五彩繽紛的夜市，是它這個時段的代表性臉孔。米粉炒、花枝羹、仙草茶、蜜豆冰，一攤一個口味。雖然臺北人已吃遍全世界，也把其他民族的招牌菜通通引進自己的生活圈，可這些世代相傳的風味小吃才是他們永遠的最愛。人群潮水般一波波來去，像水族箱裡的熱帶魚，摩肩擦踵卻對面不識，甚至同坐一桌也渾然兩忘。保麗龍碗碟盛來平價的口腹享受，管你是販夫走卒還是大學教授，在同坐一桌吃著蚵仔煎時，臺北人人平等。

長久的離別，使我可以用一種全新的眼光來打量這個城市，我發現臺北人已進化成為真正的城居人，不再是經濟學家所謂的「城居的村落人」了。現在的臺北人比以前冷漠、矜持了許多，越來越不愛看熱鬧與嚼舌頭，而且似乎也不再動不動就撩起袖子幹一架了。我永遠忘不了在臨飛歐洲之前，在西門町電影街目擊因為插隊而大打出手血流百步的暴戾場面，老跟臺灣親友提自己在歐洲住了十二年不曾見過人打架的「文化震撼」。最後一回在臺北，我又提這個見聞時，我的小外甥告訴我臺北人也不打架了，我問為什麼，他分析給我聽，「沒時間」、「不值得」，意見和情緒宣洩孔道也多，火氣自然就小了。確實，如果臺北人還動不動就聚堆圍觀幸災樂禍，或一言不合就大打出手，這「經濟奇蹟」是如何也創造不出來的。現在的臺北，每個人的時間都有轉化為金錢的可能，決沒有理由把時間浪費在各種無謂的活動上，甚至用在抵銷別人勞動成果的活動上。

是的，臺北已慢慢進入以知識經濟為主導的腦力勞動社會，市民休閒時所要緩解的是腦力勞動造成的精神緊張，最好是上健身房去暢快淋漓地流一身大汗，以體力上的極度消耗來緩解腦力上極度消耗所帶來的緊張狀態。臺北人的休閒文化產品也日益感官化、平面化與圖像化，既然上班時他們都在絞盡腦汁思考，那麼下班後他們就得「否思」，再也不能像古訓講的那樣「閒居靜思則通」了，既要「否思」，則所讀的東西就不能太艱深，否則與緩解精神緊張的宗旨就相悖了，在這種態勢下，文學要存活，也只能在「淡淡的哀愁，淺淺的哲思」的層次上打住。

說到休閒，這對臺北人已屬於民生必需品了，我小侄女用的是「我得好好scheduled一下」。十二年前我離開臺北時，人們scheduled的是工作與前程，沒想到現在連休閒也得加以scheduled。細細推敲這句話，發現在臺北的白領圈子裡，工作與壓力都是制度化了的，休閒也就跟著制度化起來，它必須被列入議事日程，事先好好規劃一番才行，人們再也不能什麼時候想休閒就什麼時候休閒了。拿我小侄女工作的那家大規模的外貿公司為例，資方每年舉辦兩次島內旅遊一次海外旅遊，費用由公司與員工對半分攤，在這個半買半送的條件下，任誰也不會輕言放棄，結果是上班與休閒全被公司給「規劃」走了。

但是臺北還沒有真正形成屬於它的禮儀社會，階級差異也還不明顯，一家兄弟裡同時出現博士與穿拖鞋嚼檳榔的小攤販的情形並不少見。人們翻身的機會很多，靠聰明靠機運靠祖蔭靠勤勞或靠投機都可能，上面這些一樣也沒沾邊時，還可以等下一代人來為自己出一口氣。這與歐洲各國階級儼然，上智下愚井水不犯河水的社會形態非常不同，兩者相較之下，我更愛臺灣模式，因為階級間的交流與換血，才能使社會常保活力與創造力，歐洲國家那種龍生龍鳳生鳳，階級代代相傳，連貧富與愚智彷彿都是世襲的社會，過起來真是沉悶單調叫人窒息。

當然，臺北這樣善於調整與妥協的城市也經常走過頭，物慾的沉溺就是一例。一切都商品化了，金錢形成一種新的專制主義，統治著輿論與習俗，使窮人感覺更窮，使最不拜金的人也產生了發財慾，使已發財的人在比他發更多財的人後面一程又一程地苦苦追趕。我一位在報關行工作的高中同學，告訴我她很想夥著在電力公司當技士的先生一起辭掉工作，開一部小發財車到住家附近的社區公園給人包水餃，做一對「搶錢夫妻」，以便早日實現移民的夢。

滯留臺北期間，另一個吸引我的文化現象是饒舌小報的暢銷，和自揚家醜的各種電臺電視談話節目的大行其道，看來臺北人已和盎格魯撒克遜民族慢慢靠攏，變得「無話不可對人說」了。我一回不經意開了電視機，看到一位名女記者面對攝影機鏡頭，公開自己被強暴的經驗，隔日攤開報紙，發現這個事件幾乎成了每家報紙的頭條。另一回看電視，看到出身名牌大學的補習班女老師，主動接洽並登上春宮雜誌，正接受主持人訪問，大談毛遂自薦的過程。還有一回被訪問的是一位逃家貨腰的國中小女生，她說她想進入演藝界，果然捧起麥克風大唱艷曲時一副情場上身經百戰要死要活的模樣。能把自己最私祕的事對著麥克風與攝影機滔滔托出，很難叫人相信那裡面有什麼高拔而陡峭的精神歷程在，世故的臺北人大概也沒敢期望有那麼一層在罷。

這類文情並茂的現身說法，製造了無數西方人所謂的「娛樂名人」，他們不是職業演藝人員，但是他們製造的話題，卻成了人們酒足飯飽後的最佳談助，想想一位名女記者與名女作家，在與男友恩斷情絕後，竟然公布了他性器官的尺碼！此等開放尺度難道不比專業演出更激動人心、更具娛樂效果嗎？這種文化現象背後的大眾心理機制，可以被解釋成破解面具、直搗事實核心的需要，但認真想一想，其實緋聞與醜聞在這過程中已被打包成商品販賣給大眾了，而且幾個這樣的人被炒熱走紅之後，也能獲得一般民眾的艷羨哩，只要當事者有足夠的能耐，持續吸引媒體對他的興趣，累積足夠的知名度，不久人們就會發現他已晉升為電臺或電視臺的節目主持人，甚至競選民意代表去了，這正是典型美國式的「所有的名都是好名」現象。

還是有些我所熟悉的東西，不曾在國際化的過程中被淘洗掉的，民粹、鄉粹甚至空前的活躍，電線桿上竟也還看得到「天皇皇、地皇皇，我家有個夜哭郎，過路君子讀一讀，一覺睡到大天光」的文字符，這類可愛的文字巫術使臺北人顯得如此樸拙憨厚，每每乍見之下不由詫笑出聲，像釣魚場在入口處貼上「包釣有」，水果攤明文向來往顧客宣稱自己的貨色「世界甜」，還有地下錢莊貼滿大街小巷的言簡意賅的「二胎貸款」告示，都叫人回想起隱藏在八卦小報、衛星電視、傳真機、大哥大、訊息高速公路後面那座大村落似的臺北城，社會學家說的「越國際化的同時也越鄉土化」，果然言中。

這層感悟在一回上親戚家，穿過一條長巷竟然經過三間廟時又加深一層。我注意到臺北的廟跟鄉間的廟沒有什麼不同，往往立在一棵鬚根紛披的老榕樹下面，是灰色的都市叢林中的一塊醒目的大紅，長明燈日夜在陰暗的廟堂裡隱約閃爍，爪牙賁張的龍鳳盤踞在廟頂，貢獻箱與用紅漆寫著「奉茶」兩字的錫皮大水壺並立，貼在內牆的安太歲的名單上細細的蠅頭小字，顯示出宗教或怪力亂神，在這個以高科技產品富上加富的國度，仍然擁有無限的市場，我一個朋友就說，「在臺灣搞股票搞高科技都不如當神棍來得發」。也確實如此，不管號稱宗教世俗化或宗教商業化，信仰在臺北這個商品社會也是有價的，想預約一張光明的彼岸世界的入門票，也得先刷金卡。

然而臺北人早已習慣了一面與世界接軌一面回歸鄉土。我一個在證券公司上班的親戚，每天早上提著〇〇七公事包上班去，就一頭栽入電腦網路、道瓊和納斯達克的世界裡，比外交官更清楚紐約或倫敦與臺北的時差，也比外交官更熟諳各種外文名稱的縮寫字，他透過大哥大或網路分析追蹤美元與馬克的價位，也關注法國外交部長的緋聞、日本首相的病情，比中央社駐當地的記者更早知道七國高峰會幾小時前才達成的協議。可他下班後卻回到臺北最老舊的延平北路一條曲巷的家裡，換上短褲衩與塑膠拖鞋，上附近的菜市切半隻鹽水鴨兩碗米粉炒，回去與老婆當晚飯吃，從他家窗口往外望，除了自家陽臺滴水滴個不停的冷氣機與萬國國旗般飄揚的衣服外，就是對面人家安在陽臺上的廚房，波浪塑膠板後面掌廚的人，看著眉眼綽約，歷歷在目。

我這個祖母綠的海島，孤懸於太平洋西陲，不管在哪個版本的世界地圖上，都屬於天遠地偏的零餘角色，但是拜發達的國際商貿交流往返，竟漸漸成為喧囂熱鬧的國際大舞臺的一個活躍分子，不斷雲集商賈、吞納資財，它的首善之區臺北必跟著高樓群起、霓虹徹夜，成了新世界裡一個百毒不侵的生長點，先是「經濟奇蹟」，再來又是「政治奇蹟」，向全世界示範了在古老腐化的亞洲大陸，立基於民意的政治是如何催化社會的安定與成熟，現在又有了衛星電視與訊息高速公路，臺北人立馬與世界同步，已由後排席位挪移到最前排去了。

輯二

華麗的文明之夢

一片片有大美而不言的原野又已淪陷為城市，曖曖的遠村，依依的墟煙，山上的鳥，溪裡的魚，溝渠中的蝌蚪仔跟著不見了，代之以柏油的黑，水泥的灰，還有夜總會的酒酸氣與博物館的屍臭味。

很多人排斥大自然，認為置身其中危機四伏，草木皆兵，帶刺的小灌木，有毒的漿果、爛泥巴、坑洞、會咬人會螫人的昆蟲與蛇蝎等等，更不必說酷暑、洪澇與雷禍了。他們相信人類千辛萬苦造出一座座城市，也不過是為了把大自然從身邊逼退一步罷了，現在人類撂下大幅荒無人跡的地帶，不計成本跑到月球與火星上去，也是企圖在上面建造殖民城市，而不是維護外星球的自然風貌。

美國導演伍迪阿倫就是這類人中的一個，由他那句被廣泛引述的話「寧可死在紐約，也不願住到鄉下」，可見他的態度之決絕。他對鄉下的耐性只有三十五分鐘，那是汽車在田間小路拋錨，最近一家修車廠派拖車趕到現場所需的時間。接下來他就開始想念摩天大樓，想念地下鐵與立交橋，想念漢堡王與自動販賣機，想念隔著玻璃雨痕依稀還能看到的對街那排商舖，一句話，他想念他所定義的文明。

就在他不耐煩地等待拖車的到來時，一片片有大美而不言的原野又已淪陷為城市，曖曖的遠村，依依的墟煙，山上的鳥，溪裡的魚，溝渠中的蝌蚪仔跟著不見了，代之以柏油的黑，水泥的灰，還有夜總會的酒酸氣與博物館的屍臭味。那是由衛星電視、訊息高速公路、好萊塢電影，和一千個"ism"構成的世界，也是由薪水、名銜、分期付款、超級市場交織出來的市民化處境，心靈和外頭的馬路一樣，不斷進行著磨損與補綴的循環。

在我看來，把動輒幾十萬幾百萬，甚至上千萬人口聚攏在一起，除了會造成空氣污染、交通阻塞、房價飛飆外，還會成為開戰時導彈打擊的首要目標。人們只需要寵物，不需要朋友。夜晚看不到星星與月亮，撩起窗簾漫入屋子的永遠是青蒼的街燈燈光。白日裡甚至站到戶外也擺脫不了大樓的陰影，眼光必須越過樓群的棱線才看得到天空，但是站在街心仰望天空，身邊一定會立刻圍上來一群跟著伸長脖子的人，他們還以為雲端出現幽浮哩。

愛城居的人會說城市是尋覓的好地方：名牌服飾、削價商品、終生伴侶、一夜情、適才適志的工作、賺不完的錢，和揚名立萬的種種途徑。他們在大城市謀生也謀愛，那兒提供更多的選擇與可能性，這是他們離不開它的理由之一，之二，之三，全部。是啊，雖然他們只能與一個人結婚，但是他們總是假設從四百萬人當中選出來的那一位，會比僅從一萬人當中選出來的那一位，更接近他們心目中意中人的圖像，要是有一天這意中人不再那麼令人中意了，從四百萬人中再選一個替補者，也比從一萬人中再選一個來得便利一些。說到就業，在鄉下他們就只能當農民，當鎮公所的小科員，當國中老師當郵差當村里民幹事，但是住到城市去的話，他們卻可以批發、零售、推銷、仲介、經紀。要想小偷小摸的話，在都市也比在鄉下容易得手。

愛城居的人還堅信，那四百萬與他設籍在一起的人，正夙夜匪懈地為開拓他的市面而努力，拿飲食一項來說罷，只消走過三個街角，就可以吃到那家黎巴嫩餐館的烤羊肉人餐，是的，這就是住在大都市的好處，在離家不到一個街區的範圍內，就品嚐得到世界各國名菜，至於體重呢，哎，就先別去提了。可是大部分時間他為自己準備的是電視餐，瑞士牛排或義大利比薩餅，微波爐四分鐘後響起，他掀開上面的錫箔紙，合成調味料融解得剛剛好，唯一的缺點是有色無味。連電視餐的庫存都出清時，他也不至於挨餓，他可以找自動販賣機去，可是芝士餅乾的價格老叫他皺眉頭，與其說那是買賣，不如說是攔路搶劫。

令他難以割捨城市生活的，還包括自由的享有，雖然自由的另一面就是孤獨，孤獨地在自己的蠶繭裡過日子，房子是大繭，車子是小繭。可一想到住在鄉下，買塊肉啊來個訪客啊，饒舌的鄰居都會奔相走告，他便起了一種生理的惡感。但是他大隱隱於市，做人海裡的小水滴，又得到什麼自由呢？他開車上街，每五百公尺就被紅綠燈攔下來一次，想扯開嗓子高歌幾句，唯恐被人當成瘋子，過了午夜還在宴客，就得提防鄰居打電話報警，出門溜寵物，還要一路收集牠的糞便，回去交由自家的馬桶消化。

他還認為他非得留在城裡才跟得上時代的腳步，城市裡舉凡語彙、服飾、飲食都刮著流行風，情節叢生，色彩繽紛，瞬息風瞬息雨，然而風景換過來換過去，卻是一座旋轉舞臺，三載五載之後，被淘汰的捲土重來，城居人又拿來當新鮮褻玩，於是摩登在一次次的輪迴中死而復生，只是那麼一點文化個性，已在這過程中消解殆盡了。

不久前我登上臺北圓山大飯店的頂層看夜景，腳下那片比宋代汴京上元燈節時，「燭龍銜耀，黼藻太平春」更輝煌的霓虹燈海，與在蒙馬特高地聖心教堂下望夜巴黎時，給了我同樣的感觸，那是人類任意消費有限資源的明證啊！不由覺得我們的城市文明只是浮華而不是昇華，想起古人以夢點題的文字，描寫的都是都會景觀。

是的，越是繁華就越像酣睡方醒的南柯一夢，「城池苑囿之富，風俗人物之盛，焉保其常如疇昔哉！緬懷往事，殆猶夢也」，都會中人的跌蕩放言，「酒酣之後，續以挽歌」，也無非是夢中說夢，很難想像如何去為它寫一個清醒的跋尾。

——原載於《聯合報》副刊

——美國《世界日報》副刊轉載

寫在女郎們已經進了櫥窗之後

人類當真能夠把性活動完全從它錯綜龐雜的道德與社會內容中抽離出來，單單把賣淫當成女性按時間單位出租自己的性器官與女性嬌媚嗎？而果真辦到這一點的話，竟能稱為人性的進化嗎？

人可以這樣墮落嗎？

但已不存在可不可以的問題了，女郎們已經把自己剝得近乎精光地擺進櫥窗裡，看樣子要在櫥窗裡天長地久下去了，我還在這裡問可不可以，豈不是太一廂情願了嗎。

我想起了周作人寫於一九二七年的《娼妓禮讚》，說賣淫是「寓飲食於男女之中」，而飲食男女，人之大欲存焉，聖人有言。還引述美國評論家孟肯的話，說賣淫是女人所能做的最有趣的職業之一，說一般娼婦大抵喜愛她們的工作，決不肯與女店員或女侍者調換位置，因為首先這工作要比工坊雜役來得輕鬆，嫖客的出身又往往高出她的階級很多，很可能將之手到擒來，成為東床佳婿，自己跟著飛上枝頭做鳳凰，這等翻身機會，於娼家極其尋常，於普通婦女，則千載難逢。所以周作人贊同婦女賣淫，賣淫足以滿足大欲，獲得良緣，啟發文化，實在是無可厚非的職業，更何況她們是為道受難，身上背著資本主義的十字架，法國小說家路易菲力普因而稱她們做小聖女哩。

可是周作人假想的這種種賣淫的好處，阿姆斯特丹紅燈區的櫥窗女郎連邊都沾不上，我的遊伴麗麗告訴我，女郎與嫖客的交易以十五分鐘為限，價格一百美元到兩百美元不等，端賴女郎的姿色與裝備而定，一旦有人隔著櫥窗相中了她，她開門談妥價碼，便拉上櫥窗窗帘銀貨兩訖去了，她們甚至連調笑賣俏，裝嬌作痴，以博得兩句甜言蜜語的餘裕都沒有。麗麗於是結論道，這些櫥窗女郎跟生肉鋪子裡案上的貨色沒什麼兩樣，只是一塊專供人「肏」的肉而已。

而這兒還是最講究人道精神與人文主義的歐洲心臟地帶哩。據說荷蘭人能理直氣壯地把女人剝光了陳列進櫥窗裡，在公眾的眼皮子底下讓嫖客貨比三家，根據的是六十年代的「丹麥試驗」。一九六七年丹麥開放了色情文學作品，一九六九年開放了色情圖片，讓有「紙上淫業」(paper prostitution)之稱的色情刊物可以公然生產與買賣，十六歲以上的公民都有消費的權力。執政當局從這項試驗發現，人們對此道的興趣不增反減，丹麥人只在開禁初期買了些色情商品，隨後興趣便日漸索然了。另一個發現是淫業的開放對性犯罪有積極的舒解作用，變童癖下降了百分之八十，男子露陰癖也下降了百分之六十。總之，文明人得先從道德警察的掌握下解放出來，才能真正學會自律與自制。再說人的興趣很多面，性只是其中一種，只有在被剝奪被壓抑的情況下，才會成為關注的焦點，甚至尋求變態發泄的方式。

這是我第四回上阿姆斯特丹，第二回逛它的紅燈區。「櫥窗女郎」這類大點紅燈的妓女戶，就結集在運河兩岸，這兒巷弄逼仄，房舍老舊破敗，連時間的腳步都滯重起來。妓女戶與運河之間，就留下一條一公尺多寬的人行道供人游步，所以對櫥窗裡的女郎們，我們只能「卒看」了。走過半條街後，我發現大部分的女郎當班時都嚼口香糖，一副神定氣閒蠻不在乎的模樣，可那細碎的機械化的咀嚼動作使她們下巴抖個不停，我不由得想到美國職業棒球手在球場上戰況越烈口香糖就嚼得越凶的習慣，猜想女郎們不自覺的口腔活動肯定也可以化解她們的不自在甚至緊張情緒罷，畢竟賣淫從來不是也永遠不可能是一種尋常的生計。

有個長得幾分神似凱薩琳丹妮芙的金髮女郎，甘脆攤開四肢把自己貼掛在櫥窗上，讓櫥窗外一雙雙貪婪的眼睛盯瞧個夠，被看的同時也眼鋒凌厲地回看在她櫥窗前駐足的每個人。顯然在這個反規範反道德反前瞻也反痛苦的後現代裡，她仍不免從人們的眼中看到對娼妓制度懷著惴惴不安的原罪意識和救世主式的悲憫情緒，因而她非得卯足了全身吃奶之力撐持在那兒，免得自己的背脊承受不了那麼多意義龐雜的眼光的重壓，一眨眼就駝了下去。

妓女在人們心目中總要喚起這種或那種偏見的，認為她們都是些吸人精血的「粉骷髏」，認為她們既然靠色相謀生，必然在色相上勝出普通女人一籌。可櫥窗女郎們除了裝扮與作派與尋常女人不同外，大部分姿色均極庸常，間或一兩個竟還醜得驚人，就說我們剛剛經過的櫥窗那一個罷，她長了個不合常理的細腰，弱柳般一折即斷也似，可在幽黯的燈光下看，竟見著三點式泳裝的她，在大腿內外側、腰腹及胸脯四周布滿閃著鋼藍色幽光的妊娠紋——她一定曾經是個超級胖子，在急驟的減肥或突如其來的打擊之下，一夜之間減縮掉半個人，才落下那身銀閃閃的花紋。

下一個櫥窗裡，女郎不見了，原來有個白種男子正隔著一道門檻與從門後探出半個身子的她議價。從外表看他倒也不是什麼齷齪委瑣之流，就連在為皮肉交易討論還價時也仍然一本正經。從半開的門我們看到了屋角那張鋪著酒紅色床單的雙人床，看到門沒拉上的浴室裡光潔的鏡箱、洗臉槽和浴缸一角。我看著她把他延入門內，在腦中快速模擬這男子入門到出門那短短十五分鐘時間將會在門後十平方公尺不到的空間裡上演的短劇。她與他會進浴室清洗身體嗎？不，他們不會有足夠的時間。他們會交換姓名與問候嗎？不，恐怕沒有這個閒情與必要。她會給他點根煙或倒杯酒嗎？不，她賣的不包括情調與氣氛。前戲總該有吧，兩分鐘？三分鐘？再長恐怕付費的一方要不答應了，他上她那兒去的目的，不是為了取悅而是為了被取悅。

也許這就是淫亂了，淫亂是無愛之性，女人只有在愛情的催化之下，才會有性的需求，對女人來說，愛情是最好的春藥，而且性愛絕不是天然無雕飾的自為狀態，它是需要加工，需要費心神、費力氣去「做」的，可顯而易見的，這些櫥窗女郎給出與得到的性並無愛的催化。假如賣淫牽涉到的是「金瓶梅」專家孫述宇所謂的淫慾與貪慾，那麼櫥窗女郎要滿足的肯定不是淫慾，因為這麼赤裸裸的肉體買賣，一個神經稍為健全的女人，是不可能來情也不可能來慾的。

那麼是貪慾嗎？就毫無心結地把賣淫當成謀生的手段，搵一份不勞不碌的生活，像中國北方鄉下人指控她們那行的話：「田不耕、地不種，腰間自有米麵甕」？於是我想到丁玲筆下的小妓女阿英，阿英入行三年來不時作著從良去嫁鄉下青梅竹馬的情人陳老三的夢，終於有一天她問自己為什麼定要嫁人呢？說吃飯穿衣，她並不愁什麼，一定都由阿姆（老鴇）負擔，說缺少一個丈夫，然而她夜夜並不虛度呀！而且這只有更有趣……這些賣身到紅燈區來的女人，大概沒有花魁娘子清明的理性，也沒有茶花女瑪格麗特對愛情的堅貞，就算跟阿英一樣，還有睜著一隻眼伺機高揚的靈魂，總也有疲倦麻木的一天。

她到底疲倦麻木不？這個正播放搖滾音樂，在自己的櫥窗裡大跳熱舞，把身體搖出一波波肉浪來的美麗女郎？孫述宇用“brimstone and quicksilver”來形容《金瓶梅》裡幾個小妓女的生活，“brimstone”指的是背德者身後地獄裡的硫磺之火，“quicksilver”是中世紀歐洲人用來治花柳病的水銀，這位金學專家說妓女李桂姐在西門府跳的「花枝招颭綉帶飄飄」的舞蹈，其實是在硫磺與水銀之間跳的。沒有硫磺之火等在眼前這位賣肉之餘不忘跳熱舞自娛的櫥窗女郎身後，因為上帝死了後，地獄也就不存在了；花柳病大概也避免得了，因為有保險套與阿姆斯特丹市政府派來的醫生為她們做每週一次的定期健康檢查。

也說不定她們壓根兒就喜歡這樣的生活，像美國猶太作家馬拉默德筆下那個教堂司事的女兒，她老大不嫁、姿色平庸、智力低下，眼看成家無望，為了滿足接觸男性的需求，毅然冒犯教規，跑上街頭當了流娼，當她那個擔任聖職的父親哀求她及早回頭時，她夷然地告訴他，她之所以走上街頭就因為喜愛那一份生活。

麗麗認為賣淫現象既然防堵不了，倒不如像荷蘭人這樣大懸紅燈劃地合法經營，她憤然說起大陸政府三天兩頭掃黃，可黃潮卻如何在那塊甫入市場經濟時代的土地上泛濫成災的見聞。她是個專業導遊，不是帶歐洲人上中國去玩，就是帶中國人到歐洲來玩，知道兩地許多夜生活的內幕與細節，告訴我一個洋男人一踏上中國那塊土地後，就不斷被各路流娼包圍夾擊，在咖啡館或酒館屁股一坐定，就有女人上來試探意向，走在路上也會被攔截，回到旅館電話鈴響拿起一聽就有操洋涇濱的中國女人跟他報價碼。

不止是滿街流娼，還有那類認為「幹得好不如嫁得好，嫁中國人不如嫁外國人」的女孩子，隨便逮個外國男人就押著人家去辦結婚手續，以便一飛沖出國門，這在麗麗看來也是賣淫之一種。更不必提那類所謂的「郵購新娘」了，單靠仲介公司的撮合，連面也不必見上一回，就橫越千山萬水把自己給遞送上門，這跟職業娼妓相比，也不過是五十步笑一百步而已。

於是我與麗麗有了一番爭論，我認為在這事上頭五十步是可以笑一百步的，所謂文明，就是不搞一刀切的粗糙分類。我們那些遵循古訓，「嫁漢嫁漢，穿衣吃飯」，靠婚姻走出貧困，或靠婚姻謀取一份更體面的生活的女同胞，一旦有了一份健康的生活與人際關係，身心也就安頓下來，相夫教子奉親治家事絲麻去了，這好的收場，就足以合理化起先不那麼純正的動機與手段。那類以情愛性愛為手段，以換取男人的愛寵與錢財的女人，也沒那麼可唾，世間男女的愛情本也許無所謂有或無，正如地上的路，但是彼此間精神與物質的施與受累積多了，或者也竟能走出一條情愛之路哩。

再說妓女，她們之間也分成很多等級。希臘雅典時代所謂的才妓，被稱做Hetaira，意為女友，想來是中國的薛濤、魚玄機之流，是士大夫階級的紅粉知己，她們所受的職業教育與訓練，讓她們擁有高雅的儀態，廣博的見聞與藝術鑑賞力，為那些關在一門一戶之內的尋常婦女所難企及，德國性學博士Heiborn因而認為，這類才妓的興起並蔚為一個行業，為萬古如長夜的女性命運燃起了希望之光，可視為人類女性的第一次解放。唐宋時代的高級妓女，境況與希臘雅典時代的才妓非常相似，這些紅袖們往往嫻熟地掌握書畫琴棋的技巧，她們高度參與上流社會的文化活動，也有很多為後世留下書畫佳品。日本的藝妓則是活的藝術品，行止都按照既定審美規則風格化了，據說藝妓在崇拜者的簇擁之下光顧一家酒館時，派頭簡直跟舊時好萊塢女明星翩然降臨聚光燈照耀的舞臺一樣。而十八、九世紀歐洲的高等妓院，是顯貴們的沙龍，妓女是一種娛樂藝術品，藝術評論家們像鑑定演員那樣鑑定妓女的才藝與色藝之等級，出版各種淫樂區的導遊手冊，事實上當時的妓院就是個文藝愛情戲的舞臺，阿芒們去那兒被取悅，更重要的，去取悅茶花女們，高雅的調情只是全套求愛動作的一小部分，妓女與嫖客間的關係受嚴格禮儀規章的約束，從交換情詩、拒諫、密約到大量物質消耗，是一個很長的過程，不比一個靦覥的文藝青年追求他心儀的女孩來得簡單，即使有肉體的媾合，裡頭也有足夠情愛的鋪墊。這類遵循審美原則的愛情遊戲，終使賣淫免於墮入愚鈍卑下的皮肉交易，而角色近似伶人的妓女，更啟發了無數作家、詩人、畫家和音樂家的創作熱情。

丁玲與馬拉默德那兩個短篇，都帶著道德批判色彩，這兒批判的不是社會逼良為娼，而是要人警惕人性竟可以墮壞到這等程度。而這樣的批判意識，用當今甚囂塵上的女性思潮觀點來核查，是大大不合時宜的。美國女性運動健將蕾妮丹菲爾德就公然宣稱，反對賣淫制度無疑是人類精神文明的退化，退化回保守封閉的維多利亞時代的反性與反自由，最終的結果是以保護女性之名行剝削女性之實。我差不多是贊成這套理論的，只是一直沒弄懂所謂「反淫業就是反性、反自由」，反的是誰的性，反的又是誰的自由？猜想不外是說女性對自己的肉體擁有完全的自主權，包括把它當成商品計量販售的權力罷，因為在女性主義者眼中，肉體與性愛涉及的只應關乎權力，而不應關乎道德，因為性道德是性能力的弱者男性對性能力的強者女性的制約手段之一種，男人要對一個女人的身心進行壟斷式占有，如果不能強迫她套上貞操帶，就只得不斷灌輸她要守身如玉，要三貞九烈的「性潔」觀念，讓她自動為他守床笫的貞操。

可是千萬得來瞧瞧櫥窗女郎專賣街，這是怎樣的「性」，這又是怎樣的「自由」啊！

人類當真能夠把性活動完全從它錯綜龐雜的道德與社會內容中抽離出來，單單把賣淫當成女性按時間單位出租自己的性器官與女性嬌媚嗎？而果真辦到這一點的話，竟能稱為人性的進化嗎？

殊不知性的美化與詩化是一筆多麼可貴的文化財產，它的產生正是因為它的受抑制，不管是來自外力的或是自發的抑制。正因為人們在這個層面上無法隨心所欲禮崩樂壞，才使得性變得美好與神秘，並且在性的自我抑制中進行種種精神的釀製與幻化，而這正是文學與藝術的源頭，實行公妻制與群婚關係的部落社會，是不會產生抒情詩與小夜曲的，一個對櫥窗女郎習以為常的社會，也不會。

步旅

根據梭羅的看法，搭車搭飛機也不見得比走路快，這位隱居於湖濱的詩人愛走路，他認為走路比搭車快，因為搭車你還得先掙夠了車資才能成行，再說，假如你不僅把要到達的地方，而且把旅途本身也當成目的地呢？

在接近美因茲時，我實在抵受不了眼前美景的誘惑，要求瑪德蓮放我們下車走一段路，瑪德蓮拗不過我，只得停車，我們約好在美因茲城碰面的時間與地點，她又把身上的地圖冊讓給了我，才發動那輛九人座的小旅行車上路。

兩個男孩對媽媽這類唐突之舉早已習以為常，再說在這七月上旬中歐的艷陽下，他們的小腦袋裡也不可能滋生出什麼陰暗的聯想。我告訴他們，為了安全起見，我們最好沿著濱河公路往前走，可才走了兩公里多的路程，卻見一片在遠處日光裡顫抖著的嫩綠的波浪，大人小孩精神大振，快步跑離公路，朝著夾在濃密的樹林中那條瘦長的小路奔去，在迎面而來帶著草腥味的氣流中很是興奮。啊，眼前的森林幽夢迷離，正靜候我們的足音去敲醒哩。

美國嬉皮運動的先驅人物Timonthy Leary曾對存在做過這樣的思考，認為人是活在他人思維所及之處，如果一個人不在阿爾及耳，他與當地人兩不相涉，那麼對阿爾及耳來說，他就是死的。對這番話我有同理卻反向的深刻體驗，這個世界是死的，甚至不曾存在過，除非我走上前去，用我的足音一寸寸敲醒它。

美因茲於我們只是一個虛幻的地理名詞，美因茲甚至不曾存在過，直到有一天我踏上那塊土地，讓它進入我的思維所及之處，在包圍著它的森林中嗅聞一朵又一朵的野花，在十字路口跟人問路，在公園的長椅與隔座攀談，和某個迎面而來的人交換一個微笑或深深的注視，從麵包店掌櫃手中接過一個蛋塔，或從旅館經理那兒得來一把房間鑰匙，美因茲便活了過來，新而且鮮地活了過來，我一公里一公里地前去，它就一公里一公里地為我醒活過來。

當然，Timonthy Leary的理論只不過恰好可以為我的漫遊癖提供一點哲學基礎罷了，我真正愛的是走路，處處隨機妙喜，時時容得即興之舉的走路罷了。瞧，我們現在正置身於一片樹的濃蔭之中，這些喬木的樹幹被苔蘚塗綠，林中的沁涼代替酷暑，鬆軟的土地裡萬物各得其位，隱身在高大的喬木深幽的濕漉漉的蔭影裡。這偶然緣會的美景良辰，叫我們挪不開腳步了，於是便把背包當成枕頭，在那棵以陽光的鋒芒為背景的雪松下歇息，恬然欲夢，幾乎忘了時間的流逝。

才一睜開眼睛，就把朝無盡的遠方伸展開去的天空納入眼底，神經不太健全的人，一下子跌入這晶晶亮的藍汪洋裡，恐怕要穩不住心神了。我們躺在綠樹與青草之間，嗅聞著林中野花的素馨，慶幸著方才毅然把自己從車子裡解放出來。隔著車窗玻璃看到的大自然，沒有生命氣息，沒有氣溫變化，而且永遠帶著框架，天空一成不變地被壓縮在一角，看著並不比電影裡的景物真確，雖然置身原野，卻與泥土隔絕，與一代代人生時與莊稼並肩而立，死後與草木結伴而眠的泥土隔絕。

人其實不應該那麼看重速度的，速度裡除了累積的數字，幾乎空無所有。既然我們的腳步還跨不出地球，為什麼我們非得用速度來縮小它不可？為什麼我們急匆匆地趕著這有限的距離，只用一個白日橫跨亞洲與歐洲，再用另一個白日橫跨亞洲與美洲？我永遠記得三十幾年前被母親帶回外婆家的那段路程，短短一百多公里路又搭火車又轉客運又乘竹筏，末了還得走路翻過一座山才到得了，總是破曉出發天擦黑才抵達，於是到外婆家每一回都成了記憶中陡起的奇峰。長大後與姐姐們談起那一趟趟遠行，彼此之間幾乎沒有什麼細節上的不一致，相隔十年二十年三十年也沒有因為記憶的原因發生不一致，因為那不僅僅是刻在腦海裡的，更是刻在生命裡的，所以沒有記憶的問題。現在我回娘家，從歐洲飛亞洲，用的時間比小時候去外婆家的時間還短，我因而深深懷念著自己小時候那個世界，那個世界比起現在這個要來得大也來得神秘許多。

根據梭羅的看法，搭車搭飛機也不見得比走路快，這位隱居於湖濱的詩人愛走路，他認為走路比搭車快，因為搭車你還得先掙夠了車資才能成行，再說，假如你不僅把要到達的地方，而且把旅途本身也當成目的地呢？

梭羅這番見解，我把它簡化成「兩點之間最短的距離是步行」的一句口訣，以對照我自己的名言「兩點之間最長的距離是步行」，這兩句在語意邏輯上看似相悖的話，卻分別闡釋了徒步旅行最迷人的一面，和最最迷人的一面。最短因為它可以立即付諸行動，最長因為它當時的體驗最寧貼，它事後的回憶最綿長。

在梭羅的時代，旅行還是有錢人的特權，擁有一些特殊的奢華面貌，像行走在所謂的「美好時代」的臥鋪夜車，拖著長長白煙的豪華大郵輪，把石塊在火中烤得滾燙包在厚毯置於房中牆腳以供取暖的舒適旅館，還有活動沙龍之稱的溫泉療養中心等等，這樣的旅行，完全是用錢堆砌出來的，這些闊氣的人只是換個地方，換一批社交對象，去炫耀自己的財富與空閒罷了，他們群聚終日，講究的是行旅要更加安泰，禮儀要更加繁複，寶貴的時間與精力就在物質的迎送中大幅消損，待旅行歸來，除了一些各地收集來的古董與民藝品，往往什麼貼心的回憶也不曾留下來。

但在那個國與國、洲與洲仍然被關山阻隔的時代裡，也有一些人把旅行當成通往歷史學與地理學的唯一通道，把自己從安穩舒適的家常日子放逐出去，進行種種具有探險意涵的壯遊，他們對遠方充滿嚮往，對未知充滿占有的欲望，他們想要認識異邦人與異種文明，於是帶著簡單的行囊就出發了，這些天涯行腳客用自己的雙腳一步步丈量眼前大地的同時，也進行著對時間全新的解讀，對習以為常的視野的顛覆，在深入叩問心靈最幽微的一角的同時，也對自己肉體的極限有了全新的掌握。

我相信他們就是造化選中的人，因為種種非常之旅在他們腳下，都變成了尋常的道路，他們不是為持有而是為尋找而生的，必然要與孤獨為伍，孤獨地上路，孤獨地前進，孤獨地決定去向，孤獨地承受荒野的風濤和寒季的雪潮，孑然一身擔當著一個曠蕩無極的宇宙，肌膚帶著冰山的擦痕，衣袍飽蓄篝火的薰香。

現在跨國或跨洲的旅行已不再是有錢人的特權了，「大眾觀光」的風行使得旅行普羅化的同時也庸俗化了，世界在縮小，旅客在增多，旅遊資訊供過於求，但旅人卻變得更加畏縮。幾千梯次的人出發去看同樣幾千分之一的法國或希臘，他們在導遊的引導之下亦步亦趨，人看亦看人云亦云，當然談不上興之所至信步神遊，談不上指點江山激揚靈思的豪興，甚至疲於奔命，趕四五小時的路程從一個風景名勝到另一個風景名勝，卻往往只停留一兩個小時，除了按快門拍照為曾「到此一遊」存證外，對斯人斯土實在談不上什麼認識與感悟，而大部分觀光地點又不能免俗地大搞「圈地運動」，圍欄重重門票多多，更是大敗雅興。

觀光客從來都是集合名詞，群體作業，有膽獨自一人開步向前走的，才叫旅人。依照清人張潮的意見，「文章是案頭山水，山水是地上文章」，則遊山玩水與閱讀一樣，是靈秘的精神漫遊，是純粹的個人審美活動，勉強湊合一大隊人同行，彼此牽制行動，遊趣與遊興上頭恐怕要大打折扣。

眼下還有更多人在做出發的準備，窗外的車流量越來越大，世界還在加快它的運行腳步，可是就在人們把遊歷的目標訂得更大更多更遠的同時，也把整個世界捲入一個在速度中減縮的旋渦之中，愛情減縮為性，人情與友情減縮為公關，文化減縮為大眾傳播，對自然的愛與依戀減縮為觀光業，冒險的需要減縮為遊樂區雲霄飛車與自由落體那類刺激性設施。米蘭昆德拉見世人如此輕易地扔棄大地與天空，如此輕易地以人造取代自然，不由得發出一個知識分子的盛世危言「……世界末日並不是毀滅一切的大爆炸，也許沒有什麼比末日更平靜的了。明天當自然從地球上消失的時候，誰會發現它呢？」

這回兩週的德南之旅，範圍包括萊茵河、摩澤河、內卡河，去過的城市有科隆、科布倫茨、美因茲、特利爾、海德堡，可都僅限於點到為止的印象式流覽而已，只有從科布倫茨到美因茲路上那最後的十六公里路，因為是腳踏實地走過去的，才在腦海中留下銘刻般的回憶。我們真的應該重新學會走路，一邊走一邊看一邊想，把前進的速度刻意放慢，一心逛風土與風景，感受異邦的建築與人民，方言與莊稼，更重要的是，讓自己置身於赤裸的大地之上，時時提醒自己天地萬物的自然秩序。

鄉愁有軌

坐火車到哪裡去對我都是誘惑，單單火車這個字眼就足以點燃詩情，使我聯想到遠行、離別、月臺上的擁抱與揮手，窗畔的凝視與回首，聯想到旅途上的邂逅和飄忽迷離的短暫戀情。

我靠在軟枕上，浮凸微明的窗臺上星光如霜粉，夜無邊而且寂靜，只有往昔歲月在我記憶中絮絮低語，猝不及防地，遠處駛過的一列火車在耳旁拉響了汽笛，使我感到一陣心悸，平寧的心一下子到了遠方。我站在枕木、卵石和閃亮的鐵軌的彼端，悠悠回到一個失落多年的夢境。

我出生與成長的那個地方，是海島上最大的平原，平疇萬頃的田野，伸展著棋格子似的縱橫阡陌，只要走出屋舍，不管從哪個角度望過去，四周的地平線總是形成一個整齊的圓周，只有農人的棚屋和雜木林在這些圓周上劃下一些粗刻。總有兩道閃亮的鐵軌從東方天邊來，筆直向著西方天邊去，從中貫穿這個大圓。

火車轟隆隆往前去，行經一座遮斷視線的孤山，有巨大的山影橫過田野，火車慢慢向山影靠近，風從車窗灌進來，是綠色的清涼的。或者在多霧或微雨的日子出發去，遠山浮起一縷白煙，一抹霧靄，間或有一道斷斷續續的彩虹，從地平線一腳跨到山後。

坐火車到哪裡去對我都是誘惑，單單火車這個字眼就足以點燃詩情，使我聯想到遠行、離別、月臺上的擁抱與揮手，窗畔的凝視與回首，聯想到旅途上的邂逅和飄忽迷離的短暫戀情。這當然不全是自身的經驗，還有從外國小說與電影得來的閃閃爍爍的印象，這些印象不斷訓諭著我對它的美感體驗與永恆的嚮往，因為它是舶來的，沿途有著異國的金麥穗與葡萄園，方塊舞與篝火會。

它往前去往前去，穿越屠格涅夫白雪皚皚的荒原，隱約聽到狼群的嗥叫；穿過科萊特的銀杏林，看到她兩臂各挽一個籐籃，裡頭盛滿黑茶藨子與醋栗；穿過惠特曼的鹽澤草地，菅茅草的香味迎面撲來；再穿過史坦貝克幾匹長風幾抹沙粱的大西部，自然正裸露著強健偉岸的身軀，等待人們年復一年的春耕與秋收。

於是年輕的我便在帆布背包裡擺了一支牙刷，只要湊得出一張來回車票的錢，便跑到火車站去，跳上第一班開出去的列車，以一次次錯過預定的目的地，來放牧青春期狂野又難以表述的想望。一列火車於我就是一座地下城，只消一聲長長的汽笛，就可以從赤裸粗糙的現實駛向夢境。我彷彿又看到那個孤獨古怪的少女，把臉貼在窗玻璃上，連著幾個小時看天上水紋一樣的雲，看地上雲紋一樣的水，領受著一種視線與心境都被拓寬了的空寂。

亞熱帶海島上火車行經的成片土地，大概可以用江南地區的田園大百科來命名。稻田濕潤、豐饒、平和，稻田是水、是雨、是天空的鏡子，這景觀如今在我這個海外遊子的記憶中，連著鐵軌與火車，已成了家鄉形象的符徵。大片水田青秧之中，偶爾可見一壟一壟裸露的田地，上面種著秋茄豇豆，或成列的蘆筍與捲心菜。菜圃之間卑卑立著農人的草寮或棚屋，以舊棺材板為橋的如同溝渠似的小河蜿蜒而隱。還有那些有著三合院與養雞養豬柵欄的短牆低檐的人家，讓人領受到生活的深厚與悠久。穿過蕭疏的樹林，一陣帶著雨意的涼風從車窗灌入衣領，連窗外的風景都迷濛起來了。進入城市後，往窗外望出去，是連成一片單調沉悶的建築的海，大樓小樓鑿著無數閉合的眼睛，城居的人們正在車流中機械地往返。

火車的行進平穩妥當，不慌不忙，與飛機和汽車都不一樣，它的窗是畫框，入框的都是風景，源源不絕送到眼前，處處隨機妙喜又不著痕跡。飛機一飛沖天，高高凌駕在九霄雲外，根本沒有風景可看。汽車顛躓於鄉村小路時，車中人必得分分秒秒專注於路況，很難分心在沿途的風景，一旦上了高速公路，景觀又單調到催人入眠，而且全世界千篇一律，再加上行車速度快，更無餘裕流連美景。火車由別人駕駛，一路穩妥地運行在軌道上，只有在靠站時才減速與停頓，乘客不必為路況分心，便能息心靜慮任目光徘徊在撞入視線內的景物上。

舊式的火車也適合入畫，它雍雍雅雅，儼然方正，靜止的時候，可以當成一件陳列在外光大氣中的雕刻作品，鋼筋鐵骨的間架，具有凜然不可侵犯的永在的理由與硬度，木造的車身斧鑿痕跡依稀可以觸摸得到，可是接榫卡縫吻投得緊密確切，彷彿天生的一個整體，不是一塊塊拼攏出來的。它方敦敦地具有幾何形體的堅定，能和風雨鬥爭，看著就是要地老天荒地存在著似的。行進時有壯闊的節奏在全身回盪，每隔一段距離便向天空噴出一股白煙，竟像有生命有個性似的，甚至正在發著脾氣。及至它那穩定而又有節拍的車輪聲消融在有炊煙的傍晚，還要在人心中引發起依依難捨之情。

它還是個很誘人的畫題，可以是離別也可以是重逢，意味著遠行也意味著歸來，使人懷戀家園，卻又壯人遠遊之志，這個符徵的想像空間是如此巨大，每一個人都可以在上頭繪下一筆。克爾威爾一幅彩印風景畫，就以火車與鐵軌入題，蒼茫暮色中，一匹馬站在鐵道旁，兩條映著夕暉的鐵軌向遠方伸出去，天際盡頭轟隆隆開來一列噴著白煙的火車，車頭正中那盞明亮的燈，與鐵軌的反光相呼應，暗紅偏灰的天空正慘淡地燃燒著……這幅畫與任何以火車為題的畫一樣，要解說它的題旨是很費躊躇的，卻由得人細細品味，跟著它向詩的深處徐徐歌行。

汽車與飛機都不適合入畫，這些鋼板與合金造物專門追求抽象幾何的結構，打磨得平滑放光，有數學有高科技，卻少了人間的生活氣息，它們簡約的線條和大塊色面，篩濾掉了審美上的豐富性，使人聯想到只是霓虹徹夜，高樓競起的新時代，裡頭沒有淚的珠光，沒有人世的離情別緒。

子彈火車也不適合入畫，為了速度，它的車體採用流線型，密閉的小門小窗與車身連成一體，那簡略的線條在嚮往快，嚮往遠，嚮往無窮盡，使得它的外型近似噴射客機，只不過少了一對金屬大翅膀。坐火車旅行，大自然像個老朋友，一路在車窗探頭探腦，時時要偎到人身上來；坐在子彈火車裡，人在自然中穿行，卻與自然完全隔絕，對物候不再有切膚之感，外頭的景物再美，也難以挑逗目光的停駐了。觀念藝術家瑟・史坦堡說過，去建造跑得更快的火車是荒謬的，正確的做法是去發明飛機，子彈火車正是朝著飛機的進化方向全速而去，不，於我，它已不再是火車了。

是的，有關火車的一切都是美的，我都愛。最最懷念的是早期由生鐵澆鑄成的那種倔頭倔腦的龐然大物，它那超出需要的厚實，是前代人的製作法式，有著汽笛、道岔、信號燈、守路人，有著氣喘吁吁的蒸氣車頭，和帶著鐵欄杆小平臺的尾節車廂，以飛渡的亂雲為背景，在快速的節奏和巨大的轟響中撞入視線，那單節奏的行進聲，不論何時思及，腦中浮現的都是夕陽西下時分那種羈旅的迷惘。

火車繼續前進，在與其他列車交會時，速度放慢了，行車節奏多了個半拍的休止，這時車內燈光昏暗，帶著睡意的旅人在傾斜的光線下，伴隨著行車的節奏搖晃著，他脆薄的夢去了又來，來了又去。列車行經岔道，原先行板的節奏破碎了，車身晃動著，發出響脆的金屬碰撞聲，終於戳破旅人的軟夢。列車駛離市塵不久但已聽不見市聲的時候，重拾緩慢單調的帶著切分的行車節奏，旅人把臉抵在窗臺上看月亮，月亮被浮雲遮去時，就看山的影子和疏落的燈光，在這沉重又甜蜜的孤獨之域裡，他竟有一種以世界為家，與萬象為鄰的溫暖感覺。

但是現在我在枕上，正一寸寸地讀著遠處正發生著卻即將消逝的火車之聲。這有拍律有韻腳的火車之聲，不是純粹的晨風夕月的抒情，卻是一種深沉的鄉愁，不事雕琢，漫不經心，卻帶著感情，容納了往事所有的哀愁與美麗，漸渾然漸渾然，映照這世界的過去、現在與未來。

火車之聲是一種沒有形式就沒有內容的藝術，它不是用形式來承載內容，而是直接用形式來顯現內容，因而它的解讀空間就無限的大。它是明快的，喜樂的，甚至是詼諧的，只因聽者心緒暢快的緣故；它是滯重的，哀愁的，及至沉疴難起，因為聽者心情悒抑不展。那裡面包含了一切，無比細微直至無法捉摸，卻容得各人自由詮釋，差不多是一種情感的闖入了，那闖入一下子將我們的關注由聽覺轉向心靈。

我一直是直接把火車當成一門樂器來聆賞的，一門節奏式打擊型樂器，澆鑄這龐然之器的工藝，曾把文明送上一個新的里程，把人類送到鄉愁源起的遠方，它的機制十分類似機械管風琴或機械排鐘，是巨人的「八音盒」。它有一個轉動的滾軸，滾軸上按著撥子，撥動槓桿，讓鐵的圓輪與鐵的長軌互相叩擊，橫陳的枕木與堆累的卵石來應和，由大地傳送餘韻。它的聲音鏗鏘，音效不甚純不太和，可是不怕被任何自然或人為的聲響混淆與淹沒。它壓縮得很緊密，一步步展開、演進，釋放極大的能量，叫人一聽便跟了上去，一點也不隔，雖然並不想去圖解它。

驅動這流動不息，滔滔雄辯的音樂之流的是一股強勁的機械力，發出來的聲音坦蕩如砥，音沉響絕，氣勢一貫到底，絕無支離湊合之感。它渾然天成，貼切應景乃至使人忘其來路。而一旦發生之後，立即散開，化成一片，退居為背景，餘韻悠長，傳送很遠，帶著聽者悵然自失的心，一道彌散開去。

我仍然在枕上，在枕上懷想著飽孕著生命的田野，它溫柔地不設防地躺著，花草樹木仰著頭眺望著響晴的天，雲彩像海上的白帆，悠然無語地打上頭航過，生命這般豐美靜好，原野的香，吸納進了胸脯都有些生疼。所以給我一列以世紀的步伐行進的火車，老老的倔頭倔腦的火車，把蒸氣鍋燒足馬力，開閘發動它，讓我在穿過的時候同時進入世界罷。

——原載於《中國時報》「人間」副刊

雲上遊

所有的喧囂與騷動都沉澱下來，此刻遠遠地懸宕在兩個定點之間，既不屬於此處也不屬於彼處，生命正淩空蹈虛，連時間的推演都逸離常軌。黎明在異地醞釀，飛機突然顛躓了一下……

有回參加了一個音樂之旅，由知名的藝術經紀人許博允親自帶隊，大夥在航空公司櫃臺前站樁等著劃位時，這位頂愛說俏皮話的名流適時幽了一默：「待會兒誰想跟誰睡，先來我這兒登記。」言下之意是飛機窗外沒有風景可看，長途飛行殺時間最好的辦法是吞下一顆安眠藥狠狠睡它一個長覺，而且馬奎斯早就發現了，機艙座位仄狹，並坐的兩個人緊緊挨在一起，一對老夫老妻在自家的席夢思上也沒貼得那麼緊呵，怎能不在登機之前慎選伴侶呢？

行旅而無風景可瀏覽，的確是空中飛行的一大憾事。火車或汽車的窗，是流動畫框，人框的都是風景，這風景瞬息萬變，送到眼前，處處隨機妙喜。在萬米高空飛行時，只看得見機腹下的雲層和機翼旁的流雲，雖說雲的形狀與變化詭奇莫測，若有實無，叫人不由得對造化心存敬畏，可是百里一色耀白，讓遠矚的目光不得休止，片刻之後也就感到疲倦了。遇上陰天，則滿眼灰的圍障，心口跟著壓上一塊鉛餅，感覺如此龐然的人造物飛行在如此非人的荒漠中，真是無憑無據，令人頓生恐慌。

剛剛飛機準備起飛時，繫好安全帶便靜坐默禱，可很快便中止了禱詞，當真有個全能的上帝，祂也一定無法分身管到每一班飛機的航行安全問題。隨後想起了一些統計數字，心情才穩妥了些，去年一年全世界有超過十三億人次的飛機乘客，死於空難者也不過兩千一百多人，法國人口才六千萬，每年卻平均有一萬人左右死於車禍。

飛機猛地開動，發出一種絕望的轟鳴，龐大的機身顫動得那麼厲害，讓人害怕它隨時會解體。它加速度在跑道滑行，隨著滑行速度的增加，狂嘯聲跟著升高，那速度與噪聲一直推向撕肝裂膽的強度，叫人快要受不了時，終於穿過跑道，拔地騰空而起。

今天高空能見度很大，可以從雲層的間隙看到細如兒戲的人間城廓。大家紛紛鬆開安全帶，與隔座相視而笑，是那種共歷劫難歸來的友伴間充滿通契感的笑。飛機被靉靆的浮雲托著，橫穿在陽光的瀑布之中，放眼一片透明晶亮，雲縫中看到的海灣在顫抖，閃著波光。手中端著空中小姐送來的迎賓飲料，把臉抵著舷窗，默默地凝睇這獨一無二的時刻從腳下澌澌流走。

天空的路是如此迢迢漫漫，唉唉，在人類尚且可及的高空，都有望不斷的景觀與測不了的風雲，而且全不在人力的控制範圍內，腦中一瞥及這個念頭，眼前的景象立即變得無比的陌生與異己，使人驚怖，這時便會分外懷想輝煌溫暖的人間燈火。對海洋毫無好感的張愛玲在海上旅行時，覺得世界上的水太多，從而贊成荷蘭人的填海造陸，我在一班噴射客機上覺得浩瀚星雲的宏觀世界無邊無際，使得時間漫長有如徒刑，這時贊成的是《變蠅人》那部科幻電影裡的運輸發明，就說要從甲地到乙地吧，只消走進甲地的一部機器裡，在瞬間被分解，被用電波高速傳送到乙地，乙地另一部機器就會把被分解成億億萬個單位的形骸重新組合起來，就算大功告成。沒有雷暴，沒有高空強氣流，沒有劫機的恐怖分子，唯一得留意的是，不能和任何一隻蒼蠅同時被分解和再組合，否則到達目的地後，會發現自己對腐敗的食物特別有食慾。

現在空中小姐開始分派午餐。據說為了抓住乘客的心，早已有航空公司重金禮聘《米其林美食指南》選出來的三星級廚師去為他們的空中廚房掌廚，想來這一餐還是值得期待的。可是在嚐了幾口之後，我的隔座便放下了刀叉，他不知道他這個舉動對我的食慾打擊有多大，難道他還指望遠在飛機起飛之前已在工廠流水線生產並打包完畢，食用半小時前才由空中小姐以微波爐加熱的這類太空食物，有多大的挑誘胃口的能耐嗎？

餐具是那麼袖珍，在陸地上大約只能給學齡前的娃娃玩扮家家。食物千篇一律，看起來像陳列在餐館櫥窗裡的蠟製模型，嚐起來也像，而且永遠缺少了「最好的調味料——飢餓」。不過我實在不該抱怨的，只要我們再飛高一點，也許就得像在太空站工作的太空人那樣，吃用收集來的自身的汗水與尿液復水的脫水食物，而且還得像魚兒在水中覓食那樣，大大地張開嘴巴，好讓飄在空氣中的食物「流」進口中哩。

我終於明白航空公司為何總是以留人的美食和寬敞舒適的座位為招徠了，這兩點恰恰是他們永遠無法克服的先天侷限，只能由廣告詞來填空。經濟艙的座位狹窄得連我這種迷你身量都恨不得把一雙腿卸下來放到行李架上，走道真是一條羊腸子，任誰都得側著身子才通得過去，窗子不到一張稿紙大，納進來的天空還不夠一隻鴿子展翼，而如果你擁有了這麼一扇窗子，每回上洗手間都得從另外兩個人身上跳過去。當然囉，空中旅行就是一種短暫的監禁，窗子太大了，難保犯人會集體越獄逃亡。

空中小姐撤走午餐的杯盤後，我的隔座便把椅背儘量放低，跟著脫下皮鞋，套起機上供應的大毛襪，及腰蓋上毯子，再塞入耳蠟，戴上眼罩，最後在頸根掛一塊「請勿打擾」的小紙板，便拿一堵厚牆似的背脊對著我。我又把臉抵著窗子，遙望萬米外的人間一隔，此刻遠遠地懸宕在兩個定點之間，生命從而有了一段空白。高高地置身於滾滾紅塵之上，冷然地觀望那喜怒哀樂，生老病死，那榮華富貴，卑鄙隱私。是的，只要給我足夠的距離，我差不多也可以有上帝的襟懷，不管是萬頃良田還是一城繁華，也不過是瞬間的航程而已。

往返於歐亞大陸的這條航線，絕大部分航程都在陸地上空飛行，航路下田舍廣布，群峰相連，空域氣候變化溫和，飛行難度不高，是全世界最安全的航線之一。可在這曠蕩無邊的萬里雲天上，飛機在沒有預警的情況下突然降下一大截高度，然後費勁拉平機身，「回到座位」的警示燈亮了起來，俟大家把自己用安全帶綁在座位上後，飛機又在穩定的氣流中全速往前飛了。這時我的芳鄰還在輾轉反側，他不斷哼氣、呻吟，哼完了呻吟完了，又使勁磨牙，囈語不斷，面容頹喪猙獰，毯子早已掉到地板上了。他一定在作噩夢，夢到自己是條沙丁魚，活生生被斬首去尾，塞到一個不到三寸長的洋鐵罐頭裡。

其實他該慶幸自己生活在七六七豪華噴射客機的時代，不久前從紀錄片裡看到，八十年前的第一代民航機，是由一戰退役的單引擎轟炸機改裝而成的，也由退役的飛行官駕駛，鐵路是陸上的導航目標，到了目的地則以屋頂上的白色十字為終航標誌，每回載客兩名。隔了四年，雙引擎轟炸機也投入服務行列，載客量增加到十二名，航速每小時七十五英甲。機上還保留機槍手艙，乘客可以選擇「艙內」或「艙外」的座位，「艙外」的乘客必須戴飛行頭盔、護目鏡和皮手套。

當時機場設備簡陋，天雨一片泥濘，地勤人員負責把女乘客抱到停機坪去登機。冬天冷風從太虛灌入機艙，艙內雖然供應厚夾克與圍巾，仍然無法抵擋來自宇宙深處的大寒。飛行員全靠地面目標導航，也因為飛機馬力不足，無法加大飛行高度，只得忍受低空不穩定的氣流。碰上壞天氣，雨水潑在機艙玻璃，好似油漬那麼厚重，聽起來則像馬蹄空洞的聲響，天空密布滾滾烏雲，百里連綿成一片，這時電光一閃，是窮凶極惡的雷神向機身擲來長矛。

即使進入三〇年代的波音客機時代，空中飛行也仍然是拿舒適與安全來交換速度的妥協之舉。那時誕生了第一代的空中小姐，都是從護士學校招募來的能吃苦耐勞的伶俐女孩，工作重點是檢查座位有沒有緊緊鎖在地板上，在航行中警告乘客不能隨手把菸蒂往窗外扔，確定乘客上洗手間時，沒有誤開緊急出口的門，一腳踩進空漠無垠的太虛裡。那時許多大客輪拖著長長的濃煙，雍容大度地穿梭於五大洲六大洋上，至少就頭等艙的乘客而言，他們住的是代表奢侈與豪華的海上皇宮。

夜悄悄地來臨，吃過晚餐後，所有的人都該入睡了，這時機艙燈火暗了下來，從舷窗往外看，夜廣大無邊，陸地已退隱到黑暗的另一端，飛機在群星之間也彷彿入眠了。放一部電影，根本沒有人打得起精神看。可夜貓子們依然醒在長夜裡，他們燃起閱讀燈，有如頂著一道舞臺上的追光，成了一齣啞劇裡的孤獨主角。他們在寫信或旅途札記，企圖從生命的布幅上剪下這片刻的光陰，如同陸地上的旅人在書頁中夾入一朵花或一片葉，裡頭寄存著他們散步途中最美的回憶。可是夜柔如水，溫文輕緩，而且舷窗外面滿天星斗氾濫夜空，於是他們扔了筆，縱身一躍，向那深邃無垠的闇黑潛泳而去，感覺到雙掌打撈到絲絲縷縷的煙雲和成串成串的星辰。

所有的喧囂與騷動都沉澱下來，此刻遠遠地懸宕在兩個定點之間，既不屬於此處也不屬於彼處，生命正凌空蹈虛，連時間的推演都逸離常軌。黎明在異地醞釀，飛機突然顛躓了一下，猛地一記跌落，彷彿一個人在黑暗中下樓時階梯突然被抽去了幾級，這個半空中的頓挫號不知截碎了多少軟夢，人們睜開眼睛，瞧見舷窗玻璃透進了微微的晨曦，黎明已等在下一個經緯度上了。

我的鄰座睜眼醒來，渾身痠痛，衣服縐成一團，嘴裡滿是醒後的苦澀與臨睡前那杯白蘭地的餘酸，時間在他周圍柔軟無力地汩汩流淌，他在座位上做個擴胸運動，把自己整個豁進嫩紅的晨光裡。他沒有跟我道好，這點我並不意外，馬奎斯早就發現了，飛機上並坐的兩個人原來跟老夫老妻一樣，醒來時是不互道早安的。

到達目的地時，白日已經成形，讓人真切地感受到從神秘無靠的高空逼近人間城廓的那種安心與穩妥。從窗子望出去，可以看到大海溫柔的呼吸，它時時露出藍色的牙齒對著大地微笑。海灣的弧線是那麼優美，不遠處清澈的水面露出幾大塊沉睡的島嶼。繫好安全帶靜坐默禱，飛機就要降落了。

——原載於《聯合報》副刊

——美國《世界日報》副刊轉載

進入黑夜

如果黑夜只是造來供睡眠用的，供人停止思想、知覺、意識用的，供人忘卻一切用的，為什麼會把它造得比白晝更詩意，比黎明與黃昏更柔和？為什麼鳥雀中那些最善於歌唱的，偏偏在這種動蕩人心的陰影中開唱？

有月亮的晚上，我們租的度假木屋石板瓦的屋頂，映月生輝，像一塊塊擦亮的銀片，對面山坡上的雜草，此起彼伏，有如一方白蠟色的絲綢，一陣冷風吹來，寒颯颯的帶著雨意。這是雷暴肆虐的仲夏季節，入夜後，只見月亮在灰黑色的蒼穹睜著一隻白色的大眼，當夜空劈起一道閃電，黑暗中的物體便浮凸出輪廓來。

木屋位於松林深處，松林在一個面對北大西洋的小山崗上面，離最近的市鎮，大約有四十公里路程。我們來的不是時候，半個月的租期中，只有頭幾天碰上響晴的天氣，接下來便雷雨不斷，兩個小孩只能把臉蛋兒貼在客廳的玻璃窗上，痴痴望著松林中玻璃針也似的雨，落在林中閒花野草上頭。

先生陪我們住了一星期後，便銷假上班去了。離我們最近的鄰居，住五十步開外另一棟小木屋，那對操流利法語的荷蘭夫婦，知道我們這棟屋子裡少了個男主人後，便過來表示有事時可以上他們那兒求援，還送來半個剛剛出爐的熱烘烘的蛋糕。

白日裡逢上放晴，孩子們在松林中騎單車，偶爾瞥見野兔或松鼠草叢中逃竄的身影，會扔了單車，悄聲跟蹤而去。我手中抓著一本詩集，徜徉在林邊河畔，一行詩也沒看進腦子裡去，大部分時間都對著躺在溪澗水面白雲的倒影出神。

暮色增濃時，山色森森，水色瀰空，林間空氣轉涼，薄霧初起，如絮如煙，如雲如幕，會合凝聚，升騰瀰漫。不論在山間水邊，或客舍的窗前，只要天色一暗下來，我們的腳步就會放緩，或竟佇立。這時遙遠的河對岸被黑暗籠罩著，更遠的山腳下，有車燈幽靈般游動。眼前這片形而上的風景，不管清晨、白日、黃昏、或入夜，每每在凝神睇視時，都讓我有再生之感。

先生離去後的第三個晚上，我們碰上了停電。那時我們正在晚餐，兩個小孩一邊吃茄汁通心粉，一邊看卡通連續劇「蝙蝠俠」，下一秒鐘，燈光驟然熄滅，時鐘停止擺動，電視圖像消失，一小塊具有脅迫性的靜默之後，兩個小孩同時吟哦出聲。他們打出娘胎後，也沒見過這樣龐然沉重的黑暗，身處如此荒古空寂中，只聽見屋外風聲搖撼著樹影，只有遠方天邊的悶雷響起，閃電劃過雲層，黑暗才被撕裂開一條細縫。這時大人與小孩都感到極端恐懼與孤獨，天地空荒，神秘森嚴，壓倒一切的自然威力，把人的胸腔塞得滿滿實實的，掙脫不開、挪它不動。

出發之前，思忖著要到一個遠離人煙的地方度兩星期長假，我做了最周全的準備，把家庭藥箱整口都帶出門了，怕山中氣溫偏低，我甚至帶上大人小孩的冬衣。獨獨沒想到會碰上停電。在臺北十年，到歐洲一住又是十年，都沒碰上停電，以為這種事兒再也不會發生在自己廁身的這個高度文明的世界了，所以沒想到得帶蠟燭與手電筒上山。

孩子不約而同撲到我的懷裡，我攬著他們，移陣到客廳那組沙發椅去，一旁沒拉上帘子的木格子玻璃窗，洒滿了凜冽的月光。黑暗把空間壓縮得很仄窄，窄使人相挨得很近很緊。孩子們開始大聲講話，以便壓下他們思緒中的竊竊私語。這驅逐不了的黑暗是如此陌生，對他們是種尖新的刺激，他們既興奮又恐懼，神經繃得很緊很緊。

烏雲再次遮去了月亮，沉寂四合，木屋又罩在厚重的黑暗之中。「媽媽，好可怕，」四歲大的阿二把臉埋入我的懷裡，又擠出後頭這一句話：「我怕黑黑裡躲著妖怪。」我也怕，非常怕，黑暗把白天屬於眾人的一個普通世界，變成每個人獨有的世界，幻想與夢是它的地下城，古老的幽靈總在不遠處，在忽明忽暗的夜色中蠕蠕欲動。

我們手牽手摸黑走到臥房，一股腦兒鑽入氈子裡頭躲好。雨停了又來，雷暴肆虐時，暗夜中似乎埋伏著千軍萬馬，從臥房那一小方木格子窗望向夜空，看到天神在雲際擲下長矛，樹濤的嗚咽永不停歇，一陣陣強風掃落了樹葉，又急送浮風掠過天空之後，月亮看著像在灰暗的天空飛馳，閃爍的光華把神秘又變化莫測的大地照得乍隱乍現。這如夢如幻斑駁迷離的景況，使兩個孩子看得入神，這時林中忽然響起幾聲松雞的聒叫聲，嚇得他們互相緊緊摟在一起，待他們再把頭探到氈子外面，只見月影亂舞，仿若也不勝其擾。

躺在黑暗中什麼事也做不了，於是我們只好玩起故事接力遊戲。這是一件尋常日子裡很少做的事兒，通常一家四口晚餐過後，又會各自人手一書，或坐或躺，打發掉睡前那一小塊辰光，很少靜靜偎在一起，大人與小孩夥著講故事發議論，或是毫無目標地漫敘。現在拜停電之賜，我終於做了一件人類社會還未全面電氣化之前，我的祖母、我的母親，在黑夜降臨之後、睡眠降臨之前，曾經為她們的孩子做過千百次的事情。

孩子們眉飛色舞地大談獨眼巨人與綠髮妖魔的戰事時，在黑暗中，我隔著木格子窗，看見雷雨之後，山肩浮現的淡淡白色霧氣，看見松林矗立山頂，松枝迎風搖曳，心裡想得很多很遠。恍惚之間，我彷彿穿過歲月的迴廊，回到童年早期某個無電的夜晚，回到老家那棟兩進三合院的祖宅，耳旁傳來老祖母夢中的囈語，和祖父那富有節奏的鼾聲，我偎在母親的懷裡，靜心聽大人講古，緩慢深沉的石磨聲，是那些平寧美麗的夜晚永恆的襯底音樂。我往閃爍飄忽的記憶之海去打撈，那一片迷離的鏡像，讓我有片刻幸福的嚮往，心潮起伏不已。

是的，一定是刻在遺傳基因裡那種對黑暗本能的恐懼與排斥，使我跟大多數人一樣，以為電是萬能的，只要太陽一沉入都市樓群的稜線後面，立即就拉上窗帘，亮電燈逼走黑暗，繼續白日裡的勞作，再也無心體會黑夜之美，不能領受那種幽迷的、朦朧的、瀰漫著令人低徊的情思的陰翳意境——那種芭蕉俳句中「炭火埋灰裡，客影壁上游」，樸實無華卻叫人回味再三的意境。

如果黑夜只是造來供睡眠用的，供人停止思想、知覺、意識用的，供人忘卻一切用的，為什麼會把它造得比白晝更詩意，比黎明與黃昏更柔和？為什麼鳥雀中那些最善於歌唱的，偏偏在這種動蕩人心的陰影中開唱？

我又記起一位叫約翰・施陶德邁爾的科技發展史學家說過的話，他在關於電的發明那一章裡，闡釋了這麼一個觀點：愛迪生發明電燈之前，在人類漫長的發展過程中，儘管夜幕籠罩，讓人們寸步難行，但也因此迫使我們的祖先中止勞動，讓他們終於可以歇下四肢，在一種清明的精神狀態下去冥思或睡眠，而入夜之後上床之前那段時間，他們便做些營生之外的感性的事情，文明可能就是從這兒發軔的。這位大鴻儒寫道：「對於大多數人來說，黑夜降臨，就意味著他們一日的勞作已告一段落，那是神賜的休憩時刻，他們正可以利用這段時間，在家中做些悠閒的、富有創造性的、及充滿情感色彩的事情，比如圍著一盆炭火講講故事、敘敘親情、做做祈禱，或者上床去靜靜偎在一起等等。」

由此我又想起小時候一個隱秘的願望，每回逢上學校考試，前一個晚上我就暗自祈禱，希望能適時來次停電，讓我所有的同學都被迫同時停止趕夜車，我便可以趁機喘一口氣。成年後，職場的競奪，也不斷驅策著自己往前奔跑，上班途中萬一碰上交通阻塞，真是急得像隻熱鍋上的螞蟻，往往丟下計程車車資便奪門而出，跑過幾個街口，去另一條街攔車子，以爭取早幾分鐘到達辦公室。那種時刻，我也經常幻想整個大臺北突然斷電，時鐘不再擺動，電視圖像消失，工廠的機器停止運轉，司機們在沒有街燈與交通號誌的馬路上，不得不寸步留心，把車速降到最慢，人們也終於從一個個水泥盒子裡走出來，走到天光下，仰頭尋找來自天上的自然光源。

據說愛爾蘭人把城市中電路故障，工程師們來不及找出原因那段被迫陷於黑暗從而中止所有營生勞作的時間稱做「神聖時光」。我自然能夠體會這句話的本義，不是嗎，在山中小木屋裡置身突來的黑暗中，我跟我的孩子緊偎在一起相互壯膽，我們看了半個晚上的星星與月亮、暴雷與閃電，還有烏雲的攏聚與消散。也許我看得還更遠一些，我甚至看到故鄉、看到童年。

那塊「神聖時光」降臨在已過去的那個夏天一個平平無奇的夜晚，但是看來我並不準備把它忘掉，可能這一輩子都不會將它忘掉。

——原載於《中央日報》副刊

上帝造樹

詩是由我這樣的笨蛋寫成
只有上帝才能造出一棵樹

剛剛搬到我們目前住的這個巴黎近郊小城不久，有回從火車站步行回家，看到一戶人家院子裡竟種了一棵香蕉，那香蕉獨孤一株，嬌弱伶仃，還不到兩公尺高，楞楞站在前院中間，我隔著矮牆巴巴望它，好像看到一個流落異國的鄉親。這是我第一次在法國看到香蕉，怎麼也挪不開腳步，眼前這棵香蕉使我想起太平洋西陲那個我從中汲取生命和夢魂的海島，我隔著矮牆頭痴痴相望的，不是一棵植物，而是我的家鄉！啊，時間是不可逆的，線性往前綿延，可不管我在這條線上走得多遠，故鄉總是潛行在我的血液裡，在異邦人土地上無端地遭逢故土證物，一顆心悸動不已，讓我再一次辨認了自己的文化身分，也成了我遠行的證明。

去看香蕉的次數多了，就跟香蕉的主人成了朋友，他告訴我那是他一個住馬賽的朋友送的，從自家香蕉樹分出一株栽培成活後，帶著土把根部刨出來，用淋濕的厚麻布包住，雇了一輛小貨車從法國最南端的馬賽運到北部的巴黎，足足走了一千多公里路！這棵熱帶植物的家鄉是與歐洲隔著地中海的非洲，受不了巴黎冬季的寒潮，每年一入冬就得整株用地氈包得密不透風，還得在它周圍裝置塑膠管子把雨水導流到地面，對它真是愛護備至。後來跟孩子幼稚園的老師提到這件事，她竟鄭重定出日期，組織她班上的孩子去參觀，當然啦，我孩子的老師和小朋友們從那株香蕉樹上看到的肯定不是南臺灣，而是黑色非洲的小影。

不管走到哪裡我都在看樹，一個地方最早闖入我眼裡和心裡的總是樹，覺得一個地方美，終究是因為那地方的樹美，於我它是背景更是主題。都說風景裡沒有水就少了些靈氣，但我認為沒有樹還要更壞，沙漠裡要是少了那些千奇百怪的仙人掌，肯定會跟木星表面一樣荒涼死寂，而且再也沒有比樹更能賦予一塊土地它獨特地域色彩的生物了，它們才是真正的地標——只有蕉風椰影才會讓我感受到南國的風情，橄欖樹一定要和地中海的陽光，迷迭香、葡萄園或薰衣草田共組一個畫面，而白樺與白楊的鞁紴則讓我強烈地意識到自己身在北方，在我長居的法國，閉起眼睛來閃現在腦中的，總是排排壁立做為行道樹的梧桐。

十幾年前第一回到新加坡，放眼望去都是我見也沒見過的樹木，給了我遠離故土的深濃的異鄉感，心中不由歎道，啊，這就是南洋，富於繁殖力好活人的南洋！那時正值陽曆四月，春事大盛，百花競放，可我沒怎麼看花，每每一出門就被不同的樹木吸引住了，尤其是機場大道那一排排樹幹銅筋鐵骨，葉子卻瑣細無比的高大行道樹，那樹看著有些像南臺灣的鳳凰木，我猜想夏季一到它肯定要開出滿樹熟豔的紅花，但它比鳳凰要頎長挺拔，鳳凰的造型很母性，柔和渾圓，它的枝椏卻儘往高空伸展，瘦骨錚錚，帶著建築性的永恆凝定，陽剛極了。後來又在繁華鬧市的烏節路與南洋大學的校園內看到這樹，曾逮住幾個當地人請教它的名字，但是新加坡人的華語與英語總是使我越聽越胡塗，回到臺北後，不意中從一位馬來西亞來的作家一篇叫〈哭泣的雨樹〉的文章裡，認出他筆下的雨樹就是我在新加坡巴巴相望對面不識的美蔭。

新加坡還有一種樹，我至今不知其名，去年第二回去，在樟宜機場大樓花團簇錦的「蘭園」就看到幾株，出了機場，又見到它零星點綴在成排的雨樹之間，想必也是南洋的地域植物。它在茂盛的棕櫚的底座上，長出了一扇扇嫩綠的蕉葉，可以說它的上半身是蕉，下半身卻是棕櫚，造型奇特極了，使我想起新加坡最著名的地標獅頭魚身雕像，想起哥本哈根港的美人魚，想起埃及沙漠的獅身人面，想起黃道十二宮的人馬座，這些不同的文化圖騰物都具有一種詭異的雙面魔力。這是蕉與棕櫚的混血種，正如騾是馬與驢的混血種嗎？但是為何蕉與棕櫚的屬性沒有互相滲透揉和在一起，卻涇渭分明地分據一棵樹的上下兩端？它隱匿於鬧市，沉澱成寧靜，是大自然用以標誌南洋這塊富庶的土地的綠色雕像，如今新加坡的物象全都有些模糊了，唯獨留住了它與雨樹風華非凡的身影。

我的愛新加坡，與樹有關，我的不愛香港，也與樹有關。香港街頭的缺乏綠意，真是令我印象深刻，鬧區裡霓虹招牌五光十彩，精心製作的廣告看板，動輒幾層樓高，氣勢壓人，卻獨缺林蔭樹的綠，讓人置身其中有窒息之感，真是一座風雨不透的水泥叢林。香港與倫敦一樣，都有敞頂的雙層公共汽車，遊倫敦時坐在雙層巴士的露臺座上，經常可以伸手摘到路旁行道樹垂下來的葉子，在香港就享受不到這種情趣，因為那兒樹少，高大的樹更少。

說到倫敦，我們也與那兒的樹結了一段溫馨的善緣。那回在倫敦漫遊，沒有什麼事得辦，也沒有特定的地方要去，因為前兩回來，已把城中主要的古蹟看了個遍，就搭公共汽車滿城亂轉，從泰晤士河北岸出發，經過倫敦塔和聖保羅大教堂，轉上金融中心與傳播業者聚集的鑑隊街，繞了一圈又回到倫敦塔，換另一條路線再出發，來一趟倫敦古城門之旅，把阿爾德門(Aidgate)、荒野門(Moorgate)和新門(Newgate)都點到為止地做了一番巡禮。坐在頂層露臺座居高臨下看風土與風景，看到百無聊賴，閒到望著街心湧動的人潮與車潮惘然出神，終於在夏深的薰風中跌睡過去，再睜開眼睛時，只見車子經過辛肯頓花園，經過彎河上的橋，不遠處一片盈然綠意映入眼簾，便匆匆拉著兩個孩子的手跳下車。

這心血來潮的舉動，讓我們直接從倫敦街頭的車水馬龍逃入海德公園的陽光與鳥語。我差不多可以稱得上是個法國迷，卻獨獨不喜歡法國人造的花園，法國人對花樹動刀動剪，非把它們整成四方三角圓錐球體等各種形狀不可，花草往往拼出幾何圖案甚至字母，連喬木也要排陣伍做對仗，處處是人工斧鑿痕跡。英國人不幹這等蠢事，園林都以能盡曲折深幽為妙，以通自然之情為止境，海德公園正是這種造園精神之體現。入園後，只見煙霧清淡，樹影斑斑，彼起彼落的鳥鳴剎那間使人彷彿瞥見森林的全部往事，雖是炎夏季節，可樹蔭裡卻涼風長駐，我們走累了，便把背包當成枕頭躺在一棵橡樹下歇息，恬然欲夢，幾乎忘了時間的流逝。

後來到德國與奧國去玩，發現那兒的園藝專家跟他們法國的同行一樣好堆砌與雕琢，不給花草一點自主性張揚的餘地。奧京維也納大皇宮前面的花園，一大片綠茵草地上綴著一行行呈半弧排列的色調鮮明的花兒，遠看就像一張剛剛出廠的地氈，真是極盡造作之能事！到了莫札特的家鄉薩爾滋堡，在英姿颯爽的莫札特雕像之前，赫然發現綠茵草地上用艷紅花朵植出一個特大號的音符，做為對這位音樂天才的頌詞，真沒有比這更形而下的了。

幸虧維也納還有潔淨深邃的森林可以徜徉，我們曾住過的一家維也納近郊的小客棧，走出後門便是一片一望無際的杉木林，在那筆直伸向藍天的獨幹喬木之間走一回，呼吸著杉木特有的芳馨氣息，感覺肺葉與全身每一個細胞都注滿樹的英華。看維也納人挽著藤籃子在林間尋找洋菇與野莓子，或者鋪張花格子桌布在綠茵地上，把採來的野花綴在桌布一角，一家人便圍坐下來野餐的景況，忍不住滿心忻羨，想起腳下這塊土地，曾是我最喜愛的作家褚威格筆下的花柳繁華地，溫柔富貴鄉，心想也只有親臨其地，才有如此真確的體會。

大巴黎也有好幾座森林，但是林相總沒有維也納森林那麼美，可我實在不能抱怨了，奧國菜可沒有法國菜好吃，奧國人也沒有法國人那麼好熱鬧易接近，再說，如果心中沒有維也納森林那個參照範本，巴黎的萬尚森林與布龍涅森林也自有它們的清和閒適，而且與鬧市只有一步之遙，往往一兩趟地鐵就到得了，是紅塵滾滾人海滔天的大都會的兩片肺葉，很可以打通被生活之障閉鎖了的心眼。

在巴黎看樹，不必非上森林不可，巴黎的行道樹也非常可觀，最常見的是梧桐，這樹在臺灣時，僅在李清照那首有名的詞「聲聲慢」裡見識過：「梧桐更兼細雨，到黃昏點點滴滴，這次第，怎一個愁字了得。」看梧桐落葉確實會叫人起愁懷，看著巴掌大的鋸齒邊的梧桐葉東歪西斜一頓一頓地打我裙裾旁飄落，腦中想起了田納西威廉斯筆下有名的浪子湯姆的獨白，「讓一座座城市像秋天的落葉從我足踝飄過」，就有拋下一切遠走天涯的異想，往往為此在樹下怔忡出神半天，好呀，走呀，但是走到哪裡去呢？去多久？去了還能再回來嚒？終於我不得不移步了，總是果決地朝自己家的方向走去。

後來到四川成都的婆家去，看到遍地都是梧桐樹（當地人就叫它法國梧桐），可總覺得梧桐還是種在法國比較好看，原先以為這是一種偏見，後來才慢慢琢磨出其中的道理，梧桐樹要好看，是需要人工雕琢的，四川人一味讓它胡長亂長，自然沒有長出這樹特有的風姿，法國人的做法不同，入冬之前，把主幹之外的枝椏鋸掉，讓創口慢慢長出一圈臃腫的扭結，來春時抽出無數細枝，保留其中最強健者，其餘又全部剪去，如此幾年之後，它就出落得枝柯詰曲，古意橫生了。梧桐落葉之後反而別有姿態，它的枯枝看著蒼老著實，這是其他樹種所沒有的優點，所以深得法國人的愛寵，是最常見的行道樹與庭院樹，誰家的院子種了這麼一棵，就算一眼井也會顯得深曲幽靜。

我也喜愛白楊，白楊樹皮一溜銀白，帶著金屬晦暗的光澤，葉小蒂長，非常兜風，微風一起就淅瀝有聲，甚至無風時葉片也瑟瑟抖動，因而歐洲有這麼一個傳說，說把耶穌活活釘掛在上頭的十字架是白楊木做的，自此白楊自知罪孽深重，便日夜瑟瑟發抖。歐洲的墓園也常植白楊，在墓園見多了白楊，使人一見白楊就聯想到死亡，因而這樹看著叫人悲愁。「**白楊多悲風，蕭蕭愁殺人**」，中國古詩中有這樣的句子，可見白楊在中國人心目中，也是不祥之樹。

可白楊是寒帶的樹種，我這個中國南方人不在這種文化氛圍中成長，沒有這個迷信，只覺得白楊美如詩美如夢，唯一的不足是，白楊落葉之後就不那麼美了，除了主幹之外，它的枝條都太瘦，線條雜亂瑣細，不比柳條粗，卻沒有柳條的柔韌有風韵。

談到美蔭，有一樹非提不可，那是混身清新雋爽氣息的槭樹。槭樹樹幹的皸皺，樹枝的青潤都太像楓了，葉子也是鋸齒狀的，寂靜的園中立著，往往使人生出對北國遙遠而神秘的憧憬。夏日裡，葉子綠得很提神，入冬後，落葉的速度也比其他樹種慢，從人家庭院一角瞥見這樹的身影，無端端就覺得主人家那日子過得殷實樸素。槭樹幾乎到處可見，以前唸書的淡江大學校園，及後賃屋而居的臺北溫州街，到客居過的英國伯明罕，及至眼下巴黎近郊的住處，都有這樹相伴晨昏，以前我戲稱它「北樹南相」，但想一想，覺得它也可能是「南樹北相」哩。

巴黎還有許多美麗的樹，都是臺灣不常見的，如槐、樗與榆等等，巴黎人像珍愛藝術品一樣珍愛著每一棵與他們生活在一起的樹，稱之為街頭的「綠色雕像」，並有專責機構為它們建立「戶口檔案」，每棵樹的年齡、生長情形、健康狀況等都紀錄在案。在塞納河畔，有一棵有名的老槐樹，是一六〇一年栽種的，到了今年已滿四百歲了，依然粗壯蔥鬱，我帶臺灣來的親戚朋友遊花都時，經常不惜繞個大彎帶他們去看這棵樹，我私心以為它美過任何一件藝術品，應該說，任何一棵樹都美過任何一件藝術品，因為人造的東西，永遠也美不過大自然。

是的，一個人懂天文地理，懂文學藝術，但如果對自己屋前屋後的花草樹木視而不見，在我看來，他所有的人文教養也都只是虛假的精神裝綴罷了。現在我書房窗外那棵梧桐經過一整個冬季的昏睡，一夜之間突然冒出滿樹嫩芽，它腳下鬆軟的泥土裡萬物驚蟄，思及中國古人說的以鳥鳴春，可我在這棵梧桐樹身上卻感受到更強烈的春的暗示，與物候新變頓生的切膚之感，心想即使以鳥鳴春，這鳴也得在抽滿新芽的枝頭上，才更美好。痴痴望著這樹時，腦中不期然浮起Joyce Kilmer有名的詩句——

詩是由我這樣的笨蛋寫成
只有上帝才能創造一棵樹

——原載於《臺灣新生報》副刊

與沙沙一起登山

與沙沙一起登山，有山長樹，有樹開花，有花結果，天地一片靜好，有大美而不言。

他的工作夥伴叫他沙沙，沙沙也是個筆名，國內關心鳥類生態的人大都耳熟能詳，相處了兩天以後，我才知道他本名叫沙謙中，今年二十九歲，說話之前總是先遞上一個微笑，露出兩排白生生的牙齒，看起來有大半個還是孩子。我告訴他，他看起來比實際年齡年輕了許多，他把功勞歸給山，他說：「在山裡工作的人，比較不感覺時間的壓迫。」

我們走在山裡面，有山長樹，有樹開花，有花結果，時日一片靜好，偶而有一隻鳥振翅掠過孤傲的冷杉樹梢，沙沙停下腳步，凝神傾聽那鳥的叫聲，轉過身來，指著虛空說：「一隻鷦鷯。」他甚至沒有看到那鳥兒，我不由得懷疑沙沙有第三隻眼睛。

其實在沙沙長出第三隻眼睛之前，他用的是望遠鏡。沙沙的父親是個鳥迷，當鳥兒是一家人，有關鳥類的種種，是他自小的日課與庭訓，長大以後，他就在頸子上掛一副望遠鏡四處看鳥去，不靠圖解，也沒有指導者，但是任憑再大的熱情，看鳥仍然只是功課表之外的一項個人癖好，看過的鳥兒越多，對自己在鳥類相關知識方面的匱乏越不能忍受。

退役之後，沙沙在心理上自視為一個全職的賞鳥者，他參加賞鳥會，與來自學府和各種研究單位的專家學人一起行動，同時大量閱讀相關性的資料，拿經驗與知識相互印證，在他的同儕栖栖遑遑四處寄履歷與自傳謀求一差半職時，他做了生平第一個重大的抉擇，放棄朝財稅本行去發展的機會，在民國七十一年到七十三年之間，以十五個月時間，展開關渡水鳥保育區的觀察工作，印製一份長達三十九頁，由國內首位業餘賞鳥者獨力完成的調查報告。那份報告沒有遵循學術論文嚴明的寫作格式，但是它記載了關渡地區一百三十九種水鳥一年四季的遷徙變化狀況，其中包括鷸科與鷗科兩種臺灣冬候鳥種族群最大的鳥類。

沙爸爸與沙媽媽對沙謙中的選擇有沒有意見？這兒我得再強調一次，沙謙中是來自一個愛鳥的家庭，沙家兩老會問的問題是：「在山上還吃得飽、睡得暖嗎？」、「山上可有洗澡水？可有熱的湯喝？」

山上沒有洗澡水，要喝熱的湯也得靠大夥一起想辦法。我們在山上的時候，喝了一鍋形跡可疑的湯，裡頭攏了香菇、打混了的蛋、乾燥蝦米、海底雞、麵條，和兩包質不清出廠日期的生力麵，沙沙是主廚，他的工作夥伴曾惠香是副手。聽起來叫人不敢恭維是不是？錯了，當你六個小時走了十五公里的山路之後，換上乾燥的溫暖的衣服，坐在一個嗶嗶剝剝燒著柴的火爐旁時，打賭你就是再挑嘴也會連下三碗。曾惠香對胃口不好的人可是不假辭色，通常她在山上啃的是土司麵包與營養餅乾，照樣臉色紅潤，肩負三十公斤重的背包，一小時走它三公里路不成問題。

除了能做無米之炊外，沙沙和他的工作同伴還有另一項本事，他們會鼓舞士氣，必要的時候，不惜採用愚民政策，九個文弱書生交到他們手裡，個個當自己是生力軍，「你們這一次來的作家，個個有潛力，比我們預估的神勇很多。」、「我得好好記下你們的成績，在後來的人面前好好表揚一下，你們除了會寫文章以外，爬山也不輸給職業登山者。」、「看到前面那個拐彎嗎？過了那支山頭，排雲山莊就不遠了。」、「有機會，我一定要替妳宣傳一下，就說妳一路身先士卒，剛毅英勇，讓人沒話說。」

一開始，我們還以為沙沙和他的夥伴們個個是無敵鐵金剛，因為他們一直表現得氣定神閒。編在哺乳動物組的許英文肩著近五十公斤的背包，一路「嘿——嘿——嗚——嗚——唷」地唱著，我就算定那是閒情，直到逼近了他，才發現原來那是登山者調節呼吸的方法。許英文一路讓同行的作家寄放負荷不了的物件，像沙漠中的駱駝般垂首疾行，當我把背包往他肩上掛時，他鼻息咻咻地接了過去，準備繼續往前邁進，我尾隨在他身後，看著他腳步越來越緩，終於知道那是駱駝背上最後一捆稻草。

許英文抽了十幾年的煙，肺活量一直就小，那是經不起負重登山這類劇烈體能消耗的。七十四年六月，玉山國家公園管理處成立不久，他就加入解說教育課的工作，那時他還抽煙，在山中一邊做調查紀錄，一邊燃煙沉思，但是麻煩來了，煙抽完了，煙蒂沒地方丟，悶在口袋裡又會發臭，況且長時間的爬山經驗，他發現煙癮是他體能消退的主因，「為什麼我放著滿山新鮮乾淨的空氣不吸，偏偏要吸帶著尼古丁的毒氣？」他問自己，從此臺灣少掉一個定期向菸酒公賣局繳稅的消費者，玉山國家公園減少了幾根煙蒂，我們的朋友許英文爬山時多了些氣力，「到這兒工作以後，」他指著翠得有些狂囂的重重山巒，「泰半都戒得了煙，現在處裡的同事差不多都不抽煙了。」

不止煙戒得掉，甚至十里洋場的繁華也戒得掉。我們的朋友許英文畢業於臺大畜牧系，原先服務於牧場與飼料場，工餘的時間，可以帶著女朋友逛逛百貨公司、看看電影、聽聽傳聽演奏蕭邦二十四首前奏曲的音樂會，他原來有一份高薪，只要戀愛發展得順利，不久的將來，他有機會送妻子去學東洋插花，送子女去學電子琴或小提琴，他可以在清晨六點起來，一面喝咖啡一面讀早報，然後穿著愛迪達跑鞋到牧場，對全體員工發表談話：「我們的目標是培養一種從不鬧情緒、從不請病假、從不罷工的超豬。」

但是許英文現在在玉山，觀察猴群、羌、黃鼠狼，和不肯輕易露臉的臺灣黑熊，他三十五歲了，女朋友等著跟他結婚等了好幾年，兩人仍然只能利用假期約會、小聚。後悔不後悔到山上來？許英文說：「來之前就仔細考慮過了，人應該做他認為有價值的事，這樣的日子才會過得紮實。」許英文跟所有在山裡工作的夥伴一樣，上山時都戴一頂遮陽帽，帽沿寫著一行綠色的小字：「除了足跡，什麼都不留。」這是他們的玉山盟，他們身體力行，連片糖果紙也小心折好擺口袋，在山上他們不用肥皂與清潔液，唯恐污染了水源，「臺灣有一半以上的人喝的水，發源地都在玉山國家公園裡面，高屏溪、濁水溪和秀姑巒溪的上游，全都在這裡，」許英文指著岩壁中滲透出來的水滴說：「我們的工作之一，就是保護它們不受污染。」

像許英文這樣溫柔敦厚的人，偶爾也有脾氣失控的時候，下山的路上，我們遇見一位歇下來吃午餐的遊客，他用的是保麗龍便當盒，許英文先道過好，同時提醒對方把保麗龍便當盒帶到排雲山莊去集中處理，那人傲慢地答了一句：「我會連便當盒也吃下去。」叫許英文當下為之氣結。這類缺乏環保意識，把國家公園當成觀光遊樂場的遊客，不斷地為保育工作帶來挫折，其他如濫耕、濫砍、濫殺等以一己之利，任意破壞生態的活動，更是防不勝防。

我們抵達的第一天，處長葉世文就提到山區居民入山大量鋪設陷阱，濫殺動物的驚人事實，「陷阱與捕獸器一裝就是幾十個、幾百個，擺在那兒等著長鬃山羊、野豬、山羌自投羅網，待一兩個禮拜後，獵人回到山上檢視成果，早些掉入陷阱的動物都已死亡腐壞，真正能賣的只是獵捕到的一小部分，那種殘忍，想來就叫人全身發冷。」這種為了一時的個人利益，卻讓整個社會長期加倍償付環境代價的經濟行為，也是公園管理處面臨的棘手問題之一。我們吃飯的餐廳是水里地區唯一標榜不賣山產的一家，自然成為管理處招待遠來朋友的不二選擇。

在管理處，我們認識了另外一位可敬的朋友陳玉峯，他一頭亂草，一條磨毛的牛仔褲，還帶著很重的大學生氣質，但是我倒覺得他應該是最適合站講臺的人。在我們出發前，他用半個小時為我們預習了玉山國家公園花草樹木一年四季的奮鬥歷程，使登山之行變得更加令人期待。待我們下山之後，他用另外半個小時，配合一套由他攝製的幻燈片，為我們講解了臺灣植被與水土保持的現況。他傾向於把一草一木擬人化，講到南迴鐵路與中橫霧社支線合歡山至昆陽的公路開山鋪路的例子時，他打個比喻，「就像先在你的皮膚上劃下一刀，然後把整塊皮沿著劃開的部位撕下來。」他讓我們相信山會痛的，自癒的能力也不如我們想像的強。為了經營林業、開發交通、公路、產業道路以及各類主管單位紛雜的道路系統更引發崩塌，產生大量廢土，一遇微雨立即形成滾滾黃流，「溪流會窒息的，它的肺活量也是有限度的。」

就在陳玉峯家門口，就有一條陰陽河，他有了一個現成的例子，指著水里那條湛藍與黃濁奇異地共流的河，說：「大自然不斷發出警訊，而我們總是掩耳而過。」

從陳玉峯身上，我終於明白驅策許英文、曾惠香、沙沙、姚榮燦、陳世澤這些學有專長的青年投身山林的精神動力了，是天地不言的大美讓他們懂得感恩謝天，並極力去維護與傳播這種信仰。大概是沙沙告訴我的：「妳問我在這兒快樂嗎？我當然是快樂的，多少人有機會把他的興趣、理想與職業擺在一塊兒？在這裡，我就辦得到這一點。」

與沙沙一起登山，有山長樹，有樹開花，有花結果，天地一片靜好，有大美而不言。

——原載於《中國時報》「人間」副刊

與阿美們跳一個晚上

笨拙的舞步，走板的歌聲，在在說明我是個外來客，這裡頭完全無關學習意願或能力，而是一種文化親和的無能。然而我還是欣賞阿美們在舞步與歌聲中建立起來的秩序，當人們心智與體能擁有共同的表達語彙，慢慢的，這種語彙就會衍生成道德、宗教、審美生活的共通準則。

沒有月光，也沒有篝火。那位領我到這個平地山胞村參加年度阿美族豐年祭的研究員告訴我：「豐年祭其實並不是豐年祭，原意是指在有月光的晚上升火拜月光的祭典。豐年祭是光復後政府更訂的名稱。」

「民眾服務社」前那一塊半甲左右的水泥地上，架起竹竿、掛上百燭燈泡，燈火逼出阿美們臉上的汗水。第一個圈圈陣容最堅實，比較粗糙的說法，可以稱為這個社群的「工作年齡人口」，第二個圈圈看起來非常整緻，都是國小、國中學齡的孩兒，第三個圈圈一概不著歌舞服裝，老人成圈列席祭典奉座，是「元老」了。

成箱成箱的米酒是圓心。來這裡做田野研究工作的人，頸子上掛著攝影機，手中捧著筆記本和筆，安置了麥克風、錄音設備，對站在一旁的我說：「我們必須假設所有的民俗活動到了我們這一代都要成為絕響，」思考了一下，更肯定地說：「在這個變遷急速的時代，這差不多可以說是事實，而不僅僅是假設了。看看他們。」

看看他們、她們。嬌俏的阿美少女穿著塑膠皮高跟鞋、玻璃絲襪登場，歌舞服飾下是琳琅滿身的爆炸頭、洋文T恤、藍哥牛仔褲。對傳統的依慕及對自身血液的認同，往往不敵這個時代資訊、科技設下的天羅地網。阿美青年在臺北、在高雄、在臺中，是計程車司機、紡織廠領班、修車廠技工、餐廳的歌手，或是大學裡啃洋文書的學生。

透過擴音機，有人一聲令下，宣布歌舞開始，程序很像小學開運動大會。黃、紅、綠、橙這些最純粹、最猛悍的顏色，隨著身軀的舞動帶起的光影幻象，匯成一股股波濤萬狀的顏色之河，具有野獸畫派的視效。場中有人一巡巡斟酒，舞者接過塑膠製的酒杯，欣然飲下半杯。在這場祭典中，酒的原始意義是什麼？我沒有去追索答案，因為我有自己的想法：酒精未徹底發酵的麻醉作用，或許有助於把這股顏色之河化為一場充滿色斑與光斑的夢境。

祭典開始於晚間八點，預計凌晨三點結束，臺東長濱鄉南竹湖的阿美們連續三晚的仲夏七月的夢。我在場外巡逡。大圈圈中的阿美青年發現了我，圈圈解開一個環，左右兩隻汗濕的大手一齊把我劃入大圈圈中，我成了這場祭典中的第一個外鄉人。

我右手邊的阿美青年長得很像李泰祥，但是遠比李泰祥英俊健碩，如果李泰祥扣掉對位法、雀巢咖啡、歐式小鬍子，加十公分身高、幾十磅體重，及等量的野俗，就可能有他那般的魅力了。他有一對眼神集中的深邃的眼睛、筆直的鼻樑、線條明確的唇；他的膚色黝黑、四肢勻稱強健，有如一棵初成長的松。他說他是捕魚人，因為沒有田可種。我很滿意他的答案，我一開始就認為這樣一個人的襯底背景，如果不是山，就應該是海。

大圈圈裡戴羽冠的男子二十歲左右、未婚。紮頭巾的男子都在二十五歲上下。如果已婚，跳到一半，往往就有一個黃口小兒趨前喚他爸爸。我穿著叫不出顏色來的棉布襯衣、帆布長褲，在兩邊用服飾標示了身分的阿美男子間，頓時成了搶手貨。戴羽冠的男子說，不要跟紮頭巾的那一種在一起，他們已經結了婚，招惹不得。紮頭巾的男子勸誡我說，千萬不要介入「羽冠族」中，因為他們年少氣盛，非常危險。公然調戲婦女，似乎是阿美男子們表現男性氣概的方式之一。

在大圈圈外，有幾個被稱為「年輕人的爸爸」的壯年男子，以斬釘截鐵的權威語氣督導年輕人，除了糾正歌聲、舞步的節奏外，也用酒來燃燒他們的血液。「年輕人的爸爸」是舞蹈老師、是精神規範的代言人，也是男子氣概的肉軀代表，教一個男孩如何順利成長為男人。如果傳統不是已被命定成一襲蟲蝕的華衣的話，「年輕人的爸爸」該是何等一種英雄的行業！

舞步跟著「嘿唷唷」、「嗚啦啦」的歌句，汗珠匯成一道道鹽水之河竄滿全身，笨拙的舞步、走板的歌聲，在在說明我是個外來客，這裡頭完全無關學習意願或能力，而是一種文化親和的無能。然而我還是欣賞阿美們在舞步與歌聲中建立起來的秩序，當人們心智與體能擁有共同的表達語彙，慢慢的，這種語彙就會衍生成道德、宗教、審美生活的共通準則。

阿美們的小孩濃眉大眼，臉蛋迎著光源的來向時，兩眸間驟然升起兩朵太陽。小孩們已經失去了「生活中的」歌句舞步，他們必須用學習的方式拾回傳統。「民眾服務社」洋灰廣場對面的人家，正在播放雷射光的電視歌舞節目，小孩兒三三兩兩溜出行伍，溜到雷射光的掃描範圍去。我想到我做田野研究的朋友的說法：「所有的民俗活動到我們這一代都可能成為絕響。」

所以他必須加速的工作。換錄音帶、按快門、以方位紀錄舞步，筆記本上面布滿了起而復始的五線譜。他說：「所有的文化，有史以來一直是由兩種或數種文化之間的互動造成的。文化雜交與物種雜交繁殖一樣必要，雜交才能避免文化或物種的老化以及彼此間的衝突。」

他是思想訓練十分周密的人文科學研究者，所有的結論都有「但書」：「但是，文化雜交有種危險，那就是不同的弱勢文化對一個強勢文化無條件的認同，放棄了自身所有的殊異性，徹底被吞沒了，這造成文化的滅種，而不是互動。」狄斯可舞步、箭牌口香糖、龐克髮式、和喜多郎，坐著超級七四七飛機飛到臺北，再飛到臺東、到南竹湖。「嘿唷唷」與「嗚啦啦」無可避免的要讓座給「再吻我另外一個」？這樣的現實未免太傷和氣了。

歌舞繼續進行。阿美們大力跳舞、大聲歌唱、大口喝酒。他們與「阿美」名實相副，因為他們會唱歌、會跳舞，熱愛陽光與歡笑。他們真美麗。

為什麼這樣美的歌這樣美的舞，我在大學從沒唱過跳過？學校土風舞社團甚至請到住過夏威夷的美國人來教社員跳草裙舞。

我用原子筆在左手邊的阿美手心上寫下我的名字和籍貫，又在旁邊加上辦公室及住家的電話號碼。不管他在臺北是水泥工或大學生，至少他可以教我跳拜月舞，我必須給我自己和這個「末座」文化一個對談的機會。

夜慢慢稀薄的時候，阿美們停止了歌舞祭典，男孩女孩紛紛卸裝，回到T恤與牛仔褲、蜜斯佛陀與丹頂髮蠟裡。他們與她們在互留臺北、臺中、高雄的住址與電話號碼。

我的田野工作朋友去一個阿美家借來一輛三陽野狼一二五，趕著星夜把我送到一百里外的臺東市，好讓我及時趕上當日九點多的班機回臺北上班。

出了南竹湖小小的聚落後，他指著後面遠遠人家的燈火說：「也許三五年後，會有人在那裡豎一塊牌子，說，最後離開本村的人請熄燈。」

——原載於《中國時報》「人間」副刊

時光不再

成長和青春的希望像飛蛾的翅膀向它撲過去、撲過去，撲走了歲歲年年。

一天裡總有一些讓人特別容易懷舊的時刻，比如散步時，中途翻身仰臥在一片青草地上，從樹葉的空隙之中向上眺望，望向無窮無盡的藍天，再一次體會到自己的渺小、微不足道，倏然地，童年某一個亮麗的雲天，在你神遊太虛之際，像電影的蒙太奇效果一樣，跟你頭頂上這一碧如洗的藍天疊影在一起，一瞬間，你穿過無數個春天與冬天，回到十一歲，回到九歲，回到深藏在記憶深處的某個冬天或夏天。

也總有一些讓人特別容易懷舊的東西，比如彩色的汽球、捕蝶網、腳踏車、撲克牌、美麗的卡片，這些東西總像是記憶的索引，讓你一下子跌入時間的逆流之中，你來不及思索，便迷失在無數的昨日裡面，經驗再一次感傷又美妙的滅頂。

吃一塊餅。摺條紙船。摘一株青草嚐嚐它的味道。看小貓吃奶。趴在地上觀察一隊螞蟻吃力地搬運糖粒。用樹枝刻出一副彈弓。在地上挖洞找水源。爬到樹上吃一根香蕉。赤著腳跑到街角買一支紅豆冰棒……我閉著眼睛搜尋記憶，零碎的影像像飄流到海灘的被棄之物，一波波掠過我的心口腦際。

春天，醉人的和風像張著透明的帆，航過四月的天空，使人懶洋洋地追尋著各種玩耍，一條細瘦的麻繩兩頭綁在樹梢，便驚險萬端地盪起鞦韆；兩個牛奶罐中間各穿條細線，赤腳站到上面，用食指與拇指把線頭一夾，危顫顫地邁步向前走，就是在表演踩高蹺了；或者騎單車穿過一個個雨後的小水潭，然後歪著身子輕倩地避過被車輪帶起來的污水，兀自開懷大笑。

夏天是兒童的天堂，白日很長，泰半用來嬉鬧。三五一夥開始行動，拿把長竿潛向一處果園，翻牆爬樹，生熟不分地敲下一串串果實，再潛往安全地帶分贓；中午的時候打個訊號，一夥又到了溪邊，亮出肚皮橫七豎八睡個懶覺，頂上有綠樹掩映，陽光篩灑而下，落入眼中，是一簇簇的碎金；捉蝴蝶、捉螳螂、捉蟋蟀、用彈弓打麻雀，挖蚯蚓當餌釣青蛙，汗涔涔流入頸下，乾了又濕，濕了又乾；黃昏的時候燒稻草驅蚊子，田間的蝴蝶、樹上的蟬都已歇息，小徑上的石子也已不再燙腳，背上的汗涼涼地貼著衣服，正是一天裡最莊嚴美麗的時刻，但是還不想輕易地就把自己交給睡眠，總要在嗶嗶剝剝燒著的稻草堆前糾集玩伴，就著現成的營火舉行晚會，用幾個道聽塗說的鬼故事試驗彼此的膽量，直到有人尖叫著跑開，才肯結束一天的活動。

秋天是個撿藏及沉思的季節，在外面的時間減少了，活動的範圍逐漸由戶外轉入戶內，在客廳下跳棋、玩紙牌，賭一罐健素糖或一束橡皮筋；兩張書桌併起來，中間豎著幾本書，便可以舉行一場乒乓球挑戰賽；在床前搭一條碎花床單，兩掌各套一個布偶，壓著聲音講述江湖恩怨，也可以演一齣掌中戲；入夜的時候，獨自端把矮凳坐在屋簷下，看天邊第一顆黃昏星，直看到墨黑的天宛如撒了一盤碎鑽，才戀戀地回到屋子裡；偶爾會發現一顆星突然從原來的位置彈出，像一道金色的火光，急速地在半空劃了一道優美的半弧，跌落在地球另一端，這令人驚心而燦爛的景象，盤桓在腦中久久不去，直叫一個孩子夜夜對著星空睜大了眼睛，凝視無垠的夜空出神，心醉神迷。

冬天對少年是一種磨難，這是一個不屬於兒童的季節，但是如果充分體會，也許有助於早些了解哲學，了解生命的榮枯之道。一層又一層的衣服裹住了一顆雀躍、好奇的心，門窗緊閉，屋外是風和雨的天地，屋內只有壁上的鐘滴滴答答的進行曲，六十秒一分鐘，六十分鐘一小時，二十四小時一天，日子過得好漫長，兒童手裡握的是最優裕的時間，然而你一秒鐘也不能等待，隔著被寒雨濡濕的窗子，你在喉頭低低地叫喚太陽；陽光斜射進窗子裡，插在瓶裡的花兒慢慢舒開花瓣，平時看不見的塵埃突然出現，在空中飛舞，陽光透過玻璃，分成五顏六色，宇宙間最神秘的面紗罩在你的面前，就等你去揭開；大雨傾盆，淅瀝不停，黃昏早臨，清夜加長，使你心境一片寧靜，許多思考都在這樣晦澀陰暗的時刻細加琢磨推敲，稚幼的心靈又往前推進一步；也有可能你什麼也不做，光就對著虛空中某一點發呆，或怔怔望著一扇閉闔的百葉窗沉思，成長和青春的希望像飛蛾的翅膀向它撲過去、撲過去，撲走了歲歲年年。

一天裡總有一些讓人特別懷舊的時刻，比如一扇明亮的窗，你坐在那兩面透明的玻璃之前，仰望秋天的雲向高空綿延而去，你想到棉花糖、想到羽毛堆成的山、想到雪泥、想到冰淇淋、想到一個再也記不起來的夢，你歎一口氣，向遙遠的童年揮一揮手，一扇門在你眼前關起來，門上寫著：不再、不再、不再、不再。

也總有一些讓人特別懷舊的東西，比如老歌唱片、單色印刷的少年文庫、彈珠汽水、明星花露水、加四色蜜餞的刨冰，和在夏天開得滿山遍谷的野薑花。時光飛逝，舉袂風來，你還在回想第一次像樹獺一樣，彎腿勾在樹枝上試試倒掛的滋味時，童年時光一如流水，清清淺淺從你指縫中流走，宛如一首老歌，聲聲唱著：不再、不再、不再、不再。

——原載於《自立晚報》副刊

嚮往遠方

嚮往遠方，遠方有海，遠方有山林，遠方有葡萄園圍起的釀酒坊和以裸體的雕像為支柱的神廟，在那兒人將獨立於傳統的巨影之外，現實也會披上一層夢幻的色彩。

那時大學聯考已進入倒數計日的階段，教室裡黑板上逐日減一的數字叫人觸目驚心，然而對能否進得了那扇窄門一點也沒有把握。書包裡除了教科書、參考書、字典外，仍然少不了一、兩本讀到一半的小說，那幾乎是一種精神鴉片了，在人生最重要的關卡前，依舊無力割捨。

南臺灣的天空永遠特別亮麗，像一只深藍色的水晶盤，偶爾有一朵閒雲航過，也像誰在那只水晶盤上呵一口氣，很快地也就消失不見了。雖然買了公車月票，但是只要時間容許，我總是寧可步行或騎單車上下學。

每個星期六下午，我總是揣著兩個從校門口小店買來的機器饅頭，背著沉甸甸的書包，到鎮上最大一家書局去看新到的書。那蓄著水蒸氣的饅頭，肥白細嫩，像剛剛醒來的嬰兒，叫人不忍去吃它。

十八歲，剪著齊耳的短髮，穿著過膝的黑褶裙，住在一個小村莊裡，到一個有三家書店的小鎮去上學，這就是我生活的式樣，時間的步子到了那裡也得放緩。青春的姿容是如此漫漶，以至於對它的存在竟無所察覺。

我站著翻閱書店裡一排排的書，有如立於文明的碑林之前，只要一頭鑽入那個由鉛字構築而成的世界，那擾擾攘攘的俗世立即隱身遁形而去。對人生仍然沒有明晰的概念，然而等在前頭的日子卻隱隱使人有些恐懼，成人世界酷烈的競奪，書中有層出不窮的描述，那個世界離我已經不遠了——假如沒有通過夏季裡那場大考，接下來的那個秋天，我就得去面對它了。

考不上大學怎麼辦？去當店員，沒有顧客上門的時候，可以躲在櫃臺後面讀一段卡波提的《冷血》？去當車掌，在站與站之間，總該有一小塊時間可以讀幾頁史坦貝克的《製罐巷》？去山裡或海邊的小學當代課教員，用荒腔走調的風琴彈一曲「流浪者之歌」，或公然夥著我小小的門生們再讀一次《愛麗絲夢遊仙境》？

在書店裡認識了K，一個已兩度落榜，準備重考的沮喪的「高六」生，他因為嚴重的先天性心臟病，而免去了服兵役的國民義務。跟我一樣，他也是個無可救藥的書癡，只要打開一本書，逼人的現實就節節敗退，他就成了那個偉大的精神殿堂裡的儲君。我們偶爾交換些讀書心得，有時讀到精采處，他會捧著書過來指給我看，我會順著他的手指的移動往下讀，然後給他一個會心的微笑。我們的友誼就在知識的探索與分享中慢慢發展出來。

離開書店後，我會拐上臺糖公司築的窄軌鐵路，像個夢遊者般踩著不經心的步子，走幾公里路回家去。擱在書包裡那兩個饅頭已把蓄住的水蒸氣全部釋放出來，濡濕了包著的紙，我走幾步撕一小塊扔到嘴裡去，吃的像是遠方天際那團厚重的雲。然後我輕輕哼一首保羅賽門的曲子，拌著微甜的饅頭和帶些輕愁的旋律，咀嚼著屬於生的歡愉與苦惱。

陽光下的稻田，不知為何總使我想起梵谷的畫，那樣亮烈的黃和那樣決絕的黑的高反差所造成的視覺的撞擊力，總使人心口發顫。在陽光下舉著步子，追著自己的影子前進，心中總是滿溢著不名的期待，這種期待也只有廣闊的天地才承載得住。年輕的時候，大自然總是比其他人更容易和心靈起聯繫，因為大自然容得自己隨意詮釋。太陽之下不會有失敗的生命。

走長長長長的路成了整理自己內在雜亂思緒的必要手段。走過稻田，走過風，走過一個個響晴的日子，走出一雙超出自己身量好幾碼的大腳。始終沒明白過來，是因為有一雙充分成長的「天足」才那麼喜歡走路，還是因為路走多了，根據用進廢退的原則，才長出那麼一雙大腳。後來在田納西・威廉斯的《釵裙怨》中看到一句話：「一雙強健的腳是用來走天涯的。」心為之一動，那雙強健的大腳應該套上一雙耐磨的好鞋上路去，讓「不同的城市像秋天的落葉從足踝飄過」，去埃及去希臘去義大利去法蘭西！

嚮往遠方，像所有年輕的生命一樣，對所有未知的事物都有著超額的想像。遠方有海，遠方有山林，遠方有葡萄園圍起的釀酒坊和以裸體的雕像為支柱的神廟，在那兒人將獨立於傳統的巨影之外，現實也會披上一層夢幻的色彩，在那兒人不需要名字，所有的東西也都不會被貼上標籤，人會寄一張印著美麗的異國的花兒的明信片回故鄉，故鄉也會因為日以繼夜的懷念而變得美好起來。

發現人對於生活是如此無能為力，也因此幾乎是有意識地縱容著想像力的繁殖以為制衡。所有的零用錢都買了書和唱片，只要退回自己的房間，把房門關上，坐在四壁的典籍和那架手提唱機播放出來的樂章之中，便自覺富可敵國。然而在家人和鄰里的眼中，這樣一個臉色蒼白，滿腦子脫離現實的玄想的女孩，可能更接近一種於他人無害的災難。可是我不在意旁人評判的悲憫的眼光，繼續鯨吞蠶食著所有到手的書籍，繼續行走與冥想。

與K之間開始了無休無止的關於文學的對話。他把書當活人來交朋友，對於裡頭進行的一切加以熱烈同情或感慨，認為看小說如果不動感情就引不起深思，十分贊同法朗士的主張，把讀每一本小說都當成一次「靈魂的冒險」，對於十九世紀的俄國文學最為癡迷，屠格涅夫、托爾斯泰、杜斯托也夫斯基甚至萊蒙托夫的作品，只要找得到中譯本，他幾乎都讀了。他主動把書借給我看，但是總不忘一再叮嚀，不許在書上打記號、不許折書頁、不許磨損或弄污封面，我總是笑著罵他是個戀物癖，罵他是個小心翼翼伺候書的奴才，後來他才告訴我，那些書都是借來的，必須「完璧歸趙」，所以才得那般小心。

我們偶爾也會相約去那家木瓜牛奶做得十分道地的小冰果室聊個下午。談文學、談人生，但是絕口不提一日逼近一日的大學聯考，彷彿不去提它，它便不存在似的。他告訴我他來自一個小文員的家庭，在他父母的觀念中，進大學是一個人晉身較高層的社會的唯一門徑，只要他父親給得起他一口飯吃，就會把他關在家中啃書，以便參加大學的入學考試，「恐怕到了三十歲，我還是個重考生。」他曾做過這樣悲觀的表白，因為對他而言，那個考試制度取才的方法，與他對自我性靈的牧養是完完全全扞格不入的。與他不一樣的是，我強烈地憧憬著大學生活，隱藏在長春藤門牆之後一切總是深深吸引著我，我相信人類的文明進化，一定與大學的創生有著密不可分的關係，而且在那弦歌不斷、綠草如茵的知識聖殿裡，我將翻閱各種版本的百科全書，和所有經典名著的原文本。

剛剛迷上卡謬，一口氣讀了「異鄉人」、「瘟疫」、「卡里古拉」和「薛斯佛斯的神話」，決定填志願卡時，把法文系跟英文系等量考慮。書桌前的牆面，除了一張張區域地理的地圖外，就是從不同的書裡剪下來的卡謬的照片，雖然一向看不起各種形式的「偶像崇拜」，碰上那種具有壓倒性魅力的創作者，竟也不能免俗。卡謬那軒昂的飽滿的額和溫柔中帶些憂悒的眼，成了那個遙遠的法蘭西的肉軀代表。也許有一天我總會踏上他的國度罷？

好長一段時間沒在書店遇到K了，我猜想他可能被家人「關」起來啃書，加緊準備大學聯考的功課了。我依舊天天背著沉甸甸的書包到學校去，被模擬考起起落落的分數和逐漸逼近的大考日期所煎熬著，然而只要有空，還是不由自主地一頭鑽到書店裡。

有一天在離開書店後，被一陣急而亂的腳步聲追上了，回頭一看，是跑得臉頰泛紅、鼻息咻咻的K。他一言不發地與我並肩走了一段路之後才開口。他說，他已好久不曾到我們慣常去的那家書店了，因為那家書店的老闆逮到他偷書，把他當賊送到警察局去。我吃驚地用手摀住了嘴，以免叫出聲音來。他望著我的臉，突然歎了一口氣，說：「那麼，妳也相信我偷書了？」我沒答他，我心裡非常難受，只得把眼光從他臉上移向別處。「我沒有偷書，」他用發乾的嗓子說，「我每次去看書，如果有錢我就買，沒有錢的話，我就——借，」他繼續說，說他如何「借」書店的書，他把他想看的書偷偷塞入那件一年四季都穿著的夾克裡，每次只「借」一本，帶回家看完後，下一次到書店時再帶去偷偷擺回架子上，就這樣他在兩三年時間內讀了幾百本書。我想到那些他主動借給我看的書——他知道我一向沒有多少閒錢可以用來買書的，所以以同樣愛書人的心情體貼地把好書分享給我，我想到他一再叮嚀不許在書上打記號、不許折書頁，不許弄髒或磨損封面的事，突然明白了他臉上那種因為被曲解而受傷的表情。然而我不知道如何表達我的感情，那樣的事情遠在我的經驗範圍之外。就這樣我與他無言地分別了。

那年夏天就在那場一生中最重要的戰役之後結束了，秋天我進了大學，讀了我最嚮往的英文系。我繼續鯨吞蠶食所有典籍，繼續走長長長長的路，繼續做個不合時宜的冥想者，一面讓青春歲月從我指間漸漸流走。

繼續嚮往遠方。

——原載於《自立晚報》副刊

一座幽靈城市的命名始末

社會對自由人的懲罰總是來得非常適時，最直接的辦法就是將他放逐，就像一個人吞下了讓他消化不良的東西，最終只好把它嘔吐出來，被社會嘔吐出來的人，個個都已被它的胃液浸蝕得傷痕累累。失蹤與逃亡於是便成了他們唯一的出路。

1

有一種流浪人，他隨手拾起一塊石頭，往天空一扔，然後朝著它落下的方向出發。有一種人，栖栖遑遑奔走在路上，有如一隻喪家之犬，尋找的是曾經牢牢門在頸子上的那條皮帶——一隻狗除非從來不曾擁有主子，否則乍然得到自由一定會令牠無所適從。這世上充滿各種各樣的人，有些人像狗，有些人像鳥。

2

「當我開始厭倦紐約時，你知道，當你可以不經大腦，用當地的語言罵街的時候，你在那個地方就算不得是外國人了。好啦，當有一天，我用流暢的紐約式英語和我們那棟公寓的黑人管理員吵架，又竟然吵贏了時，我就覺得紐約已成了個乏味的地方了。」

「於是你就撿起一塊石頭，往空中一扔，然後朝著石頭落下的方向走去？」

「不是，我另外有個辦法，我把一張世界地圖鋪在床下，看隔天醒來時，我右腳踩在哪個國家，我就想辦法上那個國家去。」

「要是你踩到的國家是衣索匹亞怎麼辦？」

「聽你的口氣，好像衣索匹亞是個很壞的地方似的。算了，如果你住過紐約的布朗克斯區，那麼這世界就沒有什麼你不敢去的地方了。」

紐約，啊，第一次到紐約的人，不管他從哪裡來的，都會覺得自己是個鄉巴佬，望著頭頂上那些高插入雲的摩天大樓，經常在大街上激動得發抖哩。看看自由女神像多莊嚴多堂皇，那幾乎是全世界人共同的自由象徵了，可是警察三天兩頭從她腳下撈起屍體，投哈德遜河或東河自殺的人，屍體總是被河水沖到自由女神像的腳下。中央公園在夜幕降落後就絕了人跡，只剩下一些亡命之徒。格林威治村街頭巷尾都是服毒與販毒的人，為了要幾十塊美金買毒品，在大白天拿槍搶劫的大有人在。小義大利區和中國城也不太平靜，在那裡經常有人死在餐館的餐桌旁，都是些大口徑手槍惹的禍。

當然啦，還有名氣響亮的布朗克斯區，在那兒，只消花上幾百美元甚至幾十美元，就可以雇用一個還沒資格考駕照的殺手替你幹掉一個人。在那兒，曾經有個人想詐領保險金，不惜放火燒自己的房子，就這樣燒掉整條街。

假如你想遊歷想見見世面，那麼就到紐約去，而且得在那兒住上一陣子，包管你每天都會興奮得發抖，感覺自己是個貨真價實的鄉巴佬。

「巴黎怎麼樣？」

「巴黎？」巴黎挺有意思。巴黎人總有那麼一點不知天高地厚。我在法國時老聽到調頻電臺播放那首「巴黎將永遠是巴黎」的老歌。那首歌是四十年代巴黎被納粹德國占領前夕流行過的，那時候的巴黎人根本也不去考慮明天或未來，街道的牆壁上還貼滿女用內衣及開胃酒的廣告，人們對著一杯白蘭地時，討論的是萬一開戰了，是否該給前方的戰士送去玩具、偵探小說與烈性酒。巴黎臨街的窗子都貼上厚厚的牛皮紙，目的是叫窗玻璃受到炸彈震擊時，不致於回濺傷人，但是主婦們在貼上去之前，總是先剪出一些美麗複雜的圖案，讓它首先就是個裝飾品。

「現在他們又唱起那首歌了！」的確，巴黎除了更舊更髒更懶外，根本上並沒有變化，依然是那個在敵人的鐵蹄之下高唱「巴黎將永遠是巴黎」的充滿享世氣息的花之都，現在他的敵人用的武器不是坦克大炮，而是無孔不入的商品經濟。內憂也不少，失業率節節升高，生育率年年下降，使得朝野一致如臨大敵，然而鮮花店與酒品專賣店依然開了一家又一家，嬰兒車的蕾絲滾邊鑲了一層又一層，度假季節一到，所有的城市都掏空了，幾乎沒有人留守。

3

你孤獨地躺在某個華艷的城市一隅，凝睇世界的陰影，市聲在遠處咆哮，痛苦像蘋果核中的蟲，緩緩地咬噬著你，而你竟為它而醺醉。

你每一回的離去都沒有任何徵兆。遷徙成了你的慣性。

我害怕遷徙，一旦我被迫離開了熟習的環境，失落感便會逐漸壓迫著我，重返舊有狀態的願望總是越來越迫切，以至於旅途上異質的風景，都變得帶有敵意。對我而言，遷徙甚至旅行，都應該僅僅被當成一種心靈的嘗試，一種新經驗的開拓——一種最極端的經驗。

然而你總是在任何圈子的邊緣上，你採行的是一種近乎賭徒的生命態度，卻沒有那類人的堅持或欲望，生命帶著它淌淚的臉孔走向你，你就和著它不斷走離，走離眼看著就要固定下來的人際關係，走離再不脫身就得負起責任的進行中的工作，走離有著明確的施受及義務觀念的社群。你認為只有維持流動的狀態，才不會被一些人、某個地方、幾種積習所套牢。

你談到那些已沒落的行業，談到吟遊騎士、說書人與流動劇團的演員，他們因為過著無根的生活而受人排斥與蔑視，又因為表演出人們的幻想而被當成偶像來崇拜，「那個營生方式決定生活內容的時代已經消逝了，我們的時代只剩下一種行業，商人的行業，雖然我們仍然保留了不同職業的名稱，工人、律師、教授、作家和演員，但是這些都是商人的別稱而已。」

你拒絕隸屬與服侍，所以只得不斷走離。你踽踽獨行於充滿沙塵的路上，因為孤獨而步履輕倩，又因為突然襲來的悽愴而意欲起舞，異邦人的臉孔逼近了又流閃了，你在他們的眼中注滿了你的身影，這是讓你的存在與整個世界起連繫的唯一方法了。

4

你走在紐約，走在巴黎，走在布達佩斯或卡薩布蘭加。

「我帶著痛苦與憂傷流浪，

不斷地問，何處？何處？
此地寒冷，太陽陰暗，花朵無色，生命蒼老。
他們的語言空洞無趣，
走到哪裡，我都是個異邦人。
你在哪裡，我親愛的家鄉，
我尋找，我嚮往，卻從未見到。」

「要不要去流浪」，曾經是愛聽古典音樂愛讀西洋翻譯小說的你青春期思辯的永恆主題，十七歲或十八歲時的你根本無法想像一個人可以在充滿塑鋼家具的辦公室裡磨一輩子，更不能忍受那張罩在每個人頭上的人際對應關係的天羅地網，三八二十四小時「勞作－休閒－睡眠」的制式人生，在你看來是徹底非人性的，那只適合沒有多幻想的童年多憧憬的青春期的機器人。

在那截急於為人生定義的歲月裡，書架上隨手抽出不管哪本書，都可以看到這個或那個流浪漢的履歷，從聖經裡高聲喊出「我能」被逐離伊甸園進而實踐了「我在」的亞當與夏娃，到「他的手要攻打人，人的手也要攻打他」的以實瑪利，從塞萬提斯的愁容騎士唐吉訶德到赫塞赫曼的雕刻家戈德蒙，都是物世而不物於世，從而游世出世的自由人，這些自由人總是想要打破舊有的表面化了的秩序，建立內在的新秩序，「君子和而不同」，他們急於掙脫的，正是一個均質化同步化的「同而不和」的小人國。

然而這種放然於世的人生觀，必然要與封閉性的社會秩序相扞格。社會對自由人的懲罰總是來得非常適時，最直接的辦法就是將他放逐，就像一個人吞下了讓他消化不良的東西，最終只好把它嘔吐出來。被社會嘔吐出來的人，個個都已被它的胃液浸蝕得傷痕累累。失蹤與逃亡於是便成了他們唯一的出路。

所以時候到了時，你也跟著起身離去。

你曾經想過，為了繼續生存下去，一點點生命的浪費是不可避免的，通常的情況是每天八個小時，地點是某工廠、店舖、辦公室或手工作坊。但是且慢，既然我們只有一次可活，我們就必須加速地活，三八二十四小時的制式人生，不是局部浪費，而是全盤浪費。

5

你一邊飄蕩一邊思索，但是不管到哪裡，你都發現自己來遲一步，到處是凡庸的人們凡庸的生活。這當兒你就思索起關於一些已經沒落的行業的種種，比如說書人與流動劇團的演員吧，他們都以飄蕩為生命的式樣，他們在教堂或市集邊表演，因為過著無根的生活而受人蔑視與排斥，又因為表演出人們的幻想而被當成偶像崇拜，他們靠著節慶時人們才會慷慨施予的賞錢，做為繼續往前的路費，以趕往另一個地方的節慶。

那是怎樣的生活啊，你感歎著，以神殿或市墟為生命的襯底背景，以他人的節慶為日常，以多舛乖異的戲劇為營生手段，讓一個個城市或村鎮像秋天的落葉從足踝飄過，對他們來說，「家」是讓人思慕與渴望的，而不是讓人住的。

他們燃起一根煙，吞下一口酒，甩出一張紙牌，用一塊沾了油的布把臉上厚厚的妝擦下來，然後到驛站斜對面的一個下等客棧裡，躺在那邊縫已經裂開的床墊上思索著關於年景的種種，然後在一聲長長的歎息中跌入夢鄉，待醒來時又已在往下一站的路上了。

人們喜歡他們，那一群不務正業的無根的失敗者，他們與妓女、盜賊和虛無主義者一樣，以他們毫無希望的命運，證明了普通人安分守己的生活是多大一種福分。

就因為這樣，卓別林才不朽吧？他扮演的流浪漢沒有家，只能從一個個窗子看到黃昏時刻別人家點燃起的燈，燈下是圍著餐桌共食的親密的一家人，他眼中流露出來的思慕與寂寞的神色，反襯出燈火所及的那一小方天地是那麼溫馨和美，人們於是鼻酸了，望著他重新上路的背影，終於為他流下同情的淚。這個可憐的流浪漢的扮演者是那樣受人喜愛，在本國在全世界都一樣，因而在二次大戰時，據說日本曾有層峰人物認真考慮派刺客去謀殺他，認為如此一來，整個西方會因為過度悲慟而失去戰鬥能力。

現實生活裡的卓別林又是何種面貌呢？你曾經看過一篇對他女兒的訪問報導，他女兒說，做為卓別林女兒最大的樂事，是卓別林替她贏得很多朋友，人們想成為她的朋友，以便有機會被她邀請到家裡去，「親眼看看卓別林」，他是個很盡責的丈夫和父親，馬路上看到有孩子鞋帶鬆了，總會自然地把他們逮到膝上幫他們重新繫好。他會烙好吃的煎餅，還喜歡在家裡宴客，而且非常非常富有。他女兒回憶道，「可是每回我看他演的流浪漢張望別人家的窗子時，還是會淚濕手帕。」

這些人都慢慢消逝了，他們自己，還有扮演他們的人，都慢慢消逝了，你看到的流浪漢，都是些躺在速食店或地鐵轉角的懶漢與醉鬼，他們從沾滿油垢的袖口伸出一隻掌心向上的手，索討幾枚銅板買瓶燒酒來烘焙一身冷卻了的血。他們是社會的嘔吐物，沒有了他們，社會才能治癒它的消化不良症。

6

你丟了去翡冷翠，去楓丹白露，去伊豆，去俄克拉荷馬的路線圖，一邊往家的方向走，一邊知誠自己，為了生存下去，一點點生命的浪費是必要的，通常的情況是每天八個小時。最重要的是要與他人與環境相安，像未開竅之前的渾沌那樣活著，無心而為，無欲而求。

「南海之帝為儵，北海之帝為忽，中央之帝為渾沌，儵與忽時相遇於渾沌之地，渾沌待之甚善。儵與忽謀報渾沌之德，曰：『人皆有七竅以視聽食息，此獨無有，嘗試鑿之。』日鑿一竅，七日而渾沌死。」

開竅之前的渾沌愚鈍、蒙昧。順其自然、無欲無求，心不在焉，是造物的唯一傑作。你不同，你身聰目明，是開了竅的渾沌，你七竅被鑿之後仍然沒有死，所以註定好連住在自己家中時也要流離失所，你命過名的地方，最後都被證實是一座幽靈城市。

你回了家，以為自此殺死了一個流浪漢，可我總是要記起你一再對我引述的永井荷風對那個叫阿雪的妓女引述的波特萊爾的名言：「人們在人權宣言中忽略了兩項權利，最重要的兩項，自我矛盾的權力和離去的權力。」

自我矛盾的權力和離去的權力，你每晚就枕著這個信念睡去，以便隔天精力充沛地浪費八個小時的生命。

——原載於《中央日報》副刊

最思鄉的季節

前些日子，讀大陸作家韓少功寫他母親的一篇文章，說他那位長居湖南的母親，一過了四十歲，說話就帶著越來越重的河南家鄉的口音，煮的菜也越來越接近她家鄉菜的口味，他認為那是一種對原鄉的精神上的回歸。

我自己今年剛好滿四十歲，嫁了個四川先生，在法國住了十年，那篇文章使我留意起自己種種「精神回歸」臺灣家鄉的症候——

我這個日常生活中只操國語和法語兩種語言的人，越來越常在夢中用臺語發聲，而且每回一失眠，腦中想的就是南臺灣童年的種種人與事，能清清楚楚記起當時家中的每件擺設，和數也數不清的鄰人的面孔。這個聖誕節，我甚至給幾個已有二十幾年沒見面的童年友伴航寄了賀卡，也不管滄海桑田人事變遷，原址可能早已人去樓空！

我經常凝神傾聽從歲月彼端傳來的木麻黃樹蔭中的蟬鳴，也老愛在腦中重溫昔時赤足奔跑在稻田田埂上時腳板的觸感。巴黎中國城南北乾貨商舖送的印有楊柳青彩色年畫的單張掛曆，往門後一貼，我沒事時去張望一眼，單單二十四節氣的名稱，對我就是極高的審美歡愉，「立春陽氣轉」、「雨水沿河邊」，我真不知道世上還有比這更美的詩句嚒？

我說話與思維的習慣，也有日益「臺語化」的傾向，形容一個人長得美，我會說他「真水」，叫人讓開時，經常大喊「閃一邊」，把髒兮兮說成「烏舍舍」，把弄壞了叫做「破破去」，把耶和華換算成「王爺公」，把聖母瑪麗亞等同於「媽祖婆」。將孩子摟入懷裡時，我不叫他寶貝也不叫他達令，我叫他「細隻囝」和「心肝蛋」。有一天我先生問我照片哪兒洗的，我脫口答道：「中正路那家照相館。」而且經常一不小心，就會把「上巴黎」說成「到臺北」。

而我一年年盼得更殷，望得更切的是，再過一個道道地地的南臺灣的農曆新年，我要把一整個童年濃縮在那一個火紅的大節裡，將它放在嘴裡咀嚼，拿在手上把玩，用雙眼貪婪地檢視，然後再把它仔細地收藏在記憶裡。

在那樣一個火紅的日子裡，定然包含著我安馴但仍有所待的心靈所曾丟失的一切童真與童趣。在那樣一個火紅的日子裡，我將再回到闊別多年的老家那座兩進三合院的大宅裡，一抬頭就看到正廳石砌大門那副斑斑駁駁的對聯「鳳鳴春日□，龍□海雲高」，看到親人們在香燭的青煙裡為列祖列宗上香貢飯，慎終追遠。

在那樣一個火紅的日子裡，我會一口氣看到所有親的堂的表的兄弟姊妹，看到所有的伯伯叔叔姑姑嬸嬸舅舅妗妗姨媽姨丈，還有那些輩分更高，稱呼更複雜的親長們，這些曉夢時分經常在我心口腦海徘徊不去的臉孔，會對我綻開笑靨，噓寒問暖，會拍拍我的臉頰，或者乾脆把我整個攬入懷裡，讓我穿過時光隧道，倒退二十年，倒退三十年，變回從前那個對成長滿心企待卻又疑慮重重的小女孩。

在那樣一個火紅的日子裡，定然包含著所有我從前認為最下里巴人的年景裝綴，門神、對聯、壓歲錢、紅包袋。客人來了，要奉上貼著紅紙的年橘，凝著糖霜的冬瓜糖，和裹著桃紅色粉衣的花生米。

我要穿上爸爸前一天晚上入夜後才闖入街頭童裝舖買回來的那套我整整盼了一個季節的花衣裳，衣兜裡塞滿裝著嶄新鈔票的紅包袋，嘴裡含著芝麻酥或金剛糖，在頭腦也不必開張的熱烘烘卻又懶洋洋的空氣裡，四處遊走，一會兒和小伙伴在一起爭相炫耀壓歲錢與新衣裳，一會兒去跟流動小販買一支棉花糖，一會兒旁觀親朋間三三五五即興搭起的賭局，直到倦極睏極，才在凜凜的北風中鑽入暖暖的被子，嗅著香香的臘肉味兒甜甜地入夢去。

我要在年三十提著一桶漿糊把大紅對聯前門後門裡門外門貼個遍，要用金黃的菊花艷紅的劍蘭，把每個房間的冬意逼退，我要在米缸裡注滿了米，在糖罐裡裝滿了糖，在每個親人的心裡填滿了愛與歡笑。

我要在正月初一的清晨挨家挨戶向親長們賀禧拜年，要穿得花花綠綠上街去，讓耳中灌滿「恭喜恭喜」的祝願聲，和鞭炮節節高昇的巨響，我還要在豐衣足食、笑靨朵朵的人群中，體察一元復始、萬象更新的昇平景象。

俱往矣！這樣的中國新年，於我已成吳宮花草，晉代衣冠。

長居法國後，入境問俗，我們也跟著過起國曆新年。這個天主教國家過起耶誕節及隨之而來的元旦的熱鬧勁兒，絕不下於我們中國人過農曆年，賀卡、禮物、聖誕樹、火雞大餐，生蠔加肥鵝肝的應節食品，看在我們這些不上耶穌廟的炎黃子孫眼中，真是只知其然而不知其所以然，雖然為了不叫自己生於斯長於斯的孩子有「社會邊緣人」之憾，我們做大人的一切跟著地主國人士「行禮如儀」，但是心中總也有落落寡合之憾，反而分外要覺得這是別人的家別人的國了。

我們也過家鄉傳統的年節，事實上，貼在大門背後的年曆，唯一的實用功能，就是可以查到中秋節與農曆新年是否跟週末撞在一起。然而這傳統節日，儀式意義已大過實質意義，也就為了提醒自己，提醒下一代，中國母文化的根源，從而再一次確定我們自己「中國人」的身分。

然而不管怎麼張羅，總也聊備一格，先生的外國老闆並不知道這個日子對我們的特殊意義，不會發年終獎金與紅包，不會請吃尾牙飯，孩子上的學校，也不會因為那是中國人的大年除夕或正月初一，而特別放他們的假，所以一個原本該是「普天同慶」的火紅大節，往往只是晚餐桌上比平日多出兩、三盤的中國菜而已，那寒磣的景況，真叫人感到悲傷。

這才體會到古詩中「每逢佳節倍思親」的深意。

——原載於《中央日報》副刊

終究我喜愛的風景

終究我喜愛的風景，是走得進去，住得下來，可以像配上框的畫那樣鑲嵌在自家的窗子裡，讓我的孩子在其中踏著野草遊戲，對著山色讀書，就著風聲流水聲去掌握自然的脈息，並從中感到生活的悠久與深厚。

最叫我回味與嚮往的是，有一回到巴黎南面的大學城奧賽(Orsay)去看一個在那兒教書的朋友，因為火車坐過了目的地一站，只得下車倒回走，走離市區不久，便一頭撞入森林裡，在樹的一片濃蔭中四周靜絕幽極。更深入林中時，只聽見流水淙淙應和著頂上布穀鳥的清唱，陽光有若一根根金色的琴弦靜靜懸在樹梢間。我在林中小徑上遊步，兩旁是落葉，是荒草，是荊莽，有一泓小溪並行，小小的清流撫摸著腹底小小的卵石，溪岸薄薄的苔蕪閃著銀光，在苔蕪與水草之間有魚群浮游。

那段路是如此之美，隔日我離開奧賽時，故意提早出門，又穿過整座森林走向來時下車的那個小站去搭車。我沒有刻意尋找，卻是偶然緣會的那片風景，自此留在心上，捨它不得，經常想著要尋個閒餘時間再去好好領略一番。如果能有幾個年輕壯實的朋友相伴，夜遊肯定更美，月光會改變最尋常的景色，月光也會把原來的美景幻化得更深幽更迷離。幾年過去了，重遊的願望始終沒有達成，但是我不急，這是住在歐洲的好處，在這個古老的大陸上，時間是以世紀的步伐前進的，奧賽的森林、溪流、鳥和魚都會等我。

平常不出門的日子，每天接送小孩上下學，我就一家一戶瀏覽別人園裡的風光。這一家的屋側是個小園子，種些菜頭菜腦，籬上搭個八月末結著熟葡萄的架子，近門的那塊零餘空地種了一片胡蘿蔔，胡蘿蔔葉子瑣細濃密，把地皮蓋得風雨不透，真是好個「堆錦積繡」了得！有一戶人家，在後院挖個小池，池裡長滿水浮蓮，這種水生植物臺灣人叫它布袋蓮，學名是大雨久花，歐洲的河流湖泊裡隨處可見，經常發瘋地長長長，堵塞航道，耗光水中氧氣，為了清除這東西，不知浪費多少納稅人的血汗錢，所以又有「紫色惡魔」之稱。可它還真美，碧綠玲瓏的葉子中，搖曳著一朵朵粉紫色蝶形的花，美得如同夢境。

於是我又想起了我的諾曼第。住在諾曼第的時候，我們日子過得真是愜意極了，我們的家就在一個小山崗上，離海只有幾公里路，雖然看不到海，卻嗅得到它的氣息。終年面對披著綠色袍襖的丘陵，那些山丘層層折疊，恰如凝固的海裡的波濤，每每一場春雨，就催開對面山坡上的千樹梨花，一早醒來，推窗望出去，盛開的梨花猶如朵朵白雲在柔風中搖曳，綠色的草坡上一年四季徜徉著綿羊與乳牛。由高處望下去，曖曖的遠村，依依的墟煙，低空掠過的鳥兒，遠處海面上的點點帆影。這一切都是生命的呼吸，置身其中，心中充滿靜謐寧貼的感覺。

諾曼第多雨，雨季裡，雨一個星期一個星期地下，彷彿一根根玻璃針，砸碎在千家萬戶的屋頂上，雨勢太大時，感覺像透明的波浪在拍打著窗戶，我們的房子就是一條船，吃力地航行在雨水的汪洋裡，怎麼也抵達不了港灣。久雨之後，到處爬滿油亮的地滑衣，開黃花的地錦，深綠色的地錢，鱗片狀的蜈蚣草，還有羊齒狀的蕨薇。松樹下經常可以發現三五朵碗口大的洋菇，淘氣的孩子總忍不住用穿著雨靴的腳把它的傘蓋掀翻在地，等散步一圈折回頭時，發現它已蔫萎了。這些菌類都是一夜之間長成的，想起西洋人叫「暴發戶」做洋菇，很是個道理。

諾曼第的晴跟諾曼第的雨一樣絕對。天一放晴，陽光就格外清亮飽滿，萬里雲天無一絲陰霾，在這響晴之中，雲影看得格外清楚，所到之處使地上的景物色調一直在變化著，它們移動起來像一陣風，將一排白楊染成墨綠色，在它的反襯之下，明晃晃的陽光似乎錚錚作響。

雲影行過山谷與牧草地，最後從我們頭上掠過，帶來一陣涼意，神秘飄忽。夏季長長的白日裡，我與兩個孩子經常把臉蛋貼在窗玻璃上看天光中的雲影，捱上半天時間心裡不煩也不愁。

我們也常常出門，開著車子在沿海公路上悠轉，突然一個轉彎就撞見一處海灣的景致，茫茫大海像個大張著的嘴，一座精雕細琢的小城一直伸展到苔草叢生的灰岩山岬下，星星點點綴在山腰上的屋舍，都擁有日光甲板那樣凸出來的陽臺。這樣的城總是非常靜謐，像正在昏睡中，連我們車子引擎粗暴的轟鳴也無法驚醒它，周圍雪松覆蓋的山巒，又給了它一種超塵的恬靜與無爭。但是車子再開上一段路，一片果園映入眼底，雖是晴朗無風天氣，也蕩漾著輕盈微波，使人預想到豐裕的收穫。奇妙的是，再超塵出俗的土地上，只要種上幾棵果樹，就有了居家過日子的人間煙火氣，也只有走入這樣富於人間味的風景，心情才落實。

車子開呀開呀，最後總會開到海邊。住到臨海的諾曼第後，我才發現我並不喜歡海，只要起風，往海面望過去，滔滔波浪猛地翻滾騰起，接著在岩石上砸碎，風在懸崖、洞穴和海岩的底墩之間嗚嗚哀鳴，我就只想往岸上逃。冬季的海，景象荒涼，顯得古遠而不安，夏季好一些，但往往被內陸來的觀光客給弄成一座大市集。與小橋流水人家相比，海洋真是個巨大的非常，它跟亙古不變的沙漠和荒山一樣，歲月並不能在它身上留下任何痕跡，它既不叫人覺得親切，也無可感激。雖然我游泳游得極好，對海仍然滿心畏懼，面對海，只感到它的無邊與異己，正如曹操的驚歎「水河澹澹」！往往要為它所懾，猜想或者只有投身到浪濤之中時，在它的懷抱中才能從它的壓迫之下把自己解放出來罷，可我最大的極限也只是在備有救生員與警戒線的近岸處泡泡水罷了。

與海相比，我倒更喜歡土地，土地充滿著各種豐富的細節，不僅能耕種出穀麥椒豆，還能耕種出精神的營養，人在上面行走，把無邊的原野一片片地變為家園，它保護著人的安寧也馴化了人的野性，只有雙腳踩踏在大地上，承受著日光的沐浴或鞭擊，把汗水注入泥土中的人，才能真正保有一顆清白健康的心。但是土地上必須有人，如果沒有人跡，這個星球就只是豺狼虎豹的生物圈罷了，只有旺盛的人煙，才能戰勝普泛的生之虛無感。人生苦短，生存與幸福是第一要義，只有把荒野變成家園，為山上的鳥、溪裡的魚、雨後的虹、水溝裡的蝌蚪仔，以及千百種田園裡的景物一一命名，這個世界才有了意義，才有了歷史，也才有了詩人的頌詞，「**曖曖遠人村，依依墟裡煙。狗吠深巷中，雞鳴桑樹巔。**」、「**萬物靜觀皆自得，四時佳興與人同。**」或者是「**黃昏如晚汐一樣淹沒了草蟲的鳴聲，野蜂的翅。**」

在風景裡水當然是不能少的，但卻不需要多。如果不是為了孕育、澆灌一個偉大的文明，而單單只為給生活添些情趣與美感的話，一條小溪之量就足夠了，最好像鄭愁予詩中寫的那樣，「**很清，很淺，愛唱歌**」。最好給它以丘以陵以崗為背景，讓它曲折蜿蜒多走些路，以便由水位的落差而激攪出晶瑩的水花與琮琮的清音。最好讓它穿過一座森林，穿過成排成排的樹，及樹下的大片野花，它就會把樹的粗線與花的色點，和上天光雲影，幻化成一幅游離在抽象與具象之間，超越形與情的分際的印象派佳構。最好在它的岸上已踏出一條小路，小得同遊的人必須魚貫而行，行呀行呀，便進入了深深的山坳裡。

這樣的小溪我南臺灣的家鄉很多，在英國南方漫遊時也老碰上，尤其是那些有起伏的白堊層的高原The downs腳下，傍著它的經常是深情依依的幼楊林，我們就在林蔭中歇腳，遠遠望著那石牆經積年的雨漬已經黯淡、青瓦已經變得墨黑且微生苔色的人家，心想給我這樣一個天地，一份生活，我也可以在眼前任何一戶尋常人家牆根前的太陽地裡找到歸宿。

在我們長居的西南歐，溪流悠長曲折，又有很多美麗的運河，大部分在法蘭德斯(Flan-ders)這個中世紀國家的版圖之內，包括法國北部、比利時西部與荷蘭的西南部一帶。住到歐洲來之前，我從來沒敢相信運河可以那麼美，因為它是人工開鑿出來的，想必既工又整，總是缺乏一種天然的招致。在法國南方有名的運河城市吐魯斯小住時，也不覺得城中的運河美，直到到了比利時的布魯日與荷蘭的阿姆斯特丹，才靈眼大開飽嘗美色。布魯日那座磚砌的老城，有些磚頭已有近千年的壽數了，在陽光下看起來黝黑堅實，帶著玉的質感，城內縱橫的河道，跟阿姆斯特丹一樣，有著許多船來懸起、車來放平的活動的橋。在運河上遊舟時，只見兩旁蔭翳的林葉掩蔽了陽光，澄清的空氣連著顫動的河面，船首過處，一河的金色流光被打碎了，碎了的金色水面顫顫的，更碎了。河道內側掛滿一盆盆秋海棠，胭脂色的花朵像蘸滿水分與顏料的畫筆，是任意噴濺在這綠基調畫面上的紅星點，這紅星點倒映水中，便成了一條條抖動的鋸齒狀紅線。這十分歐洲風的景致，卻引發出我很中國的心情，是「**亂紅如雨，不記來時路**」，絳紅色亂點中縈繞著隱隱約約、斷斷續續的線，「**花自飄零，水自流**」，淒淒飄零的是點，悠悠自流的是線，美如夢。

法蘭德斯中世紀王國遺留下來的運河之所以美，是因為加上歲月及歐洲人的人文教養這兩個重要的因素。在歐洲這塊老生代的土地上，天然景觀正如大雕刻家羅丹所說的，總「帶著溫柔的單調」，但是人為的建設卻能與大自然相和相安，而歷經了千百年的歲月之後，不管是泥是石是磚，都在風漬雨洇中磨去了人工的鑿痕，成了幽閒靜謐的大自然的一部分。

這就是歐洲最叫我著迷的地方。歐洲沒有泰山雲海中的松峰，和漓江上高聳的石山，但卻有維也納潔淨的森林，多瑙河的藍色長流，和諾曼第丘陵地上的牧牛場，這些都是讓人心懷憧憬地投視此岸人生的美景。不過我想，任何人年紀慢慢大了，都會發現歐洲的好處的，年紀一大，對所謂雄、偉、奇、險的風景都不再有獵奇之心，只想得一幽境從容領略。

我是幸運的，遠在穿棉布襯衫與牛仔褲的日子裡，就在肩上掛一口大帆布背包，去看過幾百公尺狀似長頸南瓜的巨岩，走過河流沖積成的大峽谷，也曾跟著一大群人圍著隕石墜落地面造成的大坑洞嘖嘖稱奇，或穿梭於經千萬年風雨剝蝕而形成的千姿百態的石林之中；更在臨飛歐洲之前，登上玉山最高峰，看到壁立的山直上直下，大斧劈出來似的筆致粗豪的百丈高岩塊，懷著對家鄉最美麗的回憶，踏上異邦人的土地。

但是眼下我對那些自然奇觀一點也不熱中了，在面對地球億萬年的滄桑之變造成的種種超經驗的景色時，往往找不到合適的語言與感覺。終究我喜愛的風景，是走得進去，住得下來，可以像配上框的畫那樣鑲嵌在自家的窗子裡，讓我的孩子在其中踏著野草遊戲，對著山色讀書，就著風聲流水聲去掌握自然的脈息，並從中感到生活的悠久與深厚。

我說的是奧賽！是的，奧賽我一定要再去的，倒是有一個辦法，十年八年後兩個小孩都到了上大學的年紀，不妨把他們送去奧賽讀書，到時我便可以經常去探視他們，甚至在那裡買下個小房子專心陪讀。我不急，奧賽會等我的，這是住在歐洲的好處，在這裡，時間是以世紀的步伐前進的。

輯三

吃香蕉的方法與「禮儀暴政」

生活中禮儀的實踐，可說是一種永遠的在職教育，只能邊學邊做，難怪教禮儀的書始終暢銷。可世上並沒有所謂的禮儀天書，同一件事不同的作者往往各執一詞，沒有統一的做法，所以碰到禮儀繁複到叫人無所適從時，最好的辦法便是訴諸個人的「常識」與「良好意圖」，通情達理的禮儀專家還會警告讀者，必須懂得自行防範「禮儀暴政」哩，在我看來，以其去執行那類繁文縟禮，弄擰事物的本質，還不如像西哲康德說的那樣，就執著於自己「頭上的星空和心中的道德規律」罷。

前些日子，有位在法國頗受重視的中國作家請我去參加他的新書發表會，電話中我請教他是否必須穿正式服裝與會，他答稱不必，還說那種會就算牛仔褲登場也不算失禮，於是我便一身帆布夾克與牛仔褲施施然赴會了，可到了現場，才發現女士們都做小禮服打扮，男士們也西裝領帶襯衫皮鞋穿得層次井然，放眼望去無不個個dressed to kill，這使我在那接下來的兩三小時時間，自覺像隻夾在一群天鵝中的醜小鴨，真是整整一個不自在，窘迫之餘，很想在胸前掛個牌子，上書「銜東道主之命做此裝扮」。

英國美儀專家Nigel Rees諄諄告誡人們，每回受邀參加任何宴會或聚會之前，首先要考慮的是該穿何等服裝登場，否則自討沒趣之外，也會唐突了主人，成了一個不受歡迎的客人。關於赴宴時選擇服裝的禮節，他以馬克吐溫為負面教材講了個故事：美國幽默作家馬克吐溫生性大而化之，日常生活自理能力極低，禮節就更談不上了，有回他應邀到《湯姆叔叔的小屋》作者比澈・斯托女士家作客，竟忘了套上硬領及繫領帶，直到回了家，他妻子才發現丈夫身上少了這兩件關乎紳士體面的東西，便嘮叨了他一頓。馬克吐溫決定彌補這個過失，他把硬領和領帶裝進一個紙盒裡，附郵寄給了比澈・斯托女士！在新書發表會上失禮後，我也很有衝動，想把自己衣櫃裡那套小禮服寄給其他與會的人，只是他們人數太多了，不知道要以哪一位為收信人才好。

自小到大，我從來就不是父母師長眼中那種彬彬有禮的孩子，甚至可以說，這方面的分寸感特別差，不時有唐突之舉，並為這項「天未賦」吃了不少虧，慢慢就形成一種逆反心理，對「明禮法、別尊卑、知進退、守規矩」種種明訓暗喻大大不以為然，認為一個人時時刻刻在吃相、坐姿、步容和用字遣詞等細節上謹小慎微，久而久之便會淪為面貌模糊、個性盡失的庸常之輩。住到歐洲來之後，發現出門購物辦事，連不相識的人迎面而來，也會笑臉相向，甚至互道日安；進出公共建築時，前面先出了門的人，總會側身撐著門給後來者一個方便，後來者又重複同一個動作，以方便在他之後的人；過馬路時，永遠有駕駛人禮貌地打出「請」的手勢，讓行人從容過街……這些文明之禮看在眼裡，感動在心裡，便下定決心要痛改前非，做個既明禮又明理的人。

於是便買回一本禮儀方面的專著，當成常備案前的參考書，這書粗略分成食、衣、住、行四個大項分章探討，我在讀「食」的部分時，便一章數驚，有關「不可在公共場所剝香蕉吃」一項，尤其使我為自己曾犯的錯誤恨得要揪自己的頭髮，是這樣的，歐洲人覺得一個女人在公共場所邊剝香蕉邊吃的動作，讓人充滿情色的聯想，這類讓人會興情色聯想的食物還包括熱狗、香腸與甜筒等，偏偏我這個馬大哈趕電影或各種約會時，眼看著無法上餐桌正常地解決一餐，就會去買兩根香蕉邊剝邊吃。這同時解釋了每次我在稠人廣座間吃香蕉時，周圍那些歐洲男士臉上詭譎叵測的表情，記得有回在大學食堂剝香蕉吃時，還聽到隔座一個法國男生跟他的同伴說，說他「特別喜歡看這些亞洲女孩公然吃香蕉」，還提醒他的同伴不可錯失眼前的精采場面。

王文興在《家變》中，寫過父子兩代人爭論吃香蕉的正確方法，做父親的堅持香蕉得剝一點吃一點，訓誡兒子千萬不能打開頭就把整根剝得光溜溜的。錯了，至少在歐美國家這吃法就錯了，美儀專家告訴我們，香蕉只能在餐桌上吃，吃時整根剝出來，橫擺在餐盤裡，用叉子按住用刀子切，切一片吃一片，也就是說，得像吃牛排一樣，邊吃邊切，不可以貪圖方便一口氣全切了，再專心享用。吃整顆端上桌的馬鈴薯卻不能用刀子切，但是這絕不意味著可以拿來整吃，正確的方法是放下刀子，把叉子拿到右手，用叉子的側面抹下一口吃一口。可是對付馬鈴薯或香蕉的辦法，卻不能拿來對付豆子，我們在英國小住時，有位英國女士手把手指導過我吃豆子的辦法，就是把豆子輕輕抹在刀背上再送入口中，這技術之難，不下於用筷子夾白煮鵪鶉蛋，可英國人卻做得優雅從容，毫不著跡。

美儀專家不停地發布命令，而且大部分是禁令——不可噘起嘴唇把熱湯吹吹涼。喝湯時不可帶響兒。不可當眾剔牙齒，更不可當眾用小鏡子或刀背的反光檢查牙齒是否卡著食物，這不僅不禮貌，這是犯罪行為！不可用手拿肉來啃，只有在《亨利八世》那類歷史影片裡，你才看得到英國人雙手抓著油汪汪的烤肉大快朵頤，當然，戶外烤肉活動不在此限。手肘不可上桌，這是餐桌誡令第一條，但是當與桌對面的人傾談時，手肘輕抵桌沿，在不那麼正式的場所，是可以被接受的，甚至是種令對方愉悅的行為語言，這表示你正專注於與他的談話。

可以吃生蠔，但一個有教養的人，每吃一次生蠔，就得洗一次澡，所以吃生蠔的工具應該包括浴缸一口。盡可能不吃青蛙，法國人吃青蛙，在英國人看來是很不文明的，但不文明處不在於青蛙很無辜，或青蛙是很多種害蟲的天敵，而在於青蛙得帶骨煮也得帶骨吃，吃時必然得用手指把細骨從齒間取出來，想想那動作有多委瑣多齷齪！

我總是帶著「餐桌千誡」欣欣然赴法國人的飯局，凡專家說「不」的我就「不」，不確定「不」還是「是」的我也一概「不」，也就是說，凡是沒把握吃得正確與優雅的食物我就不吃，如此一來總是在外人面前出落得彬彬有禮，私下卻發現自己一餐矜持下來，體重不升反降，從此樂得把與法國人共餐訂為自己的減肥日。可有一條「絕對誡令」，卻讓我覺得不人道到極點，那就是「吃魚不可吐魚刺」，這是「不管什麼東西送進嘴裡後，就不許再吐出來」的大前提裡的一個細項。我當然同意餐桌上食物「有人無出」的守則，問題是得瞧瞧這些歐洲的文明人為了這個守則把魚整成什麼樣子！剝皮剔骨砍頭去尾做成一塊塊魚排哪，也就是說，一條魚身上，凡是好吃的部分全被他們給扔了！

有那麼一回，我去一個法國人家裡吃飯，在餐桌坐定之後，看見做主婦的端出一盤剛出烤箱的杏仁鱒魚，那魚有頭有尾有皮有骨，與它在水中快活地游著時沒有什麼兩樣，看得我感動得想哭，心想總算還有法國人知道魚的正確吃法。可是卻不！只見女主人端著盤子繞餐桌一周，讓每位客人略略瞻仰那隻鱒魚的風采之後，便把盤子放在另一張空著的桌子上，首先用刀子把魚頭切掉，再把魚皮一寸寸地從魚身上趕下來，和魚頭一起堆在一旁，接著她又很有耐性地把粉紅色的魚肉從魚骨架上刮下來，刮成小山也似一堆魚肉泥，再定量分配給與餐的每一個客人，卻沒發現這頭我在短短的幾分鐘時間之內，經歷了從欣喜、感動、驚愕、失望、悲痛到憤怒等幾個情緒大轉折。唉，呀呀呀，在餐桌上我是凡事都好商量，唯獨在吃魚上頭難以苟同，單單是因為得維持用餐的良好風度而吃魚肉泥這一項，我就不能同意法國人是個雅好美食的民族，假如他們當真雅好美食，就會跟我一樣，堅持「爾愛其禮吾愛其魚」了。

禮儀指南教的不只是餐桌禮節而已，人生的向面有多大，這方面的學問就有多大，是各種"How to……"的生活參考書中，讀來最有趣的一種，尤其是如何處理棘手的人際關係，如何避免製造尷尬的場面及萬一尷尬的場面已不幸被製造出來時該如何從中突圍出去。比如看望病人時不能談人生無常、世事叵測；拜訪孕婦時絕口不提人口爆炸的嚴重後果；不在比自己老的人面前歎老不在比自己胖的人面前喊胖，但更不能在比自己老的人面前說自己不老在比自己胖的人面前說自己不胖；如果你在某人面前自以為美麗，那就表示你認為自己比對方美麗。不要叫蘇格蘭人為Sotchiman或Scotish，正確的稱法是Scotsman，但是把芬蘭人說成「斯堪的納維亞人」並不會觸逆鱗，雖然在人種與語種方面他們並不是。還有，不要用讚美一整個拉丁民族的方法來讚美一個法國人、義大利人或一個西班牙人，因為你給的那麼一點榮譽，被如此龐大的人口分母一平均，便微乎其微了，再說每個人都希望自己在他人眼中是穎脫不群的，願意單獨獲得認可，一個國家也是。

深入研究禮儀之後，發現不少中西禮俗相互抵牾之處，比如在中國人的社會，來客說不必張羅茶水，只坐一會兒就走時，你要是當真聽他的，果然不把熱茶奉上，那才叫失禮哩，但是在西方社會，客人已聲明不喝，你還要「硬灌」人家，就是不尊重對方的自由意願。同樣的，中國人在餐桌上要勸菜佈菜，還將心比心，盡往別人的碗碟夾自己認為好吃的東西，這種「好客」之風，在西方社會也行不通，理由仍然是不尊重對方的自由意願，至於敬煙敬酒，就更大大不宜，眾所周知煙酒有毒，豈能拿來「敬」人！

還有一些更小的細節，值得在這裡好好探討：

——中國人在接受禮物時，習慣對所受之禮不表興趣，以免讓人以為他貪財戀物，受禮時往往看也不看一眼，便往牆旮旯一擱，頂多淡淡一句「讓你破費啦。」甚或微帶慍意地斥責道：「下次再這麼做，我就不高興了。」西方人的習慣剛好相反，他會迫不及待地當你的面拆開禮物，謎面揭去那一瞬，還要亦驚亦喜地叫：「好別緻的禮物！你真有創意！」、「你怎麼知道我就喜歡這個？我沒告訴過你吧？」老實說，這兩種反應，我比較喜歡後者，在歐洲住了十幾年時間以後，已越來越不習慣本國同胞那種麻木不仁的表現了。

——要是你讚美你的臺灣同胞，「穿上這件衣服，你看起來特別帥」，他會靦腆的說：「嘸啦，是你不捨得嫌棄。」要是讚美其他中國同胞，他會回答你，「不敢當，你太客氣了。」要是你讚美一位英國人或美國人他很帥，他會欣喜地問：「真的嗎？」他心裡希望那是真的，所以要借一句反問，誘導你再向他肯定一次，好多受用它一回。要是你讚美一個西班牙人或義大利人或法國人他很帥，他嘴角會立即上揚，雙眼大放異彩，興高采烈地說：「你發現了！」他是很帥，他自己心裡非常明白，現在你總算也發現了，他的愉快裡有很大一部分是知遇之感。以上對讚美的諸多反應中，我特別偏愛最後這一種拉丁式的，所以跟這個族裔在一起時，我就變成一個復仇天使，拚命在別人身上找優點。

——中國人讓人請吃了一頓飯，就念念不忘，想著什麼時候得趕快回請人家一頓，而請客的人，大約也覺得對方欠著自己一頓。西方人就不這樣，我請你，你願意來，是賞光，萬萬沒有回請的義務，來時帶束鮮花、一瓶酒或一盒巧克力，禮數也就盡了。至於一起下飯館，除非有言在先某人請客，否則總是一桌吃飯各掏腰包。後面這種把私誼和金錢分得一清二楚的做法，一開始很讓我這個重人情的中國人感到不舒服，久而久之，竟也全盤接受了，感覺人人在錢上頭兩訖，誰也不占誰的便宜，落得大家心淨。由此我順帶發現中國人極端諱窮西洋人卻不如此的真正原因，中國人諱窮，除了怕遭人瞧不起，更怕遭人怕，這肇因於中國人往往在錢上頭分得不清不楚，窮朋友與窮親戚可能來揩油來借貸的緣故，要是一開始人人就不在物質金錢上做交流往返，我窮一點你富一些都是我們自家的事，那麼，窮人也就不必諱窮，富人也就不必裝窮或反過來炫耀財富了。

以上提的充其量只是些不太合乎情理的禮俗，還稱不上是惡禮，中國人社會裡真正的惡禮是巧立名目跟親友索要各種紅包白包，還有種種同鄉會與同業組織強徵的不樂之捐，更不必談寺廟裡對善男信女半誘騙半恫嚇募取香油錢了。雖然儒家以「禮」為一個人行為的外部形式，「仁」與「孝」才是真正的內容，可往往在執行這些繁文縟禮的過程，即弄擰了事物的本義，還不如像西哲康德說的那樣，就執著於自己「頭上的星空和心中的道德規律」罷。

生活中禮儀的實踐，可說是一種永遠的在職教育，只能邊學邊做，難怪教導禮儀的書始終暢銷，我書架上這本風行歐洲國家十數年的《禮儀指南》(*Guide to Good Manners*)，就是一本暢銷也是長銷書，作者Nigel Rees 在英國BBC國家電視臺主持的專談禮儀的談話節目，收視率也很高，這篇文章裡引用的禮儀規範，泰半摘自此書。

可世上並沒有所謂的禮儀天書，我閒來沒事，常常把這本書與手上另一本厚達七百多頁的同類書籍*Miss Manner's Guide to Excruciatingly Correct Behavious*拿來對照著讀，發現同一件事，兩個作者往往各執一詞，沒有統一的做法。所以兩書的作者都有言在先，說在禮節繁複到叫人無所適從時，最好的辦法便是訴諸個人的「常識」與「良好意圖」，通情達理的Nigel Rees甚至警告讀者，必須懂得自行防範「禮儀暴政」哩。

小國

國家跟人一樣，大有大的長處，小有小的靈活度，大個子固然「身大力不虧」，可小個子也不盡然要處處受擠兌，可以靠勇敢與機靈彌補力道之不足，打倒傻大個，大自然是很公道的，否則一式的大吃小，進化了幾個世代以後，這世界豈不成了恐龍的天下了嗎？

巴黎一家華人經營的旅行社，經年性地在本地發行的幾份僑報上面大登廣告，招攬華人顧客參加「歐洲五國八日遊」。所謂的「五國」，指的是法國、摩納哥、義大利、梵諦岡和聖馬力諾，稍稍有些地理常識的人看到這則廣告，就知道這又是商人玩的一種小騙術，五國之中只有法國與義大利算得上是「國家」，其他三個都是那種不及鳥蛋大的「國中國」與「城中國」。假如中華民國政府願意讓西門町獨立自治，擁有自己的元首、外交官、軍隊，發行自己的郵票與鈔票的話，氣勢不見得會比上述國家小哩。

一個國家要多大才算大，多小才算小，每個人心中都有一套自己的參照系，可沒有什麼四海通行的標準。我們客居的國家法國面積五十五萬平方公里，足足大出臺灣十五倍，還擁有分為五個海外省的屬地，海岸線全長兩千七百公里，領海面積高達一千一百五十萬平方公里，在我這個臺灣人看來，是個天高地迴的泱泱大國，可在我那個來自中國大陸的先生眼中，卻是個小國，也就一個四川省的大小，人口還只有四川省的一半哩。至於人文薈萃、博大精深的歐洲，如果不把白色俄羅斯及歐亞陸橋上土耳其那個「候選國」包括進來，也就一個中國大，難怪中共在國際政治舞臺上老是嗓門粗聲氣惡了。

說到中國之大，這兒有幾句具有題內意的題外話要說。中共立國以來發動種種政治運動，搞得舉國一窮二白民不聊生，可在國際上卻始終舉足輕重、呼風喚雨，對她西方列強不得不日夜匪懈集體放哨，深怕這隻睡獅一朝醒來，張口一咬，任誰挨了都會是致命之傷。中共也一直在利用「大」這張王牌，要嘛就以十二億人口的大市場相誘，要嘛就以十二億人口的「人海戰術」相逼，真是勝之不武。早在香港九七回歸之前，英國公布四十萬定額，準備接納富有並具專業能力的港人入英，中共馬上放言英國及所有準備接納中國離心分子的國家，說哪個喜歡那類數典忘祖的中國人的，統統悉聽尊便，而且只要中共邊防稍稍放鬆，馬上可以給香港、澳門、臺灣及至美國歐洲澳洲都送去幾百萬個！又是一個人海戰術，真是大而無恥，整整一個不講理。

話題回到國之大小上頭，國大的條件有兩個，一是幅二是員，缺一不可。美國是個「幅」大「員」卻稍嫌不足的強國；俄羅斯「幅」大「員」也足，可卻外強中乾；中國則是「幅」大「員」更大的準強國，她已親者痛仇者快地「準」強了一個世紀，邁入二十一世紀的今天，也仍然未能由「準」強升格為「真」強。加拿大與澳大利亞雖然「幅」大，「員」卻大大不足，國民生產總值因而一直上不去，為了增加自己在國際上的分量，只好接納大量外來人口，成了有名的移民國家。印尼與印度「幅」「員」都夠大，但是「員」卻大大凌壓過「幅」，原本就貧瘠的國家，又以龐大的人口分母把有限的資源分子一均再均得微不足道，是那種很無害的大國。國際社會最怕中國、印度與印尼這樣的人口大國鬧饑荒，屆時地球上為數不多的存糧全拿去填那些嗷嗷待哺之口都不夠，就會演成飢民滿世界流竄的動亂局面，就算不鬧饑荒，由這些長期貧瘠的人口大國流出來的所謂的「經濟難民」，也已讓日本及西方工業先進國家大感吃不消了。

這篇文章要談的是小國而不是大國，國大頭緒多，區區短文連皮毛都談不上，不如不談拉倒。倒是有些國家小之又小，巴掌大一個，可以整個搬到稿紙上來細細把玩，這種超級小國似乎是古老歐洲大陸的特產，在地圖上由西往東查閱，可以找到介於西班牙與法國之間的安道爾(Andorre)，在法國南部地中海邊上的摩納哥(Monaco)，夾在瑞士和奧地利之間的列支敦士登(Liechtenstein)，在義大利羅馬城中的梵諦岡(Vatican)，和在義大利北部的聖馬力諾(San Marino)。

如果以臺灣為標準小(small)國，那麼荷蘭、比利時、瑞士和從前蘇聯獨立出來的摩爾達維亞(Moldavie)，就屬於跟臺灣同一個級別的國家，而與臺灣親密往返的馬其頓(Macédoine)，在小國中也還又偏小了。盧森堡相對於臺灣，則可以稱為迷你(mini)國，而前一段提到的那五個歐洲超級小國，是貨真價實的小不點，就稱作超微小(micro-mini)國。這些超微小國到底有多超微呢？梵諦岡半個平方公里都不到，摩納哥是她的四倍大，兩平方公里，列支敦士登人口與摩納哥一樣多，大約三萬多一點，面積卻要比摩納哥大出八十倍，一百六十平方公里，安道爾有四百六十五平方公里，算得上超微小國中的超級大國哩。

但是由於世人都不怎麼把這些超微小國當成國家，甚至根本不知道她們的存在，所以在互相比較與譏諷大小時，還總輪不到她們呢。在歐洲最常以其小而飽受嘲弄的是比利時，法國人笑比利時小，怎麼個小法呢？說荷蘭人可以直接越過比利時看到巴黎艾菲爾鐵塔！這個夾在德國與法國歐洲雙雄之間的國家，可以說是給「比」小的，沒志氣一點的話，大可以也拿她腳底下的盧森堡來比一比，她比盧森堡足足大出十四、五倍，這差距，大約就是她與法國之間大小的差距，真是比上不足比下有餘哩。瞧不起比利時的不只是歐洲人，我的臺灣同胞之中也有人愛彈此調，在我臨飛歐洲之前，有幸與臺北一群曾旅歐留學的老資格餐敘，座中人邊吃飯邊互相調侃，嘲笑對方留過學的國家如何底氣不足如何沒出息，一位留學比利時布魯塞爾魯汶大學的男士受到的挖苦最多，「你留學比利時？你幹嘛浪費那麼多機票錢，跑到那種鳥不拉屎的國家去？到比利時留學不如到高雄留學。」

說說盧森堡之小。盧森堡兩千五百八十六平方公里，大約就是臺灣一個縣的大小，可是因為到處是山陵與森林，削去了不少居住面積，感覺上比實際的又要小上一些，我第一回去，是陪先生到那兒開會，為了找公司給預訂的旅館，我們開著車子把她的首都盧森堡城幾乎繞了個遍，入夜後開車出門兜風，上了高速公路之後，迎面看到寫著「歐洲的中心——盧森堡」的巨大看板，正為盧森堡人的豪氣暗自喝采時，車子已開到了德國的邊境，在那兒一個加油站加了油之後，便折回頭開車上路，一路欣賞著養護得宜的高速公路及兩旁照得路面大白天般透亮的漂亮路燈，心想小國也有小國的優點，至少沒有什麼照顧不到的死角，她的大公（盧森堡是個大公國）沒事時用半天時間開著車子就可以把全國巡視個遍，不怕下面的人粉飾太平。正這麼胡亂想著的時候，車子已開到了比利時邊界，又看到了另一個加油站——我記得後來就沒再看到別的加油站了，好像全盧森堡就那麼兩個，位於他們國家的兩頭。這個國家還真小得奇妙，一眨眼工夫就會突然從眼前消失得無影無蹤。

逛迷你國還得開上車子，逛超微小國光靠雙腳就可以把她給走透透。我們遊羅馬時，順便遊了梵諦岡，不到一個小時時間，就把這個國家踏遍了，心中卻若有所失，走也不是留也不是，只得花了六塊美金買門票登上全國最高點，也就是聖彼得大教堂的圓頂，放眼飽覽這個全世界最小的國家裡全世界最大的天主教教堂的全景，這個遊覽項目非常有名，就叫「最大俯瞰最小」。可別小看這個不比西門町電影街大的國家呀，她可是個如假包換的獨立國家，國際上作為國家的地位比臺灣還要明確，擁有自己的外交官、軍隊、護照、貨幣、銀行、交通網、報紙、廣播與電視節目，和以教宗來統領教務與政務的最高領袖。

摩納哥也有個以「最小俯瞰最大」的觀光強項作為招徠，那就是全世界最小的大公國俯瞰全世界最大的陸間海，那個海就是曾長達幾個世紀作為西方文明中心的地中海。站在摩納哥的懸崖邊看地中海，一眼望不見盡頭，我想像著租艘單帆小船在海面隨風漂盪，那麼往西可以經過直布羅陀海峽漂向大西洋；如果刮西北風，它就會朝東南方漂，經蘇伊士運河出紅海到印度洋與太平洋；機率最高的是往南漂向非洲海岸，那麼便可能在阿爾及利亞、突尼西亞、利比亞或埃及登陸；要是它南下的半路碰上南風，要嘛就北上到義大利拿坡里或希臘雅典去，要嘛就到土耳其的伊斯坦堡，總之，不管終點站在哪裡，對我都有無比的吸引力，全世界再也沒有第二個像它這麼迷人的海了。

摩納哥隨著阿爾卑斯山山脈的走勢徐徐伸入地中海，遠望是一座乳白色的漂亮古堡山城，首都蒙地卡羅那兩座富麗典雅的大賭場，遠非俗麗喧譁的拉斯維加斯那種美式casino所能比，也沒有拉斯維加斯的銅臭味與酒酸氣。使得摩納哥如此有名的，除了賭場，還因為她的親王藍尼爾娶了好萊塢罕見的「金髮玉女」葛麗絲凱莉（金髮女郎在好萊塢通常被當成性玩物）。由於摩納哥的中文譯名與北非那個阿拉伯國家摩洛哥(Maroc)十分近似，我的中國同胞常常將她們搞混，甚至誤以為是同一個國家，而且無一例外地把摩洛哥當成葛麗絲凱莉的摩納哥，所以我說小國並不一定總要吃虧受欺負的，瞧，超微的摩納哥不就吃掉了比她大上三十五萬六千倍的摩洛哥了嗎？

攤開世界地圖，會發現歐洲是碎裂得最嚴重的一個地方，這個舊大陸從來沒有統一過，從來不是一塊完整的政治版圖，隨著文明的興盛與擴展，她不斷在分裂與變異，如何也不能叫這個多民族、多文化、多語種的歐洲定於一式的。然而正是這個小鄒難以大一統的舊大陸，成了近代最強勢文明的發源地，和各種人文思想與政治體制的創建者，從刑法到會計制度，從代議制到交通規則，從透視法、古典芭蕾、交響樂編制到各種球類的遊戲規則，幾乎人類社會的每一個角落都印下了歐洲的指紋。

歐洲仍然還沒完全定下來，前蘇聯與前南斯拉夫的解體，一下子為她增添了很多新的國家，還有不少地方在吵吵嚷嚷要求分治要求散伙，如果能各遂所願，光法國至少就可以再分出不列塔尼、科西嘉和在太平洋上的海外省新喀里多尼亞等三個國家。眼下國家的解體和夫妻的離異一樣，儼然成了時尚，世界地圖改了再改，往往來不及熟悉一種版本，另一種新訂正的版本就在油墨未乾時匆匆推出上市了，邊界與海關挪來挪去，新的執政黨與總統班子不斷進入政治舞臺，報紙上充滿了我不曾在地理課本讀過的國家名稱，據有心人推測，照這個局面發展下去，到了二十一世紀中，世界上主權獨立的國家將會達到五百個左右。

也就是說國家越進化就越小！

瞧瞧世界上一個又一個可敬畏的小國，新加坡從馬來聯邦獨立出來，成了一個擁有乾淨的空氣、寬闊的綠地、公正的司法和大量現代化公共財的超微小國，向世人做了一次「小而美」的最有力示範。以色列領土只有兩萬零七百平方公里，卻在十億回教徒的環伺下成了全世界屈指可數的軍事大國與科技大國。盧森堡如此袖珍，卻是全世界國民平均所得第二高的國家，她的廣播業務也非常有名，每週的聽眾與觀眾人數逾四千萬人，除本國外，遍布英國、德國、荷蘭、比利時和法國。梵諦岡人口只有一千左右，卻在精神上支配了全世界八億個天主教徒。臺灣早已具備了成為一個可敬畏的小國的條件，是國際有名的錢串子，她向全世界證明了立基於民意的政治，就算在古老的亞洲，也可以促進經濟和社會的成熟與安定；臺灣也是全世界電腦和網際網路十幾種主要零件的供應者，甚至是某些關鍵零件全球唯一的供應者，如果臺海爆發戰爭，全球電腦供應鏈馬上就有中斷之虞，難怪這次臺灣總統大選的消息，幾乎上遍全世界各地所有的重要媒體。

別忘了日本，這是可敬畏的小國其中之最，世人很早就認識了「日本的經濟力量比蘇聯的軍事力量可怕」的道理，不管日本是賣還是買，都叫全世界害怕，日本人賣汽車賣電氣用品，賣得西方工業國家失業率節節升高，再挾著強勁的日圓到處去大買特買，到夏威夷、委內瑞拉、西班牙、義大利最宜人的城市買下一座座社區，到美國買下人家的「靈魂」大電影公司與大媒體，又買了人家「財界的象徵」紐約市中心的摩天大樓，然後匆匆趕到各大藝術拍賣場去搶走畢卡索、梵谷、莫內、雷諾瓦的曠世傑作……，被日本強大的經濟力衝撞得搖搖晃晃的世界，無時無刻不覬望著她下一步又將如何以小吃大蠶食這個星球。

是的，國家跟人一樣，大有大的長處，小有小的靈活度，大個子固然「身大力不虧」，可小個子也不盡然要處處受擠兌，可以靠勇敢與機靈彌補力道之不足，打倒傻大個，大自然是很公道的，否則一式的大吃小，進化了幾個世代以後，這世界豈不成了恐龍的天下了嗎？

不要叫我日本人

很多中國同胞並不以這樣的誤會為忤，因為被錯當成日本人，至少意味著營養充足、衣著光鮮、口袋麥克等等，如果看起來枯瘦委頓、寒酸小氣，法國人就會猜你是越南人、柬甫寨人或寮國人了。

第一次到羅浮宮去參觀，在大廳入口處看到他們販售供訪客一面欣賞藝術品一面聆聽的「導遊錄音帶」，共有七種語言的版本，其中針對來自亞洲地區參觀者之需要而製作的只有日語版本。出自一種接近的種族之間才會有的競爭心理，我心頭微微有著不快與不滿，來不及細細欣賞羅浮宮那些傲世的藝術珍品，便尋一個角落坐下，埋首疾書一封指明由館長親收的「抗議信」。

那封「抗議信」措詞有些激烈，大略指出中文是全世界四分之一人口所共通的語言，中國是東方一個古老的文化大國，當今華人與華裔已遍布全世界，羅浮宮在製作「導遊錄音帶」時，斷無省略中文這種版本的理由云云。

當時貝聿銘先生受密特朗總統委託設計的、位於羅浮宮內的玻璃金字塔已接近完工，被各方專家視為密特朗任內的代表性公共建築，所以我在信尾又特別加了一筆，「站在貝先生的作品之前發言，希望我的意見能受到應有的重視。」

羅浮宮的日語版導遊錄音帶，只是日本人在歐洲社會受到重視的一個普通事例，今天的日本人已挾著本國經濟強勢，在全世界攻城掠地，日圓強勁的購買力，使得日本人所到之處都被視為第一等觀光客。歐洲各大城市的觀光促進局，都備有日文版旅遊手冊，像克莉絲汀迪奧這類高級消費品的使用說明書上面，均加入了日文一項。甚至普通超級市場貨架上陳列的日常百貨，也出現了日文使用指示，這一切在說明了我們身處的是一個經濟掛帥的時代。

然而日本人不止是在商品世界裡處處吃香，隨著國家的富強、國際地位的提升，日本文化的影響力也漸次增加，儼然有著強勢文化的態勢。以我所居住的這個人口五十幾萬的城市（南特市）為例，豎在入城通衢上的歡迎告示牌，除了橫寫的英文、法文和西班牙文的「歡迎光臨」字樣外，同時出現了直寫的日文同義字句；城中心建有一座遍植櫻花、日本竹、蘆葦和睡蓮的「日本花園」，那燈臺沙壇和桃紅柳綠所映現的日本風情，彷彿直接取自日本風景月曆。而私人開授的「日語補習班」，連同市府開辦的班級，大約有一百二十名學員，這數字僅次於英文班而已。柔道成為青少年最熱中的一種體能鍛鍊活動，學柔道的同時，必須學日本的歷史、禮節及簡單的日語，一兩年下來，這些白種小孩個個都成了「小日本通」。

走在街上，經常有面帶和善笑容的法國人士，主動前來攀談：「妳是日本人嗎？」我通常的回答是還對方一個問題：「為什麼該是日本人呢？」這反應是帶些賭氣的意味，連自己都得承認這裡頭摻雜著些微的嫉妒心理。我也知道很多中國同胞是不以這樣的誤會為忤，因為被錯當成日本人，至少意味著營養充足、衣著光鮮、口袋麥克等等，如果看起來枯瘦委頓、寒酸小氣，法國人就會猜你是個越南人、柬甫寨人或寮國人了。

中國人的身分很少直接被猜中，這大概跟中共幾度的鎖國政策有關，就算後來當局把持的關卡放鬆了，國民所得平均五百多美元，要積蓄多久才能買到一張歐陸的來回機票呢？

臺灣近年也慢慢變成了見稱於國際的錢串子，然而尚不足成為大氣候，我認識的一個法國女孩曾坦白地跟我招供，有很長一段時間，她一直誤以為「臺灣」是一種網球拍的商標。

她不認識我的國家自然有些傷害我的感情，她在歐洲人當中並不是最無知的一個，法國《新觀察家》雜誌有一期介紹臺灣，就這樣破題：「一個很小很小的國家，一座很大很大的工廠。」是的，這兩句話正代表了西方人心目中的臺灣。

歐洲一向被視為全世界觀念最開放最前進的地區，然而深入接觸後，會發現他們之中大部分心態封閉。守舊得令人吃驚，他們分不清亞洲人的種族和國籍，籠而統之地稱所有黃皮膚的人種為「亞洲人」。而法國人心目中的中國人，則還停留在阿Q和祥林嫂的時代；還有一些自認見識廣博的人士，見我是個中國人，會對我大談中共「一胎化」政策的非人道成分，或老莊思想對西方嬉皮運動的啟蒙性影響。

法國電視臺播出的介紹中國的影片，也都側重它的民俗意象，諸如自行車大陣、山西刀削麵師傅的頂上削麵功夫、公園裡打太極拳的白髮大軍、如火如荼不分晝夜的方城之戰……

旅行公司櫥窗裡陳列的大幅海報上的中國，不外是萬里長城大全景或秦陵特寫，再不然就是一個頭戴瓜皮帽眼露饞光的二毛子，大口啃著一個米團兒！記得這是「時代雜誌」的觀點，在一篇定名為〈永遠的老中國〉的文章裡提到，整個西方都隱隱地希望中國停在原地不動，那麼西方的有閒階級，只消買張飛往北京的機票，邁幾個大步就可以跨回十九世紀，甚至更古老久遠的年代。這自然是這一代中國人的悲哀，世界上絕對沒有任何一個民族會願意以自身殘敗落後的形象做為觀光資源，去吸引觀光人潮的。

近年來香港和臺灣兩地的中國人，因為社會的發達繁榮，而有餘裕往世界其他先進國家跑，然而這種現象並不如表面呈現的那般可喜。眾所周知，香港有著「九七大限」碩大無朋的政治暗影在，人人自危，無不挖空心思在時限之前覓一條退路。而臺灣近年來的移民風，雖然也是社會富裕的表現，卻同時也反映了島內治安惡化，生命財產沒有保障的隱憂，移民者大多數是有錢有勢的階層，走的是「投資移民」的途徑，隨著移民的增加，已造成資金和人才的嚴重流失，損及國家的整體經濟實力。在香港和臺灣兩地，有移民能力的人與沒有移民能力的人，已慢慢形成兩種涇渭分明的階級，長久下去，終會分化兩種階級間的和諧與情感，實非種族、國家之福。

反觀我們的近鄰日本人，近一、二十年來不斷以經濟方面的成就讓舉世為之側目，人們不經意地攤開報紙，這樣的消息總是一眼就抓住閱報者的注意力：

「從一九八七年開始，日本已首次超越美國，成為世界最富的國家。」、「據美國富比士雜誌公布的年估計指出，在全球最富的十個男人或家族中，有六個是日本人。」、「日本新力公司以六千一百六十億日圓收買了歷史悠久的美國哥倫比亞電影公司，引起美國輿論界一片喧囂，驚歎『日本人用金錢收買了美國的靈魂』！」、「日本三菱房地產公司以一千兩百億日圓取得了美國洛克斐勒集團公司百分之五十一的股份，這個集團公司是紐約最大的房地產公司，在紐約擁有十九棟摩天大樓組成的洛克斐勒中心和五個子公司，向來被視為美國財界的象徵。」、《紐約時報》的輿論調查表明，越來越多的美國人認為『對美國人來說，日本的經濟力量要比蘇聯的軍事力量更為恐怖』！」

日本人就帶著這樣的實力與優越感走向全世界。他們甚至在搞移民時都發揮了強烈的「集團意識」，以政府的力量有計畫有組織地把退休人員移民到西班牙、澳大利亞，甚至富有進步的法國與美國去。退休人員以強勁的日圓退休金為移民的基金，交給籌劃單位集中運用，在全世界不同的城市買下一整個社區，甚至一整個城市，大蓋網球場、高爾夫球場與醫療中心，讓功成身退的老一代，可以在同文同種的異國的土地上安享天年。

報載靠近西班牙巴塞隆納的一個以產鮮花聞名的城市已被日本人看中，日本人將在兩年內開始在這城市實行其移民計畫，屆時西班牙境內將會有一個完完全全的「日本城」。

日本人在大肆購買世界各國公司企業及不動產的同時，還不惜高價收買美國、歐洲的高等學校，他們要麼乾脆買下整個學校，供日本學生使用，要麼向校方投資開設適合日本學生的專門課程。一九八九年七月間，在美國西維吉尼亞塞倫學院的校區裡，「塞倫—東京」大學宣告成立，這是第一所由日美合辦的大學，招收日本學生與美國學生各五百名，課程設置重點是向美國學生講授亞洲、日本問題，向日本學生講授美國與西方的文化及歷史，以日語和英語授課。塞倫學院在美國有一百多年的歷史，但是近年來由於財政拮据，學院瀕於倒閉，日本人適時捐出兩千多萬美元，於是有了「塞倫—東京」大學。這種事兒並不少，一九八九年美國奧勒岡一所私立藝術學院出售了百分之四十九的校園給日本人，這所學校目前有近一半的學生是日本人。

後來我收到了羅浮宮館長親筆簽名的一封回信，信中委婉地解釋，該館在製作「導遊錄音帶」時，根據的是實際需要，並不包含對任何種族或語言文化的價值判斷，信中並提及，每年參觀羅浮宮的觀光客中有百分之十二來自遠東，其中日本人又占這百分之十二的百分之七強，自然「導遊錄音帶」非得有日語的版本不行。

那封回信多少安撫了我不時要受到挫傷的種族自尊心，只是在面對外國人友善的「妳是日本人嗎」的問題，或面對餐廳菜單上的日文時，總不免要拿那個這一代中國人已向自己提了好些年的問題「日本人能，中國人為什麼不能」來問自己。是啊，日本人能如此，中國人到何時才能如此呢？

不是朋友是兄弟

英法兩國只肯互稱兄弟之邦，而非朋友之邦，因為朋友是自己選的，兄弟不是。

當工程進行經年的英吉利海峽海底隧道終於在一九九〇年年底鑿通時，英法兩國的工程人員照舊在一陣勝利的吶喊中，互相擁抱親吻祝賀，高舉對方國旗大叫萬歲。兩國官方都發表了大量的親善文字，聲稱海底隧道的鑿穿，終於破除了進步與團結的障礙，把歐洲整個連結在一起。

兩國民間也沒有維持靜默，在英國發了一陣「法國熱」，在法國發了一陣「英國熱」——依照「傳統」，兩國傳播媒體再度發動輿論攻勢，老實不客氣地把對方冷嘲熱諷、詆毀醜化了一番方才罷休。

在英國，走低階層路線的《每日郵報》、《鏡報》及《太陽報》，都成篇累牘地重翻舊帳，細數英法兩國的新仇舊恨。《太陽報》更於隧道鑿通的第二天，集中火力，用一整版的篇幅來數落海峽對岸的近鄰與世仇，知道它的標題怎麼下的嗎？「聞到大蒜味了嗎？法國人來了！」諷刺法國人只重口慾不重禮節，吃得一口大蒜味還全天下亂跑。法國的報刊雜誌也紛紛製作英國專題，用法國人最擅長的寓貶於褒的修辭技術，把那頭約翰牛大大譏諷了一頓。

法國人心目中的英國人，是守舊、頑固、傲慢、迷信中庸之道、缺乏權變能力的奇怪人種。老一輩的法國人大都讀過法國作家Anre Mdaurois那本專門討論英國人的「國民性」的著作《私人宇宙》，作者提到，他初抵英國，簡直有如置身於另外一個星球，英國人的冷漠與矜持，真教人難以消化，兩個已經過正式介紹的人，在路上碰頭，照常形同陌路，見面三次以上，交談的話永遠不會超過三句寒暄的慣用語。Anre Mdaurois說的是曾祖父級的英國人，他們的子孫應該「進化」一些了吧？不，法國人相信，除非一個英國人變成了龐克族，否則他就不可能對一個「才」見面三次的「陌生人」說出第四句話的。

法國人相信，英國人始終都沒有捨棄那襲維多利亞時代禁欲教育遺留下來的僵硬緊身衣，你不信的話，他們會舉英國前首相柴契爾夫人的例子來做說明：歐洲共同體在希臘羅得島舉行首腦會議時，當時的希臘總理帕潘得里歐攜帶情婦莉亞妮出席他作為東道主為各國元首舉行的宴會，一向反對通姦的柴契爾夫人不斷投以憤怒的眼光，在會議期間，甚至拒絕私下與帕潘得里歐交談。

柴契爾夫人一向被視為維多利亞時代價值觀念忠實的守護神，她政治生命之旺盛，在西方領袖之間實在罕見，在她蟬聯三屆英國首相期間，美國經過了兩位總統，蘇聯經過了三位領導人，法國換了四個總理，義大利更有七位領袖走馬換將，「不知英國人怎麼忍受的？」法國人提出這個問題後，會緊接著指出一則英國《星期日泰晤士報》刊登於一九八九年九月份的新聞，那則新聞指出，柴契爾夫人公開下令有關方面，停止大規模研究英國人性愛習慣，聲稱此舉嚴重騷擾私人生活。問題是研究英人性愛習慣的機構曾獲政府當局資助，計畫詳細詢問兩萬名英國人有關他們婚內、婚外的性愛習慣，研究的目的旨在評估「愛滋病」和其他由性交傳染到的疾病的擴散範圍。

令法國人不解的是，英國醫學界竟然在柴契爾夫人明令禁止那項醫學研究後，始終維持沉默。有著跳躍式聯想力的法國人因此推斷，就因為英國醫學界對柴契爾夫人那項禁令的緘默與順服，使得今日的英國，（據一分研究調查報告所指）至少有三萬名仍然保有處女之身的已婚婦女。法國人繼續往下推斷，性愛對英國人既然是一件傳宗接代的「必要的惡」，那麼如果能夠少做愛多生孩子，就可以減少罪惡感了——這一點柴契爾夫人也負起了以身作則的責任，她自己從前生的就是雙胞胎。

門第觀念在英國的重要性，往往令其他地區的人吃驚，法國人則直截了當地表現出厭惡來。英國首相也許是大英帝國以內最有權力的一個人，但是除非他在首相資格以外，另有其他的社會地位（門第），否則他在官場宴會裡一定要讓最卑微的貴族坐上席。法國人認為英國人始終忘不了柴契爾夫人有一位經營食品雜貨鋪的爸爸，是因為她爸爸那份工作太具實用性了，所以才被英國人看不起。

在英國，上等人有上等人的行業，他的行業和他的社會地位和政治地位完全分不開，有一點倒是完全可以確定：一種職業的評價正好跟它本身的實用性成反比。一位喊得出頭銜的貴族會覺得，從事一項務實的職業對他的身分是一種玷辱，手上拿鋤頭或工具箱都是有失身分的事。至今上流英國社會仍然搞不明白，一個美國賣花生米的農夫怎麼能當上總統？

在英國這個連「紳士」都是世襲制的國度，人們追究某某人的出身背景，比追究純種狗的血統還要熱心，在法國人看來，簡直是虛偽、勢利得可怕。在任何超過三個英國人的場所，不管走路或入座，他們都會自動根據門第、行業、頭銜而魚貫行進，絕不出任何差錯，「為了決定是否該稱你做Sir，英國人可能會花上一年時間旁敲側擊地研究你的年紀。」

要分辨英國人的身分，只要看看他們在火車上讀的是什麼報紙就行了，《泰晤士報》的讀者，中學念的是一年一萬美元膳宿費的貴族學校，大學念牛津或劍橋，職業是律師或房地產經紀人；《金融時報》的讀者屬於中產階級；《衛報》的讀者熱心各種藝文活動，經常上劇院，寧可少吃一餐，家裡也要維持著一瓶鮮花；《每日郵報》與《每日快報》的讀者百分之八十是小職員或小生意人；《每日電訊報》的讀者泰半是退休人員或家庭主婦。階級萬歲！

英國人愛看報，只要有報紙看，再艱難的日子也過得下去。在供應商業快餐的餐館裡，人人手裡都拿張報紙，幾十個顧客擠在一起的餐室，只聽見刀叉碰撞聲和翻報紙的沙沙聲。英國人國事、天下事，事事關心，就是不關心身邊事。法國人熱愛美食，但是英國人熱愛餐桌禮節，他們擺餐具的時間永遠比吃飯的時間長。用餐過程絕對禁止打嗝、抓腦袋和剔指甲，這些動作是不衛生的，會妨礙同桌人的胃口。喝茶或喝湯都不許帶響兒，雖然英國人擤鼻涕的力道往往可以掀掉屋頂。

英國人老是認為全世界就只有英國人懂得規矩，這點法國人倒有同感，而且可以舉出很多明顯的例子。如果你踩了英國人一腳，除非他自認不是一位紳士，否則他一定馬上大喊一聲「對不起」；英國人家裡連天花板也糊滿壁紙，上等人家裡，舉凡窗簾、沙發椅套和僕傭的制服，都得選擇同一花色的印花布；穿到正式場所的服裝只能採用黑、白、紅三種顏色，然而除了自家臥房，在英國任何地方都叫做「正式場所」，這就是為什麼有越來越多的英國人加入奇裝異服的龐克族的原因。

倫敦的計程車幾年前還只有黑色一種顏色，而且只能採用老式的英國式引擎，現在市政局鼓勵業者做些改變以活潑市容，但是絕少有計程車司機願意改，理由倒也很充足：「改了顏色和車型，這還算得上是計程車嗎？」英國人到現在還用玻璃瓶裝牛奶，每天清早有專人挨家挨戶送鮮奶，因此如果有新生嬰兒長得不像爸爸，英國人便嚷著要「問問送牛奶的人」！

英吉利海峽海底隧道鑿通那天，英法兩國的工人親吻、擁抱、敬酒，互稱為「兄弟之邦」，然而法國人這方面卻加了注解：「英國不是朋友之邦，而是兄弟之邦，因為朋友是自己找的。」

英國這個「兄弟之邦」在法國人眼中總應該有些好處吧？有的，英國人發明了網球、槌球的遊戲規則，英國人之中，出現了阿嘉莎克莉絲蒂這位偵探小說的怪才和歌詠一個人人平等的新世界的披頭四。最重要的是，孤懸於海外的英倫三島的存在，使得法國位於西歐的中心地點，而英吉利海峽海底隧道的鑿通，更將使法國一躍而為歐陸東西向交通的樞紐，在後冷戰的歐洲新秩序中與德國、英國爭食經濟大餅的競奪中居上風，在這時節，法國人則會更加欣賞英國古老諺語「Never explain, never complain.」永不解釋，永不抱怨，所顯示的「英國式的緘默」。

歐洲人的圖騰吃

歐洲各地的傳統烹飪足可寫成一部百科全書，但由擁有八大菜系，連各個小鄉鎮都有幾種足以傲人的風味小吃的中國人來看，卻仍然稍嫌單調，而且很多當地人視為美食的菜式也往往令人望之生戒，但是旅遊的目的本來就是為了開拓經驗，如果連其他民族的「家常吃」的門檻都不敢一跨，也真是枉此一行了。

臺灣的觀光客出國旅行，往往一下飛機就直奔當地中國餐館，萬一去的地方沒有中國餐館，也還有一種次好的解決辦法——沖成箱帶出來的速食麵吃，這種做法大概是「飲食文化大國」的心態在作祟，然而這種文化守成心理何嘗不是一種損失，畢竟飲食是各民族庶民文化最重要的一個環節，入鄉不問俗又何從知道箇中三昧？散文家培根就認為到一個新的地方旅遊，在當地典型的餐館與當地人共飲共食，是遊歷必不可少的一部分。

由擁有八大菜系，連各個小鄉鎮都有幾種足以傲人風味小吃的中國人眼光來看，歐洲人在吃的名目方面確實稍嫌單調，而且很多當地人視為美食的菜式也往往令人望之生戒，但是旅遊的目的本來就是為了開拓經驗，如果連其他民族「家常吃」的門檻都不敢一跨，也真是枉此一行了。

由於工商社會生活節拍的加速推進，人們花在餐桌上的時間愈來愈短，罐頭食品、脫水蔬菜、凍乾食物、真空包裝的蔬菜和只需微波加溫的現成餐點，近年來已在西方社會大行其道，對健康飲食的日益重視，素食者日夥，也使得歐洲人的飲食逐漸均質化。然而真正的美食仍然是具有傳統風味的菜式，這兒要介紹的就是歐洲各地百姓最日常、也最引以為傲的風味食物，可視為歐洲各國的「圖騰吃」，到歐洲觀光時不妨一嘗。

歐洲各地的傳統烹飪足可寫成一部大百科，在這部大百科裡，法國人可視為頭號老饕，他們是蝸牛與青蛙的天敵；德國人酷愛豬肉，是全世界豬肉消耗量最大的民族；被愛吃辣的北非回教徒摩爾人征服過的西班牙，口味已相當程度地「回回化」了，他們愛吃海鮮，裡頭擱上大量辣椒粉。希臘人大節小慶一律奉上烤羊肉串，那是他們的「國寶吃」；比利時人一年到頭吃炸薯條；丹麥人最自豪的「維京菜」是咖哩鯡魚；而荷蘭人和盧森堡人則被當成根本不懂得吃；義大利人的美食是通心粉，到海外開餐館也以炒通心粉當招牌。

堅信「發明一種新的烹調方式，比發現一個星球更有益於人類幸福」的法國人，一向將美食與藝術和哲學並列於同樣崇高的位置。法國菜是由許多地方菜融匯而成，畜牧業最發達的諾曼第、著名的葡萄酒產區波根地、河流和湖泊輻輳的中南部大城里昂，以及南方地中海沿岸的鄉間，號稱四個主要的美食代表區。

諾曼第的特產是奶油、牛奶和乳酪等乳製品，法國是全世界首屈一指的乳酪產地，而法國最有名的乳酪製品Camembert就產在諾曼第，加上瀕臨海產豐富的英吉利海峽，造就出了此地清蒸海味澆上調著乳酪濃汁的名菜。波根地的名菜「酒燴牛肉」已成了著名的法國菜，美酒佳釀應用於烹調之中，是其特色。里昂出產全法國肉質最佳的豬肉與雞肉，當地的各式香腸最為膾炙人口，而河流與湖泊中的螯蝦和人工養殖的蝸牛，也是知名的鄉土菜。南方地中海沿岸一年四季陽光普照，盛產各類海鮮、蔬果和橄欖油，當地的「橄欖油煨茄子」和葷素兼具的生菜沙拉是名菜。

除了以上四區的鄉土名菜外，法國的烹調牽藤分枝，名目繁多，唯以乳酪及葡萄美酒入味最具特色，而重視材料的選擇也是法國菜的一大優點，法國有句名諺：「次等材料做不出好菜。」所以到法國不吃正宗法國菜，簡直是入寶山空手而返。除了大餐之外，有幾樣東西不能不嘗，那就是乳酪、鵝肝醬、魚腸和生蠔，這些東西均可列為法國的「國寶級」食品。

魚腸外形與一般香腸無異，顏色乳白，腸衣也是豬腸做的，但是內容改為各類海鮮，如鮭魚、鱸魚、黑金寶、干貝、蝦子等都是常用材料。生蠔看起來很像臺灣人最愛吃的蚵仔，但是法國人直接剝開來滴上檸檬汁生吃，每年的九月到十二月是吃生蠔的季節，法國人的耶誕大餐絕少不了這道菜，它多汁鮮美，而且據說能強精壯陽。鵝肝醬是法國廚師的一大絕活，上等的鵝肝醬一公斤一千法郎以上，常常是一頓上乘法國菜的主角，但是一般商店也買得到現成品及罐頭。

比起法國這個美食大國，德國人在吃的方面似乎單調許多。德國人真是個「大塊吃肉、大口喝酒」的民族——吃豬肉喝啤酒。德國人每人每年的豬肉消耗量為六十六公斤，高居世界首位，他們愛吃豬肉，也時興自己養豬。魯爾是德國最大的工業區，區內處處是數十層樓高的公寓大樓，然而居民卻在大樓之間闢出一個個養豬場，每年兩度，會雇用屠夫來幫忙殺自家養的豬，初步處理過的豬肉就庫存在冷凍箱裡，一家人可以吃上大半年。

由於偏好豬肉，大部分有名的德國菜都是豬肉製品，最有名的一道德國菜是酸捲心菜上鋪滿各式香腸及火腿肉，有時用一整隻豬後腿代替香腸及火腿，那燉得熟爛的一整隻豬腿起碼有一斤重，德國人卻可以面不改色一人幹掉它，中國人卻光看就飽了。

德國的食品方面最有名的是紅腸、香腸及火腿，他們製造的香腸種類起碼有一千五百種以上，也都是豬肉製品。最有名的「黑森林火腿」銷往全世界各地，可以切得跟紙片一樣薄，味道奇香無比。德國人的麵包消耗量也高居全世界首位，每人每年要吃掉八十公斤，有名的德國黑麵包做得特別結實，硬得可以把牙齒咬崩，德國的四角麵包皮厚心韌，是麵包中的上品。

德國菜的最大特色是酸，這與他們愛用醋這種調味料有關，有些香腸和火腿肉，也直接泡在醋裡保存，中國人吃了牙齒要發軟。就連正宗風味的德國啤酒的味道也偏酸，有很多當地人最喜愛的牌子卻無法在國外推廣，可能就是這原因。

英國人從來不曾以愛吃或會吃出過名，上回世界七大工業國首腦在倫敦開會，法新社的特派員特別報導了七國首腦所享用的「英國大餐」，結果發現在倫敦戴妃故居「斯賓塞之家」的豪華晚宴喝的是法國名酒，吃的是義大利蘑菇餡餃子、丹麥的燻鰻魚卷淋上法國式的海鮮調味汁、義大利蛋黃醬烤製的新鮮水果；至於炸豬排雖然用的是英國種的黑豬肉，做法則是法國式的！所幸飯後甜點是道地的英國口味草莓醬三色冰磚。

英國人愛吃蛋糕和甜食，糖的消耗量比歐陸其他國家要多出三四倍，這大概是他們「下午茶」文化盛行的結果。而英國人的愛上小酒館Pub，也從而產生了一些道地的英國式下酒菜，各式甜點和下酒菜反倒壓過正式的餐點，成了英國的代表吃。

「布丁」這種已成為全球性點心的小甜品，是英國的一大發明。此外，英國式的泡芙、鬆糕、奶油土司、烙餅和各式果醬也都各具特色。英國人喝下午茶已成「禮儀社會」中一種近乎儀式化的活動，喝下午茶的風氣由貴族階層普及至庶民百姓，但是喝茶的情趣始終比喝茶本身更被重視，品茗器具的講究，使得喝一次茶，就等於觀賞了一次英國的茶具大展。喝英國的下午茶有一道不可錯過的甜點，那就是蘋果梨餡餅(Spicy apple and pear)，做法是以蘋果和梨的薄切片加上肉桂粉、糖和蜂蜜，在平底鍋裡炒至果肉完全吃掉調料為止，再蓋以酥皮及杏仁片，捧出之前再加上一個水果風味的冰淇淋，吃起來外冰內熱，口感奇特。

英國最有名的下酒菜是一種牛肉派，做法是把打碎的燉牛肉、馬鈴薯、洋菇、酸黃瓜和牛肉高湯一起燴成泥狀再一層層蓋上酥皮放入烤箱烘烤，以湯匙連酥皮帶肉餡一起挖下來吃，這道菜非常易飽，可以取代正餐。另一道也十分具有代表性的下酒菜是「香酥炸魚條」，以新鮮的鱸魚切成魚柳條，裹上以麵粉和雞蛋打成的粉衣下油鍋酥炸，吃時再滴上檸檬汁，通常用來下啤酒或白酒。

義大利民族的愛美食，也是國際聞名。全世界最流行的西式快餐店，除開美式的炸雞與漢堡，就數義大利的披薩餅店了。披薩餅現吃和外賣一樣方便，作為義大利快餐店的主角自有道理，但是被義大利人視為真正美食的則是通心粉，義大利首席男歌唱家帕華洛帝飛到全世界各地演唱，經常要求下榻的飯店為他特別準備通心粉，認為通心粉是他「美聲的來源」，他也經常下廚為一些知心的朋友做通心粉大餐，據說能調出二十多種不同的風味來。

通心粉與披薩餅的特色都是以乳酪粉入味，這方面義大利人做得比法國人還徹底，在義大利，乳酪較少被當成一種單獨吃的食品，而是一種非常重要的調味配料。

此外，義大利的各種餃子也逐漸成為一種國際化的食品，義大利餃個頭嬌小玲瓏，沸水一滾，加上澆汁就能吃，已成了西方工商社會最流行的一種方便食品。最好吃的一種菜餡，煮過之後仍然菜色青翠，半透明的乳黃色皮子下面暈著翠綠的餡子，光秀色就足以令人酣醉，嘗起來不輸中國北方人做的薺菜餃。

比起歐陸其他地區來，西班牙人的口味似乎特別國粹，他們比較固守飲食傳統，不輕易接受外來的烹調方式。西班牙主婦也較肯花工夫在廚房裡，喜歡從採買、清理到烹調一手包辦，對超級市場的現成食品很少眷顧，鄰國葡萄牙也一樣固守傳統，拒絕在吃的方面被「現代化」。

西班牙人和葡萄牙人都特別喜歡吃海鮮，葡萄牙人光吃鱈魚就有不下四百種的方法，西班牙唯一一道能到海外去推廣的是「海鮮飯」，不黏的米煮熟了再洗淨，拌上辣椒粉與咖哩粉調的汁，使米粒呈金黃色，上面鋪滿大塊雞肉、蝦子、剝殼的淡菜和切成四角形的青椒、紅椒。在海外西班牙餐館賣的海鮮飯往往去掉辣椒粉這一味，只留咖哩，大概為了適應西方其他地區不吃辣的習慣，雖然口味已經修正過了，吃起來仍然嫌油膩滯重，有些像臺灣人的油飯，以淺嘗幾口為宜。

正宗希臘餐以羊肉和海鮮為主角，最擅長的烹調手法是炭烤。希臘的佳肴烤羊肉串，上面是切得方方正正的羊肉和青椒、洋蔥，通常佐以一大盤大米飯或馬鈴薯，再澆上帶辣味的濃汁。希臘人到海外開餐館，除了賣烤羊肉串外，也賣海鮮，也是串起來炭烤，他們的海鮮個頭都特別大，蝦子一身鐵甲般的厚殼一去，裡頭的肉往往半生不熟，還帶著海產的腥味。希臘式的三明治，一個大約有半公斤重，普通的長棒麵包取半條，剖開肚子，裡頭塞滿炸薯條和現烤的豬肉、羊肉、牛肉混起來的肉雜碎，街邊小店買一個邊走邊吃，吃一個可以飽一整天、膩一整年。希臘人個個矮胖壯實，大概是這類粗食餵出來的。

北歐一帶的居民煮菜時用牛油或人造牛油代替植物油，他們是真正的肉食民族。丹麥人愛吃蛋糕與甜點，做出了風靡全世界的丹麥奶酥，天寒地凍的世界，不多攝取一些熱量，不足以抵受那樣的冰雪，肉類跟糖因此是不二的選擇。

也拜奇寒的氣候所賜，大地是個天然的冷凍箱，肉類無腐敗之虞，可以拿來生吃。北海居民有道名菜，生牛肉剁成泥狀，上面放一個生蛋黃，與肉攪勻了用湯匙挖下來一口一口吃掉，這道菜叫「魔鬼的太陽」，身價不貲，看過《華爾街》那部電影的觀眾大概會有一點印象，那個剛出道的股市分析員為華爾街專門炒作股票的大亨提供內線情報，得到的第一樣報酬就是紐約一家有名餐廳的一客「魔鬼的太陽」，糜爛腥紅的一大團生牛肉上面是一個橙黃如黃昏太陽的蛋黃，脾胃薄弱的人一看就作三日嘔，要吃下去大概真得有一點冒險家的精神，但是這道菜在丹麥或挪威可是大饗。丹麥人還有一道拿手好菜咖哩鯡魚，以前是皇室的專寵，如今已成丹麥餐館的普遍菜式，人人吃得。

只比地獄高一層

巴黎有兩個世界：地面上的世界，具有全世界最多采多姿的都會人文景觀，
地面下的世界，被法國詩人稱為「地獄之上的地獄」，
髒兮兮、灰撲撲，
這兩個世界，你到了花都，都可能會碰上——

第一次以觀光客身分造訪巴黎時，對像土撥鼠一般，在地面上下鑽進鑽出地趕搭地鐵排斥極了。那時巴黎在我印象中是由「地面以上」和「地面以下」兩個截然不同的世界所組成的。前者具有全世界最多采多姿的大都會人文景觀，有塞納河和左岸河；有拉丁區書店街的窮學生；有蒙馬特的小方場和揮筆賣藝的藝術家族群；有羅浮、道賽、龐畢度等等藝術聖殿，還有數也數不清的街頭咖啡館。

而後者，目光所及，不外是髒兮兮、灰撲撲的階梯與牆面，三五步便會撞見一個抱著酒瓶癱在牆角的流浪漢，再加上幾分鐘便會嚕嚕而至的地鐵列車。怪不得有法國詩人將地下鐵比擬為「地獄之上的地獄」。在這個世界裡，沒有法國小說家Eugéne Sue筆下那個充滿享世氣息，充滿布爾喬亞們奢華靡爛、矯揉造作卻也極富文化品味的生活情調，有的只是鎮日為糊口而奔走在景觀單調、不見天日的地底世界的以小市民為主角的城市風景，一言以蔽之，這是巴黎的「半下流社會」，多在這個地底世界奔竄幾次，總會引發出一種犬儒主義式的醒悟，打破世人一個多世紀來對巴黎這個「花之都」的幻想。

巴黎的公共汽車站距非常短，往往五分鐘的腳程也會設一站，有些路線的車子還設露天陽臺，乘客可以無窒礙地觀賞街景。然而公車搭多了才發現它的缺點：由於站的間距短，車子的行進速度相對減慢，逢上交通尖峰，則更是寸步難行。最糟的是，巴黎市不少街區採單行道，往返同一路車，壓根兒它們走的就是不同路線，而這兩條路線又往往相隔一大片街區。要一個初來乍到的人找出回程車站牌，還真是個挑戰。

以前在法國南部念書時，偶爾上巴黎玩，仍執意避免搭地鐵，到任何地方，不管路途遠近，都設法用公車把路線連接起來。到了成為「巴黎人」，也同時晉身為有車階級，又避開了當土撥鼠的精神磨難。可是在巴黎開車也不是件稱心事，像世界上所有的大都會，巴黎也早已人滿為患，人多車子就多，於是一年到頭難得碰上交通流暢的時刻。最要命的是，停車位難找。經常是車開到目的地半小時後，還是無法在方圓半公里內找到停車位，只好悻悻然開離該區，到另外一區找到停車位把車停妥之後，再搭地鐵趕回原地。

路邊停車位每小時收費大約臺幣五十元，地下停車場的費用則兩倍於此，因此開車的人經常是停車費超過油料費。因為一時疏忽造成的違規停車，約一千五百元臺幣的罰鍰教人心疼，甚至比巴黎市區地鐵月票還要貴上五分之一。而且往往在接到罰單後還丈二金剛摸不著腦袋，不知自己犯了那一條，因為停車的規矩實在太多。

在巴黎住久了，才慢慢地領略到連接東南西北數十公里的便捷地鐵網路，了解了為何大部分巴黎人都過著「不能一日無地鐵」的生活。巴黎人有這樣一個順口溜來描述自己的生活程序：Metro-Boulot-Dodo——「地鐵—幹活—睡覺」。幾乎巴黎的成年人都擁有車子，但絕大部分的上班族都搭乘地鐵上下班，看中的就是它的快速、準時與低票價。

一般人出門去，不管是訪友或公幹，約會對象在把地址告訴你之後，一定不忘加上所在地最近之地鐵站站名，提醒你別忘到站下車。知道目的地之後，只消按照字母查閱地鐵路線圖；找出準備搭乘之地鐵的路線與號數、換車站名及下車站名即可。巴黎十三條捷運線、三百多座捷運站，像一張嚴絲密縫的網，把老巴黎二十個行政區的圓形都市範圍，及外圍一百多個衛星城市，一網兜在一塊兒。

巴黎地鐵列車車廂，比起世界其他大都會同樣的交通設施，都要寬敞、舒適些。巴黎地鐵路線地圖按照數字編號，查閱起來十分簡潔明瞭，而且站站都有免費地圖冊供乘客索閱，便民措施做得十分徹底。就算不通法文的外來客，只要記住自己起程和要抵達的站名，就可以放心地動身了。巴黎地鐵地圖上不僅標上所有站名，而且每個站臺都以斗大字標示出來，乘客絕不會誤掉車班與車站。難怪巴黎人有個口頭禪：「在巴黎迷失了就往地下鑽。」這確是闖蕩花都的不二招數。

巴黎地鐵不設專人收票，只在各出入口設自動驗票機驗票。但是這些設施都是用來對付君子的把戲，對有意闖關者，實在不起太大阻擾作用。

為了對付坐霸王車貪小利之輩，巴黎地鐵公司設有四處伏擊的稽查員，他們不是躲在出入口拐角處，就是橫身過道裡，三五成群把車廂各個出口堵死，再逐一檢查。順利逃了幾個月的票，只要碰上他們一次也就前功盡棄了，所以還是規規矩矩買票上算。

雖說巴黎「地面以下」的世界單調、沉悶，但也有著一些特殊的「人文」景觀可供乘客打發候車、搭車時的無聊時光。最令人注目的不外是流浪漢、塗鴉者與地鐵「藝術家」這類大都會的邊緣人。地鐵裡冬暖夏涼，成了無家可歸者最理想的棲身處，加上晝夜人進人出、燈火通明，絕無安全方面的顧慮。所以流浪漢在醉了、睏了，總是尋個地鐵站鑽進去，找條長凳和衣一躺，便作他的春秋大夢去了。這些人通常衣著襤褸、渾身惡臭，有時還隨地嘔吐，不僅有礙觀瞻，簡直令乘客望之卻步。

為了驅逐這些流浪漢，巴黎地鐵公司傷透腦筋，只好拆除他們經常進出的站臺上長條凳，改成一張張分隔開的單人靠背椅，有時還在椅子兩側加上扶手，有些站臺乾脆就不設座椅。失去了站臺上的據點後，流浪漢乾脆鑽進地鐵車廂，大大方方占據住供三人乘坐的長條椅。如果一個車廂裡來了這麼一個不速之客，大部分乘客都會過門不入。

另一類令地鐵管理單位大傷腦筋的是塗鴉者。他們利用噴漆或各種畫筆在地鐵車廂的牆面、座椅和地板上鬼畫符般地揮灑一番，然後逃之夭夭。由於隨處塗鴉是違法行為，被逮者要課以重罰，更造成刺激感，一些半大不小的失學失業青年，便以在地鐵裡玩這種官兵捉盜的遊戲為樂，甚至由此發展出有組織的幫派來。

在藝術之都搭地鐵，也比別處更能感受到濃郁的藝術氣息。號稱擁有全世界密度最高的藝術家族群的巴黎，大街小巷都能見到吹拉彈唱，賺取賞金的流浪藝術家。人潮洶湧的地鐵自然是他們賣藝活口的理想地點。他們或是單槍匹馬或是三五成群地出動，有的把站臺或通道當成表演舞臺，有的跟隨列車出發，即興地彈唱一曲，然後靜靜等待乘客的賞金。他們的表演總是能夠為乘客沖淡一些「地下世界」的寂寞與單調，毋寧是一種討喜的景觀。在這裡所上演的人間戲劇，要比整個花都大大小小劇場的劇碼的總合還要多，也更扣人心弦。

歐洲人在尋找共同的語言

- 語言是不是一種文化邊界？
- 在一個政治共同體內，應不應有共同的語言？
- 面對十幾種紛歧的語言，通譯人員怎麼辦？
- 那一種語言是文化語言？

一九九七年一月一日，歐洲共同體正式成為單一市場，共同體十二個成員國之間的邊境檢查大部分已取消或放寬，各國國民可以自由進出友伴國購物、學習、工作、居住和養老，「歐洲大同」的夢想終於實現了。統合的最後一個障礙是語言，然而何種語言將成為各方認可的「歐洲語」呢？英語？法語？德語？或「世界語」？

首先一般人會認為英語是新歐洲人該加強掌握的語種，然而這想法被歐陸諸多語言學家否定了，他們均認為歐洲人早已生活在浸滿英語文化影響的環境中，各級學校根本沒有必要再去強化它，它做為當今國際交流的主要工具，及多數人選擇學習的第一外語，幾乎已重塑了全世界各地人民的文化觀，統合後的歐洲，實在不應該再擴展它的影響力，進而妨礙其他語言的發展。

而美國、英國、加拿大等盎格魯・撒克遜國家在政治及經濟力量方面的日漸衰敗，將使英語的影響力相對地減弱，它能否挑起充當「歐洲語」的重任，還是個未知數。再者，英語從未真正成為一種文化語言，在考古、歷史、哲學等學術領域裡，都摒除了英語這個溝通媒介，甚至連美國的哲學家研討會，也以德語和法語為主要語言。

如果英語沒有充當「歐洲語」的分量，那麼德語行嗎？的確，德語已在今天的中歐重占優勢，這自有著它的歷史背景，因為從中世紀開始，它就挾著軍事和經濟的勢力在此一區域擴展開來，在普魯士王國時期，就因為它壓倒性的優勢，致使斯拉夫語言及其他少數民族的語言的發展受到抑制，直至納粹的興起和淪亡才給予德語的發展以沉重打擊，使這地區的國家都脫離了德語的影響，讓俄語逐步占了上風。

然而共產主義的解體和兩德的統一，使得德語的勢力重新抬頭，德語在中歐及東歐的傳播已沒政治障礙，而馬克的堅挺有力，也使得德國在歐洲的盟主地位成為不易的事實。很多跡象顯示，德語是「歐洲語」最有希望的問鼎者，如自一九九六年開始，捷克的教育部就決定在中學會考中，以德語取代英語成為必修課程，而法國很多語言專家，也看好德語在統合後的歐洲的重要性，建議法國各級學校加強德語教育。

那麼一向被視為歐語中最嚴謹最典雅的法語，在新歐洲又具有怎樣的力量？無可否認的，在西方上流社會的社交生活中，能講一口流利典雅的法語，仍然是一種文化身分的表徵，甚至還代表著一種貴族氣派，而在歐洲本土，法語也一直是地中海地區，如希臘、義大利、西班牙等國最受喜愛也最通行的外國語，這些國家的上流社會人士，法語都講得不錯，然而由於經濟與政治力量難與德國抗衡，近十數年來法語的地位已一步步落後於德語。

根據設在科隆的德國經濟研究所的一項調查，德語正廣泛流行於全世界。該所總結對歐共體十二國近七千個具有代表性的大企業的調查研究後指出，在歐洲英語仍然是最強勢的語種，約有百分之五十五的企業要求它的員工掌握英語的表達能力，而德語則以百分之二十的比例緊跟在英語之後，比法語還優先一大截，因為只有百分之九的企業領導人要求他們的雇員掌握法語知識，再往下是西班牙語，占百分之三，義大利語只占百分之二，而俄語則只占百分之一。

不過截至目前為止，在歐共體的九種語言中，仍然沒有選出一種語言為歐共體官方語言。

在布魯塞爾，人們傳述歐洲議會已找到了一種可以做統合後的歐洲的共同溝通工具，他們這兒指的是「世界語」。

「世界語」(Esperanto)早在一百零五年前即已創生，目前全世界已有近一千萬人學習過並能掌握它，這個為世界大同的理想而被創生的語言，文句結構明晰易懂，可以簡單地歸納出十六個規則，如所有名詞字尾一律為O，受詞字尾為N，副詞字尾為E，形容詞字尾為A，複數字尾為J等。

設於奧京維也納的世界語博物館，正緊緊抓住歐洲統合的契機，向境內三億多人民推銷世界語，因為歐共體十二國共有英語、法語、德語、西班牙語、希臘語、丹麥語、荷蘭語、義大利語及葡萄牙語九種官方語言，一個政令的通行，就得動用難以計數的通譯人員及堆積如山的文件，加上蘇聯及東歐的解放，使歐洲的東西兩極也日漸融合，更增加境內語種的數量及分歧性，這時如果能以「世界語」來使大歐洲「人同語」，不失為一個理想且現成的辦法。

然而主事者不得不承認，目前要在歐體內推行世界語，仍然困難重重，因為從來沒有一個跨國性的組織為世界語做為統合後的歐洲之官方語言而經營，「偏見、缺乏組織力量的推展，和與歐洲所有國家的利益都沒有掛鉤，是世界語無法在歐洲普及的原因。」

而它發展的有利條件是，在本世紀初，歐洲人曾一度盛行學習及使用世界語，尤其是在當時的帝俄及奧匈帝國，那階段的傳播為它奠下穩固的基礎，而二次大戰後，世界語又逐漸在全世界擴展它的影響力，目前已在一百多個國家有常設性機構來推展它的教學業務。做為一種發展成形的語言，它已擁有一萬五千個字根，從這些字根大約可以衍生出五倍的字彙來。

不過就在擁護不同語言的各路語言學家為各自的目的搖旗吶喊之際，也出現了像法蘭西學院著名語言學家阿熱齊這種守成派的人士，他認為歐洲語言文化的多元性正是歐洲之所以成為歐洲的主要基礎，所以展望統合後的歐洲，應當不會、也不該有語言的統一協定。

阿熱齊指出，在美國那個由不同移民組成的國家，採用同一的語言，對境內各個族群而言是超越他們不同原籍的必要手段，然而在歐洲這個擁有傲人文化的古老大陸，語言和文化的多樣性卻是各民族文化同一性的基礎，創立一種統一的語言並不符合此一現實。所以他建議法國人應該超越文化的邊界，盡可能地多學幾門歐洲伙伴國的語言，做一個真正的新歐洲人。

看誰說得動外國話

語言是一個民族或文化最好的反射鏡，它常與一個民族的思維方式，價值觀念結成一體，多學一門語文，也就多學一種思考方法，因此語言學習可以當成一種手段，也可以當成一種目的。

大歐洲統一在即，各國朝野紛紛檢討自己是否做了進一步聯合的準備，一向以歐洲老大自居的英法兩國發現海關、匯率、軍事和政治各方面的事務頭緒都已一一理清，各種利益紛爭也可望找到皆大歡喜的解決辦法，唯獨語言這一項不及格，非但庶民階層均以使用母語為滿足，就連那些身居要津，經常得與外國同行打交道的核心政治人物，也難得精通一兩門外國語文。

以下是法國《世界報》所揭露的不爭事實：法國三名重要的部長——財政部長、預算部長和農業部長都只會講本國話，勞工部長和衛生部長「有些兒英語基礎」，而且「正在積極加強之中」，已辭職的總理賀加算是外語水準比較好的一個，「他的英語程度已超過初級班第一課的水準」。在法國所有部會首長中堪稱語言天才的是外交部長杜馬，他通曉英、德、西、俄四種語言，這是他之所以成為法國外交事務專家的主要條件。至於總統密特朗呢？他只懂他的母語，也只講他的母語，這自然有好處。碰上尖銳的問題他可以避免正面回答，而口譯占去的時間又可以讓他細細雕琢他的答復。

英國的部會首長情況只有更糟，以首相梅傑為首的二十二位政要之中，有十三位不通一點外語，有七名號稱通法語的部長，水準也只能應付客套話，還不足以在外交事務上討價還價。衛生大臣通兩門外語（已經死了的）「拉丁語和古希臘語」！外交部長倒是名實相符，他會講華語與義大利話。

追根究柢，英法兩國政要不通外語，毫無疑問得歸咎於文化老大心態在作祟，這一點法國人表現得最為明顯，而且已成為各方所詬病的「法國病」。

法國在「太陽王」路易十四的時代，是世界上最強的軍事、文化、經濟霸權國家，拿破崙也曾使法蘭西帝國權傾四方，如今雖然法國的霸權已沒落，然而法國人仍然自以為是老大，以昔日榮耀而自豪。當今世界流行一種說法，以英語為商業及科學語言，以法語為文化語言。

然而法國的官員和企業家，在國際性會議上卻聽不懂幾句英語，一九八二年法國更提出「讓法語成為科學語言」的構想，實踐方法是要求法國各路科學家，在國際學術會議上只講法語，就算其他與會人士聽不懂也照講不誤。當然，知識分子階層，也有為了不願服從英語霸權而拒說英語的，在米蘭・昆德拉的小說裡，同赴柬埔寨支援戰後重建工作的一群白人發生了內訌，就因為能聽會說英語的法國人，偏偏堅持必須用多種語言進行所有的協商。

英國人有著極強烈的文化守成心態，是道道地地的沙文主義者，跟法國人不同的是，他們還有一張虛幻的王牌——沾了美國人的光，英語成了當今的國際語言，因此英國人認為不通外語照常可以全世界通行無阻。在英國，中學生到十四歲時就不再學外語了，很多大學對新生也不考外語。雖然有些教育專家建議，英國孩子最好由小學開始就學外語，但是這個構想卻沒辦法付諸實踐，因為外語師資不足。目前英國政府新擬定的教育方針規定，十一歲到十六歲的中學生，必須自選一門外語，看來英國人也知道光用英語來打天下是不夠的了。

但是一和美國人比較起來，法國人與英國人也沒什麼可自卑的了。根據一項最近的統計顯示，美國人中僅有百分之九通外語。光就統計數字來看，美國人學語文的風氣似乎還算太差。但要知道，美國是一個由移民組成的國家，最早的移民也只有幾代人的歷史而已，還有不計其數的新移入者，他們除了英語之外，也操自己的母語，那百分之九的比例，指的大概就是這批初來乍到的新移民。一些移人超過一代人以上的老移民後裔，幾乎悉數不習自己「媽媽的話」了。「自大」是美國人不操除了英語以外的語種的主要原因——他們壓根兒認為英語就是世界語。

幾乎所有的測驗都顯示出在語文學習能力方面，美國的大學生遠遠趕不上蘇聯或荷蘭的大學生。難道蘇聯人與荷蘭人的生殖細胞中，比美國人多些語文因子嗎？這道理說不通，因為絕大多數美國人的祖宗都來自歐洲各地，論遺傳，他們和荷蘭人與蘇聯人實在沒有什麼差別。

還有，北歐人就沒有美國人、英國人或法國人的缺點，他們一經學習，都能操流暢的英語、法語、德語與西班牙語，可見遺傳對學習語文起不了什麼作用，重要的是環境、訓練與學習意願，其中又以學習意願最是具有關鍵性作用。

是的，學習意願「決定」了語文能力的高低，這就是為什麼黑人、來自曾被殖民過的國家及一些低開發地區的人，通常都具有不錯的語文學習能力。這些人的母語，在這個十分功利的世界裡都被視為「弱勢語種」，如果要與外面的大世界溝通，就得學會一門比如英語、法語或西班牙語的強勢語種。於是我們就發現很多黑人英語、法語講得頂呱呱，土耳其人中有不少精通德語的，北非三個阿拉伯國家的上層社會，幾乎以法語為母語，而在亞洲國家，英語則成了任何一個比較像樣的職業求職考試的必考項目。

除非一個國家政策性地採取鎖國政策，否則外國語文人才的訓練與儲備就是面向世界的第一要務，旅館業、觀光業、秘書業、資訊服務業和國際貿易業都少不了它們，「亞洲五小虎」的企業戰士，幾乎都通一兩門外語，這是進攻開發新市場必不可少的武器，所謂「知己知彼，百戰百勝」就是這個道理。

除了商務之外，出國旅遊也是亞洲這些已富足了的地區民眾學習外語的主要精神動力，若能具備旅遊當地國家的語言能力，必定能玩得更得心應手。又因為語言是一個民族或文化最好的反射鏡，它常與一個民族的思維方式，價值觀念結成一體，多學一門語文，也就多學一種思考方法，因此語言學習可以當成一種手段，也可以當成一種目的，透過語言學習，一個人的腦筋會變得更敏捷、更靈活。因而有專家甚至斷言，亞洲五小虎經濟方面的成就，跟這些國家舉國虛懷若谷地學習外語，以深入接觸異質文化大有關係。信哉斯言！

由亞洲五小虎談到日本人。日本人翻譯外國資料和出版外國重要著作的快捷世界有名，然而日本人學習外語能力的低落也同樣舉世皆知，外國人通常認為這跟日本人的遺傳有關，甚至日本人自己也懷疑在他們的細胞之中，獨獨缺少了些學習外語的因子。這是個謬誤的想法。

日本是亞洲罕見的一個單一民族國家（相對於多民族國家），日語並不屬於任何大型語系，與世界上盛行的多種語言都相差很遠，雖然日本曾引入中國文字，以豐富日文書寫系統，但是無論文化結構和發音上面，兩種語文都存在著根本上的差異。比如說，日文有詞尾變化，尊稱與平稱在動詞與形容詞的使用上也截然不同，這些都是華語所沒有的。而在強調詞的關係以決定字的意義上，英語與華語非常近似，而與日語卻大不相同，這是日本人學習英語及其他主要語文的先天性障礙。

克勞蒂亞

自小有「小中國女人」的綽號，克勞蒂亞便因勢利導，把中國變成她神祕的第二籍貫……

法國人往往刻意發展一些小癖好，也鼓勵小孩這麼做，他們有道理，那是對庸常人生的一種甜蜜的報復。喜愛園藝、下棋，或喜愛印象派畫作與巴洛克音樂，都還屬於一般性的教養；一個充滿原創力與鑑賞力的心靈，或者要愛上非洲的圖騰柱，要愛上拜占庭的鑲嵌畫，或者專門研究迴文詩與莎士比亞的十四行，或者在精神上跋涉更遠的路去發現古中國的金碧山水。要是喜歡美國，那是勢利又庸俗的。喜歡日本的話，也不能停留在東京的玻璃帷幕大廈或TOYOTA汽車，最好懂得欣賞茶道、能劇與枯山水庭園。喜歡祕魯、埃及或中國則永遠不會出錯。喜歡中國，喜歡那個「隱藏在千山之後的神祕國度」，是多麼風雅的一件事啊！那個古老、貧窮、大而不當，利用槓桿原理拿筷子夾菜吃，古早古早就發明了火藥卻因為和平的天性僅僅在節慶時才拿出來引燃歡樂的火花的民族啊。

法國人裡的中國迷與中國通可真不少。以前一到羅亞河畔的南特城唸書時，就被夥著加入一個叫做「法中友協」的民間親善組織，一口氣認識了幾十個一肚子百衲衣般七拼八湊的中國雜碎的地主國人士，第一回參加他們與留學生們的聚會，就到其中一個人家裡去吃他們合夥張羅出來的中國菜。還得瞧瞧他們做出來的「飯」哪！米洗都不洗便下鍋煮，煮到七、八分熟時挖出來倒入冷水中洗去熱度與黏稠度，再拌上奶油與鹽巴當冷盤沙拉待客！他們端出來的湯裡有豆芽、黑木耳、番茄和蛋花，還不忘撒上芫荽與香麻油，大概還以為那是個點睛筆哩，卻看得我們啼笑皆非，吃得我們味同嚼蠟，心想這些法國人還真勇於班門弄斧哩。

這些有勇無謀的法國人做出來的中國菜，讓當時中國留學生中的一個發展出一套食物的「血源論」，這套理論可以簡化成為兩句口訣：「中國人做的才是中國菜，法國人做的才是法國菜。」這個人後來恰巧成了我的丈夫，結婚十年來一直嚴禁我做法國菜給他吃，堅持那是雙重浪費，浪費了中國廚子也浪費了法國食物。

話說那個中國通家庭的主婦叫做克勞蒂亞，是個豐實嫵媚的少婦，長著一雙尾梢上揚的杏子眼，和一隻在法國人當中偏塌的鼻子，因此自小有「petite chinoise」（小中國女人）的綽號，克勞蒂亞便因勢利導，把中國變成她神祕的第二籍貫，反正熱愛中國在歐洲社會向來都是一件風雅的事嘛！自此凡是有關中國的書便拿來囫圇吞下，有關中國的電視節目一定準時收視，逢上放映張藝謀與陳凱歌的電影總是盛裝趕赴電影院，十幾年下來，她積攢的中國知識與道聽塗說，真是驚人的多。

她喝茉莉花茶時，不像她的同胞們那樣還要加上奶精與糖；她敢吃顏色與味道都十分獰惡的皮蛋；她甚至比較出來韓國做的泡麵是所有的泡麵中最好吃的。她還收藏了一支真正的中國毛筆，獻寶似地拿出來給我欣賞，說是一個以前認識的留學生臨離開法國時送給她的紀念品。我隨口告訴她，毛筆中的極品是用自己孩子的胎毛做的，這樣一支筆是無價之寶，再無文采的人用它也可以寫出最美麗的詩篇。她瞪大眼睛望著我，顯然從這幾句話中感受到一種靈祕的詩意，有了片刻幸福的嚮往，悠悠地說，就為了這麼一支筆，她也該再生一個孩子。

用自己孩子的胎毛製成毛筆這回事我倒是真的聽說過，但是「再無文采的人用它也可以寫出最美麗的詩篇」則是我隨口杜撰的，因為說著非常順口。後來我突然想起來了，我這是在創造「偽民俗」呀——大陸文藝界這些年來一直拿製造「偽民俗」對張藝謀進行口誅筆伐，說走遍中國大江南北，也找不到一個地方有「大紅燈籠高高掛」裡「點燈就要搥腳，搥腳就要行房」這種風俗。後來陳凱歌及其他有意走國際路線的大陸導演，也學會利用各種或真或假的民俗來做為電影的調味料，一部「霸王別姬」，戲園子裡小徒弟挨鞭子和餐桌上甲魚互咬以割脖子取鮮血的場景，看得我這個中國人既害怕又倒胃，心想這一定是三分事實七分誇大之筆罷，說不定也是一種「偽民俗」哩！心想要到什麼時候我們的中國影人才會停止用這種有辱中國人形象的低級趣味，去投合西方人對我國這個古老民族的獵奇心理呢？

不過說真的，我實在很難抗拒把天真的法國人哄逗得團團轉的那種樂趣。就說克勞蒂亞罷，她明知道我從臺灣來，我先生則是個土生土長的四川人，可後來當我告訴她我是我先生家的童養媳時，她竟然也信了，這麼沒常識，還是個法國人所謂的中國通呢。事情是這樣子的，她發現我整整比我先生大出七歲，著實吃了一驚，據她了解，中國人的老少配只有一種可能，就是老夫配少妻，還沒聽說過有反例哩。有呀，當然有，童養媳就總是比她們的丈夫老上一大截，而我恰好就是個童養媳，我這樣告訴克勞蒂亞。

不為什麼，就為看著她瞪大一雙天真的眼睛，聽著聽著臉上就起了興奮的紅潮，而且在我話音剛落便忙不迭地到另一個房間，把它當成火星人登陸地球般的大事轉述那個傻樣子，就是個樂子。

你們知道嗎？珍是個童養媳，克勞蒂亞這樣告訴她的法國朋友。知道什麼是童養媳嗎？童養媳就是那種自小就拿來養在家裡等長大了以後好給兒子當妻子的女孩子呀。為什麼要養童養媳呢？朋友們又問，在他們看來，媳婦長大了以後再找得了，幹嘛招攬麻煩從小就把她養到家裡浪費米糧？啊！這個你們就不懂了，童養媳就是個小女僕，克勞蒂亞拿出行家的口氣答道，就說珍吧，當明出生時她已經七歲了，中國的小女孩七歲時就已經很懂事了，她會為明沖牛奶換尿片，推他到公園去散步，又因為這個男孩子長大以後是要當她丈夫的，所以她對待他就比外面雇回來的保母更周到也更真心，可不是這麼嚒，珍？賓果，克勞蒂亞，妳統統答對了，就是這樣。

認真說起來，這只是偽身世而不是偽民俗，再說還得瞧瞧在場那些法國人臉上大大不虛此行的滿意表情，這兒偽一下那兒偽一下其實不傷大雅的，我完全能夠理解張藝謀們的心理。

每回與克勞蒂亞見面，她都會有新發現要跟我求證。啊聽說以前妳們中國女人裹小腳是因為那樣更美麗，是這樣吧珍？不完全是這樣，我們非得把腳裹起來不可，因為那是我們的第二性器官呀，就像乳房是妳們的第二性器官一樣。我們中國的男人可對乳房不感興趣，認為那只不過是兩團脂肪而已，腳丫子在他們眼中有趣多了，長得好的腳丫子白皙玲瓏，骨肉亭勻，曲線有致，真是性感極了。既然是第二性器官，就得好好把它們隱藏起來，免得被不相干的人看了去，妳說是嗎克勞蒂亞？

克勞蒂亞無條件地接受了腳丫子是中國女人的第二性器官這個說法，住在一千座山之後的中國人果然神祕難解，非我族類呀。這話我是順口胡說，隨說隨忘，直到有一天與先生散步經過克勞蒂亞家門口，看到她正打著赤腳在花園中翻土，高興地與她隔著矮牆話家常，卻見她極端困窘，臉上紅潮不斷，還趁我們不注意時鏟了一堆土蓋住了她裸露的腳板，我才想起腳丫子同等於乳房那個隨口一說。哎呀，那個天真的法國女人正在一個中國男人面前隱藏她的性器官哩。

——原載於《人間福報》

——美國《世界日報》副刊轉載

三民叢刊書目

①邁向已開發國家　孫　震著
②經濟發展啟示錄　于宗先著
③中國文學講話　王更生著
④紅樓夢新解　潘重規著
⑤紅樓夢新辨　潘重規著
⑥自由與權威　周陽山著
⑦勇往直前
・傳播經營札記　石永貴著
⑧細微的一炷香　劉紹銘著
⑨文與情　琦　君著
⑩在我們的時代　周志文著
⑪中央社的故事（上）
・民國二十一年至六十一年　周培敬著
⑫中央社的故事（下）
・民國二十一年至六十一年　周培敬著
⑬梭羅與中國　陳長房著
⑭時代邊緣之聲　龔鵬程著

⑮紅學六十年　潘重規著
⑯解咒與立法　勞思光著
⑰對不起，借過一下　水　晶著
⑱解體分裂的年代　楊　渡著
⑲德國在那裏？（政治、經濟）
・聯邦德國四十年　郭恒鈺、許琳菲等著
⑳德國在那裏？（文化、統一）
・聯邦德國四十年　郭恒鈺、許琳菲等著
㉑浮生九四
・雪林回憶錄　蘇雪林著
㉒海天集　莊信正著
㉓日本式心靈
・文化與社會散論　李永熾著
㉔臺灣文學風貌　李瑞騰著
㉕干儛集　黃翰荻著

㉖作家與作品　謝冰瑩著
㉗冰瑩書信　謝冰瑩著
㉘冰瑩遊記　謝冰瑩著
㉙冰瑩憶往　謝冰瑩著
㉚冰瑩懷舊　謝冰瑩著
㉛與世界文壇對話　鄭樹森著
㉜捉狂下的興嘆　南方朔著
㉝猶記風吹水上鱗
　・錢穆與現代中國學術　余英時著
㉞形象與言語
　・西方現代藝術評論文集　李明明著
㉟紅學論集　潘重規著
㊱憂鬱與狂熱　孫瑋芒著
㊲黃昏過客　沙　究著
㊳帶詩蹺課去　徐望雲著
㊴走出銅像國　龔鵬程著
㊵伴我半世紀的那把琴　鄧昌國著
㊶深層思考與思考深層
　・轉型期國際政治的觀察　劉必榮著
㊷瞬　間　周志文著
㊸兩岸迷宮遊戲　楊　渡著
㊹德國問題與歐洲秩序　彭滂沱著
㊺文學關懷　李瑞騰著
㊻未能忘情　劉紹銘著
㊼發展路上艱難多　孫　震著
㊽胡適叢論　周質平著
㊾水與水神
　・中國的民俗與人文　王孝廉著
㊿由英雄的人到人的泯滅
　・法國當代文學論集　金恆杰著
(51)重商主義的窘境　賴建誠著
(52)中國文化與現代變遷　余英時著
(53)橡溪雜拾　思　果著
(54)統一後的德國　郭恆鈺主編
(55)愛廬談文學　黃永武著
(56)南十字星座　呂大明著
(57)重疊的足跡　韓　秀著
(58)書鄉長短調　黃碧端著
(59)愛情・仇恨・政治
　・漢姆雷特專論及其他　朱立民著

⑥⓪蝴蝶球傳奇　顏匯增 著
　・真實與虛構
⑥①文化啓示錄　南方朔 著
⑥②日本這個國家　章　陸 著
⑥③在沉寂與鼎沸之間　黃碧端 著
⑥④民主與兩岸動向　余英時 著
⑥⑤靈魂的按摩　劉紹銘 著
⑥⑥迎向眾聲　向　陽 著
　・八〇年代臺灣文化情境觀察
⑥⑦蛻變中的臺灣經濟　于宗先 著
⑥⑧從現代到當代　鄭樹森 著
⑥⑨嚴肅的遊戲　楊錦郁 著
　・當代文藝訪談錄
⑦⓪甜鹹酸梅　向　明 著
⑦①楓　香　黃國彬 著
⑦②日本深層　齊　濤 著
⑦③美麗的負荷　封德屏 著
⑦④現代文明的隱者　周陽山 著
⑦⑤煙火與噴泉　白　靈 著
⑦⑥七十浮跡　項退結 著
　・生活體驗與思考
⑦⑦永恆的彩虹　小　民 著
⑦⑧情繫一環　梁錫華 著
⑦⑨遠山一抹　思　果 著
⑧⓪尋找希望的星空　呂大明 著
⑧①領養一株雲杉　黃文範 著
⑧②浮世情懷　劉安諾 著
⑧③天涯長青　趙淑俠 著
⑧④文學札記　黃國彬 著
⑧⑤訪草（第一卷）　陳冠學 著
⑧⑥藍色的斷想　陳冠學 著
　・孤獨者隨想錄
　A・B・C全卷
⑧⑦追不回的永恆　彭　歌 著
⑧⑧紫水晶戒指　小　民 著
⑧⑨心路的嬉逐　劉延湘 著
⑨⓪情書外一章　韓　秀 著
⑨①情到深處　簡　宛 著
⑨②父女對話　陳冠學 著

⑨③陳冲前傳　嚴歌苓著
⑨④面壁笑人類　祖　慰著
⑨⑤不老的詩心　夏鐵肩著
⑨⑥雲霧之國　合山　究著
⑨⑦北京城不是一天造成的　喜　樂著
⑨⑧兩城憶往　楊孔鑫著
⑨⑨詩情與俠骨　莊　因著
⑩⓪文化脈動　張　錯著
⑩①桑樹下　繆天華著
⑩②牛頓來訪　石家興著
⑩③深情回眸　鮑曉暉著
⑩④新詩補給站　渡　也著
⑩⑤鳳凰遊　李元洛著
⑩⑥文學人語　高大鵬著
⑩⑦養狗政治學　鄭赤琰著
⑩⑧烟　塵　姜　穆著
⑩⑨河　宴　鍾怡雯著
⑪⓪滬上春秋　章念馳著
⑪①愛廬談心事　黃永武著
⑪②吹不散的人影　高大鵬著
⑪③草鞋權貴　嚴歌苓著
⑪④是我們改變了世界　張　放著
⑪⑤夢裡有隻小小船　夏小舟著
⑪⑥狂歡與破碎　林幸謙著
⑪⑦哲學思考漫步　劉述先著
⑪⑧說　涼　水　晶著
⑪⑨紅樓鐘聲　王熙元著
⑫⓪寒冬聽天方夜譚　保　真著
⑫①儒林新誌　周質平著
⑫②流水無歸程　白　樺著
⑫③偷窺天國　劉紹銘著
⑫④倒淌河　嚴歌苓著
⑫⑤尋覓畫家步履　陳其茂著
⑫⑥古典與現實之間　杜正勝著
⑫⑦釣魚臺畔過客　彭　歌著
⑫⑧古典到現代　張　健著
⑫⑨帶鞍的鹿　虹　影著
⑬⓪人文之旅　葉海煙著

⑯⑧ 說吧，房間　林　白著
⑯⑨ 自由鳥　鄭　義著
⑰⓪ 魚川讀詩　梅　新著
⑰① 好詩共欣賞　葉嘉瑩著
⑰② 永不磨滅的愛　楊秋生著
⑰③ 晴空星月　馬　遜著
⑰④ 風　景　韓　秀著
⑰⑤ 談歷史　話教學　張　元著
⑰⑥ 兩極紀實　位夢華著
⑰⑦ 遙遠的歌　夏小舟著
⑰⑧ 時間的通道　簡　宛著
⑰⑨ 燃燒的眼睛　簡　宛著
⑱⓪ 月兒彎彎照美洲　李靜平著
⑱① 愛廬談諺詩　黃永武著
⑱② 劉真傳　黃守誠著
⑱③ 天涯縱橫　位夢華著
⑱④ 新詩論　許世旭著
⑱⑤ 天　譴　張　放著
⑱⑥ 綠野仙蹤與中國　賴建誠著
⑱⑦ 標題飆題　馬西屏著
⑱⑧ 詩與情　黃永武著
⑱⑨ 鹿　夢　康正果著
⑲⓪ 蝴蝶涅槃　海　男著
⑲① 半洋隨筆　林培瑞著
⑲② 沈從文的文學世界　王繼志　陳　龍著
⑲③ 送一朵花給您　簡　宛著
⑲④ 波西米亞樓　嚴歌苓著
⑲⑤ 化妝時代　陳家橋著
⑲⑥ 寶島曼波　李靜平著
⑲⑦ 只要我和你　夏小舟著
⑲⑧ 銀色的玻璃人　海　男著
⑲⑨ 小歷史　林富士著
⑳⓪ 再回首　鄭寶娟著
⑳① 舊時月色　張堂錡著
⑳② 進化神話第一部　·駁達爾文《物種起源》　陳冠學著
⑳③ 大話小說　莊　因著

207

懸崖之約

海男 著

「男人與女人在此約會中的故事，貫穿著一個幸運的結局和另一個戲劇的結局」。一個患腦癌的四十歲女子，她要在去天堂之前去訪問記憶中銘心刻骨的每一個朋友，也許是密友、情人、前夫，她的生活因為有了昨日的記憶，將展開一段不同的旅程。

208

神交者說

虹影 著

人的情感總是同時交雜著出現，很難只用喜悅、悲傷、恐懼等單純詞語完整表達。而本書作者細緻地記述回憶或現實的片段，藉以呈現許多情況下（如養父過世，或只是邂逅陌生人等）人複雜多變的感覺，使讀者能自然地了解書中的情境與人物的感受。

209

海天漫筆

莊因 著

或「拍案叫好」或「心有戚戚」或「捫心自思」，作者以其多年旅居海外經驗，與自身文化激盪的心得，發為一篇篇散文，不但將中華文化精萃發揚，亦介紹西方生活的真善美。且看「海」的那片「天」空下，作者浪「漫」的妙「筆」！

210

情悟，天地寬

張純瑛 著

本書乃集結作者旅居美國多年來的文章，娓娓細述遊子之情。其文字洗鍊，生動感人，處處展現羈旅之心與赤子之情。作者雖從事電腦業，但文章風格清新雋永。值得你我風簷展讀，再三品味，從中探索「情」之真諦！

211
誰家有女初養成
嚴歌苓　著

「巧巧覺得出了黃桷坪的自己，很快會變一個人的。對於一個新的巧巧，窩在山溝裡的黃桷坪和窩在黃桷坪的一切人和事，都不在話下。」踏出黃桷坪的巧巧會有怎樣的改變呢？如願的坐上流水線抑或是……

212
紙銬
蕭馬　著

紙銬，這樣再簡單不過的刑具，卻可以鎖住人的雙手，甚至鎖住人心，牢牢的，讓人難以掙脫更不敢掙脫。隨便揀一張紙，挖兩個窟窿，然後自己把手伸進去，老老實實地伸直了手，哪敢輕易動彈，碰上風吹雨淋，弄斷了紙銬，一個個都急成了哭相……

213
八千里路雲和月
莊因　著

本書可分為兩大部分，雖然皆屬於記遊文字、同在大陸地區，時間，卻整整相隔了十八年。作者以其獨特的觀點、洗鍊的文筆，道出兩段旅程中的種種。從這些文章，我們可以看見一些故事，也可以看出一位經歷不凡的作家，擁有的不凡熱情。

214
拒絕與再造
沈奇　著

新詩已死？現代人已不讀詩？對於這些現象，作者本著長年關注現代詩的研究，對現代詩有其深刻的體認，無論是理論的闡述或是兩岸詩壇的現況，甚至是詩作的分析，都有其獨特的見解。在他的帶領下，你將對現代詩的風貌，有全新的認識與感受。

215
冰河的超越
葉維廉 著

詩人在新生的冰河灣初次與壯麗的冰河群相遇，面對這無言獨化、宇宙偉大的運作，面對「雪疊著雪雪疊著雪疊著永不溶解的雪／緩緩地積壓著／冰晶冰層冰箔相連覆蓋九萬餘里」的景象，喜悅、震撼、思涉千載而激盪出澎湃磅礴的——冰河的超越。

216
庚辰雕龍
簡宗梧 著

基於寫作興趣就讀中文系，卻因教學職責的召喚，不得不放緩文學創作的腳步。本書作為政大簡宗梧教授創作成果的集結，不僅可讓讀者粗識簡教授於教學及研究著績外的創作成果，也將是記誌簡教授今後創作「臺灣賦」系列作品的一個始點。

217
莊因詩畫
莊因 著

因心儀進而仿效豐子愷漫畫令人會心的幽默與趣味，作者基於同樣對世間生命萬物寬厚博大的關注與愛心，以他罕為人知的「第三枝筆」，畫出現今生活於你我四周真實人物的喜怒哀樂，並附以詩文，為傳統的中國詩畫注入了全新的生命。

218
換了頭抑或換了身體
張德寧 著

換了頭抑或換了身體？當器官移植技術發達到可以更換整個身軀時，我們要擔心的是生理上的排斥或心理上的抗拒？該為人類創造的奇蹟喝采還是為扭曲了人的靈魂而付出代價？藉作者精心的布局與對人深刻的觀察，我們將探觸心裡未曾到達的角落。

219

黥首之後

朱暉 著

政治上成分的因素，他曾前後被抄三次家，父母也先後被送入囹圄和下放勞改。他嚐盡世間的殘酷悲涼，看透人性的醜陋自私，但外在的折磨越狠越兇，內裡的親情就越密越濃。人性中最陰暗齷齪的一面與最光明燦爛的一面，都在這裡。

220

生命風景

張堂錡 著

每個人的故事，如同璀璨的風景，綻放動人的面貌。透過作者富含情感的筆觸，引領出成功背後的奮鬥歷程。文中所提事物，與我們成長經驗如此貼近，讓人油然而生「心有戚戚焉」之感。他們見證歷史，也予我們許多值得省思與仿效的地方。

221

在綠茵與鳥鳴之間

鄭寶娟 著

不論是走訪歐洲歷史遺跡有感，或抒發旅法思鄉情懷，抑或中西文化激盪的心得，作者以其一貫獨特的思考與審美觀，發為數十篇散文，澄清的文字、犀利的文筆中，流露著一種靈秘的詩情與浪漫的氣氛，讓讀者在綠茵與鳥鳴之間享受有深度的文化饗宴。

222

葉上花

董懿娜 著

讀董懿娜的文章，如同接受心靈的浸潤。生活的點滴，藉她纖細敏感的筆尖，便能在心中蕩起圈圈漣漪；娓娓的傾訴，叫人不禁沉入她的世界。在探求至情至性的同時，重新面對自己，循著她的思緒前進，彷彿也走出了現實的惱人，燃起對生命的熱情。

227
如果這是美國

陸以正　著

面對每天新聞報導中沸沸揚揚的各種話題，您的感想是什麼？是事不關己的冷漠？還是無法判斷是非的茫然？不妨聽聽終身奉獻新聞與外交事務的陸以正大使，如何以其寬廣的國際觀點，告訴您「如果這是美國……」

228
請到我的世界來

段瑞冬　著

從七〇年代窮山惡水的貴州生活百態，到瑞典中西文化交流的感觸，最後在學成歸國的喜悅中，驚覺中國物質與思想上的巨大轉變，作者達觀的態度及詼諧的筆調，好像久違的摯友熱情地對我們招手：「請到我的世界來！」

229
6個女人的畫像

莫　非　著

6個女人，不同畫像。在為家庭守了大半輩子門框後，他們要出走找回失落的自己，藉著幻想，藉著閱讀，藉著繪畫等等不同方式，讓心靈有重新割斷再連結的機會。盼能以此書，提供女人一對話的空間。

230
也是感性

李靜平　著

「人世間的很多事，完全在於你從什麼角度來看。」本書作者以幽默的口吻帶您挖掘出生活中的樂趣。不管是親情的交流或友誼的呼喚，即便是些雞毛蒜皮的小事，在她的筆下每個生活週遭的人物全都活絡了起來，為我們合力演出這齣喜劇。

231

與阿波羅對話

韓　秀　著

自遠方來，我在陽光的國度與阿波羅對話。秋日午後的愛琴海波光粼粼，反射生命的絕代風采。這裡是雅典，眾神的故鄉，世人的虛妄不過瞬眼，胸臆間卻永遠有激情在湧動。殿堂雖已頹圮，風起之際，永恆卻在我心中駐紮。

232

懷沙集

止　庵　著

「樹欲靜而風不止，子欲養而親不待」作者將對逝去父親的感念輯成本書。其間除了父親晚年兩人對談的點滴外，亦不乏從日常不經意處，挖掘出文學、生活的真諦。作者樸實的文筆，在現代注重藻飾的文壇中像嚼蘿蔔，別有一股自然的餘味。

233

百寶丹

曾　焰　著

百寶丹，東方國度的神奇靈藥，它到底有多神妙？身世坎坷的孤雛，如何在逆境中自立，成為濟世名醫？一部結合中國傳統藥理與鄉野傳奇故事的長篇小說，一段充滿中國西南邊疆民族絕代風情的動人篇章。